COBALT-SERIES

後宮錦華伝

予言された花嫁は極彩色の謎をほどく

はるおかりの

集英社

後宮錦華伝

予言された花嫁は極彩色の謎をほどく

目次

高《こう》圭《けい》鷹《よう》
光順帝《こうじゅんてい》として二年前に
即位したばかり。氷希の異母兄。
後宮に多くの妃嬪を抱えているが、
鈴霞だけを寵愛している。
尹《いん》翠《すい》蝶《ちょう》
赤子の頃の予言のため、
両親の期待を背負って
お妃教育を受けてきた。
裁縫や刺繍、機織が得意。
氷希の妻になってからも、
過去の例から可能性を信じ、
後宮入りを目指している。
秘密(?)の友人がいる。

登場人物紹介

栄《えい》鈴《りん》霞《か》
栄皇貴妃《えいこうきひ》と呼ばれ、皇帝に最も寵愛されている妃。料理が得意。ながく子に恵まれなかったが、この春、皇子を出産した。

高《こう》氷《ひょう》希《き》
呂守王。
仁啓帝の三男で、母は史貴妃。十年前の事件により、右目に火傷のような傷痕がある。無気力になり、結婚もしないつもりだったが父帝の命令で翠蝶を娶る。しかし翠蝶に触れようとはしない。

向《しょう》麗《れい》妃《ひ》
光順帝の妃の一人。公主を出産している。

安《あん》敬《けい》妃《ひ》
光順帝の妃の一人。後宮内では変わり者扱いをされているが…？

イラスト／由利子

後宮錦華伝

予言された花嫁は極彩色の謎をほどく

序章　合縁奇縁《あいえんきえん》

小春《しょうしゅん》である。呂守王府《ろしゅおうふ》の内院《なかにわ》には、寒木瓜《かんぼけ》の木が鮮やかな紅緋《べにひ》の花をつけていた。

「……遅いな」

池にかかる朱塗りの太鼓橋《たいこばし》の上で、高氷希《こうひょうき》は独《ひと》り言《ご》ちた。

ここで妻と待ち合わせているのだが、愛《いと》しい女はまだ姿を現さない。

(今日こそは言おう)

ずっと彼女に尋ねそびれていることがある。今日という今日は尋ねるつもりだ。

「殿下、お待たせしてごめんなさい」

玲瓏《れいろう》たる声音《こわね》に耳を打たれ、氷希は橋のたもとを見やった。

咲き競う紅緋の花を背景にして、朝露に濡れた月季花《ばら》を思わせる美姫《びき》が微笑《ほほえ》んでいる。

輝く玉の肌は白雪のごとく、流行の新月眉《しんげつまゆ》は匂《にお》い立つよう。二つの瞳はさながら銀河を映した黒曜石《こくようせき》で、ふっくらとした唇は瑞々《みずみず》しい柘榴《ざくろ》で染めたかのように艶《つや》やかな紅。

優雅に流れる上襦《じょうじゅ》の袖《そで》では五彩《ごさい》の鴛鴦《えんおう》が椿《つばき》と戯《たわむ》れており、長く裾《すそ》を引きずる裙《くん》には印金で織細に表された菊花文《きっかもん》が輝いている。なよやかな細腰を飾る綾錦《あやにしき》の帯からは房飾りのついた佩玉《はいぎょく》が垂らされ、薄雲で仕立てたような披帛《ひはく》はほのかな風を受けてふわりとふくらむ。

豊かな黒髪で形作られているのは、頭の後ろで大きな輪を結い、それを手前に倒した凌虚髻《りょうきょけい》だ。飾り櫛《くし》と絹花をあしらい、月季花をかたどった金歩揺《きんほよう》を挿している。

（俺は……天女を娶《めと》ったんだろうか）

氷希は呼吸も忘れて愛妻に見惚《みと》れた。

太鼓橋の緩《ゆる》やかな傾斜をのぼる妻の動きに合わせて、金歩揺の垂れ飾りにちりばめられた夜明珠《やめいしゅ》がきらきらと陽光を弾く。まるで、天帝の娘である織女《しょくじょ》が愛しい牽牛《けんぎゅう》に会うため、銀漢《あまのがわ》に架けられた鵲《かささぎ》の橋を渡るかのような光景だ。

「……殿下？　怒っていらっしゃるのですか？」

いつの間にかそばに来ていた妻が不安げに眉を引き絞《しぼ》った。

「怒っているとも。待ちくたびれて、そろそろ部屋に戻ろうと思っていたところだ」

嘘だ。妻に待てと言われたら、丸三日ここから動かない自信がある。

「ご機嫌を直してくださいませ。遅れたのは、こちらを仕上げていたからですの」

妻は小さな布包みを広げた。出てきたのは絹製の眼帯だ。

「殿下につけていただきたくて。お気に召していただけるかしら」

「なかなかよくできているな」

氷希は眼帯を手に取った。冬灰色《とうかいしょく》の生地は蕩《とろ》けるように柔らかく、つけ心地もよさそうだ。早速つけてみようとしたとき、眼帯の表に熊猫《パンダ》の顔が刺繍《ししゅう》されているのに気づいた。

「可愛《かわい》いでしょう？」

妻は花のような面《おもて》を明るくほころばせた。

「殿下にお似合いになるのではと思い、刺してみましたの」

「……熊猫が俺に似合う？」

妻は期待に満ちた目で見上げてくる。せっかく作ってくれたものを突き返すわけにはいかない。氷希は彼女に背を向け、今つけている眼帯を右目から外して熊猫の眼帯をつけた。

「とっても素敵ですわ、殿下」

弾けんばかりの笑顔を見せられ、氷希もつられて口元を緩ませる。

「おまえが喜んでくれるなら、王府ではこれをつけよう」

「王府だけですか？　皇宮《こうぐう》にもつけていらっしゃればよいのに」

「いや、皇宮はさすがに……」

妻が悲しそうに眉根を寄せるので、氷希は慌てて言い訳を探した。

「主上《しゅじょう》に羨《うらや》ましがられて、取り上げられては困るからな」

「そうですわね。殿下のために作ったものですから、主上のお目にとまってはいけません」

納得したらしく、妻の顔に朗らかな微笑が戻ってきた。かと思うと、再び花顔が曇る。

「左腕はもう痛みませんか」

「ああ、大丈夫だ。それより、おまえは平気か？」

氷希は彼女の首に触れた。数日前まで白い首には薄く爪痕が残っていたが、今はない。

「もう痛まないのか」

柔肌《やわはだ》をそっと撫《な》でて尋ねると、妻は袖で口元を隠してくすくす笑った。

「殿下ったら、昨夜も同じ質問をなさいましたわ」

「何度でも訊きたくなる。おまえが怪我《けが》を負ったときのことを思うと……。もとはといえば俺のせいだ。俺がおまえを遠ざけなければ、怪我をさせずに済んだのに」

返す返すも悔やまれる。妻を危険な目に遭《あ》わせるきっかけになった自分の愚行《ぐこう》が憎い。

「この世は天が織り上げる錦です。今回のことも織地《おりじ》に表れる模様の一つですわ」

妻は首筋を撫でる氷希の手に絹のような掌《てのひら》をそえた。

「俺たちが結婚したことも？」

「はい。わたくしが殿下をお慕《した》いするようになったことも、美しい文様です」

氷希はほんのりと色づいた妻の頬《ほお》を手の甲で撫でた。

「俺がおまえに心奪われたこともな」

気づけば唇を重ねていた。恥じらいながら身を任せてくる妻が愛しくてたまらない。

「訊きたいことがあるんだ」

「何でしょう」

「今夜……おまえの部屋を訪ねてもいいか」

「どうぞ」

「……いいのか？」

「わざわざ許可をお求めにならなくても、いつでもいらっしゃってくださいませ。ここは呂守王府です。どのお部屋も、呂守王殿下であらせられるあなたのものですわ」

おっとりと微笑む愛妻は氷希が意味するところをまったく分かっていないようだ。

「そういう意味じゃないんだ。おまえの……臥室《しんしつ》に行ってもいいかと尋ねている」

妻は瞳をぱちぱちさせた。一足先に春が来たように頬を赤らめる。

「……お待ちしていますわ」

あふれる想いのままに、氷希は柳腰を抱き寄せる。欄干《らんかん》のそばに並んで立った。

すがすがしい青空に映える紅緋《こうひ》の花は妻の花嫁姿を思い起こさせる。

「合縁奇縁《あいえんきえん》とは、まさに俺たちのことだな」

結婚当初は、こんな日が来るとは思っていなかった。

妻、尹翠蝶《いんすいちょう》を――兄帝の後宮に入るはずだった女を心から愛することになるなんて。

第一章　秋雨《しゅうう》　梔子《くちなし》の花を潤す時　郎君《ろうくん》　翡翠の胡蝶を愛す

凱《がい》王朝、光順《こうじゅん》二年六月。のちの淑徳太皇太后《しゅくとくたいこうたいごう》――尹翠蝶《いんすいちょう》は光順帝の異母弟、呂守王《ろしゅおう》・高氷希《こうひょうき》に嫁《とつ》いだ。盛大な華燭《かしょく》の典から半月後、花婿は封土《ほうど》として賜《たまわ》っている呂守国の水害に対処するため都を発《た》ち、婚儀の華やぎも冷めやらぬ呂守王府には新妻がひとり残された。


「ああ翠蝶や、顔をようく見せておくれ」

「母にも見せてちょうだい。まあまあ、綺麗《きれい》な顔をしているわ」

軒車《くるま》から降りてきた父と母に詰め寄られ、翠蝶は笑顔を見せた。

「わたくしは無事ですわ、お父さま、お母さま」

氷希を見送ってから二日後、両親が呂守王府を訪ねてきた。最後に会ったのは婚礼の朝だから半月ぶりの再会だが、一年も会わなかったような気がして胸がいっぱいになった。

晩夏である。翠蝶は蓮池《はすいけ》に面した四阿《あずまや》に両親を案内し、冷たい飲み物を勧めた。

「本当に無事なのか？　ひどい目に遭っているんじゃないのかね？」

父はぽっこりした腹部に葡萄《ぶどう》の漿水《ジュース》を流しこんで、包子《まんじゆう》のような丸顔を曇らせた。

「ひどい目には遭っていませんわ」

「でも、呂守王は荒くれ者という噂《うわさ》よ。ささいなことで腹を立てて、女を腕ずくで従わせるとか。あなたも怪我をさせられているんじゃないかしらと心配で心配で……」

「安心してください。わたくしは怪我なんてしていません」

「本当ね？　衣で隠れているところに傷痕があるんじゃないわよね？」

母は翠蝶の腕や肩に注意深く触れて怪我がないことを確かめた。

ようやく安堵《あんど》したらしく、父と母は長い溜息をついた。

「しかし、顔に傷が出ていないということは……」

「床《とこ》をともにしていないのね？」

「ええ、初夜から一度も」

「一度も⁉　それは素晴らしい！」

「天のお恵みだわ！　婚礼の日からずっと家廟《かびよう》で祈っていたおかげね！」

両親は手を取り合って大喜びする。娘が夫と枕を交わしていないと聞いて小躍りする両親というのも奇妙だが、この場合は致し方ない。何しろ、娘婿は問題が多い男なのだ。

高氷希は先代・仁啓帝《じんけいてい》の三男である。母は亡き史貴妃《しきひ》。高貴な生まれだが、寵愛《ちようあい》された皇妃ではない。母の愛幸《あいこう》が儚《はかな》いためか、父帝の恩寵も薄かったようだ。不遇に反発するように氷希は幼少時代から素行が悪く、封土を賜ってからも刃傷沙汰《にんじょうざた》や色恋沙汰で宮廷を騒がせた。

闊達《かったつ》な人柄で領民の人望を集める長兄や、品行方正で次期皇帝と目されていた次兄と比べると、名声よりも悪評のほうがはるかに多い。また、二人の兄とは親密とはいいがたく、仁啓帝の覚えめでたいわけでもなく、皇族の中でもはみ出し者だった。

しかし、両親がこの結婚を悲観する理由はそれだけではない。

高氷希は顔に醜《みにく》い傷を持っているのだ。

十八の夏、氷希は食事に毒を盛られて倒れた。生死の境をさまよい、やっとのことで黄泉路《よみじ》から舞い戻ったときには、毒のせいで顔の半分が焼けただれたようになっていたという。

治療を受け、大半の傷痕は目立たなくなったものの、右目には毒の爪痕が残った。醜くただれた右目は眼帯で隠されているが、彼に触れると傷痕がうつると噂されていた。

『呂守王と床をともにした女が翌朝には同様の傷を負った』

そんな話がまことしやかに囁《ささや》かれ、誰もが彼を遠巻きにした。

高氷希に嫁げと言い渡されたとき、両親は嘆《なげ》き悲しんだ。

初夜の床で娘の容貌《ようぼう》が台なしになることを恐れ、あまりにも残酷《ざんこく》な宿命だと天を呪った。

翠蝶もさながら死地に向かうような覚悟で花嫁衣装を着た。逃げ出したくても逃げられなかった。氷希に嫁げと命じたのは、皇太子に譲位《じょうい》して太上皇《たいじょうこう》となった先帝なのだ。

婚礼の夜、翠蝶は化粧《けしょう》が崩れるのもかまわず泣いた。見慣れた自分の顔とは今夜限りでお別れなのだと悲嘆《ひたん》に暮れたものだ。泣き疲れて眠ってしまい、翌朝になってから氷希が臥室《しんしつ》に来なかったことを知った。その日も翌日も翌々日も、氷希は来なかった。

とうとう一度も花嫁の閨《ねや》に足を踏み入れることなく、任国へ出立《しゅったつ》したのだ。

「床をともにするどころか、御手にも触れていませんわ」

「ますますもって素晴らしい！」

両親は子どものように飛んだり跳ねたりする。氷希の帰還が半年以上先になることを話すと、二人は手に手を取って四阿の中を駆けまわった。五十路《いそじ》なのに、元気なものである。

「これは千載一遇《せんざいいちぐう》の好機よ！」

母は翠蝶の手を握ってぶんぶんと振り回した。

「夫がいない間に、主上を誘惑しなさい！」

「……え？」

「そうだ、それがいい！　主上の寵愛を受ければ、今からでも後宮入りできる！」

「今からでもって……わたくしは人妻ですわよ？」

「人妻で大いに結構。むしろ、そのほうが主上の気をひけるぞ」

父は訳知り顔でにんまりする。

「聞いたことがあるだろう？　仁啓帝は父帝の妃嬪《ひひん》を後宮に迎えて寵愛した。主上の異母兄・登原王《とうげんおう》は仁啓帝の妃嬪を王妃に迎えている。高家の男は親族の妻妾《さいしょう》に横恋慕《よこれんぼ》するきらいがあるようだ。皇弟の妻になったからこそ、主上はおまえに目をとめてくださるかもしれない」

「お父さまの言う通りよ。今からでも遅くないばかりか、かえって好都合じゃない。呂守王がお留守のうちに主上の寵愛を受けるのよ。そうすれば、何もかもうまくいくわ」

「で、でも、それは不貞《ふてい》ではありませんの？」

「断じて不貞ではない！」

父は突き出した腹部をぽんと叩いた。

「おまえは皇帝の妃になるべくして生まれてきた娘なんだぞ。おまえが主上と結ばれることは天の定めにかなっている。不貞どころか、こちらが守るべき貞節だ」

父が自信満々に言い放つのにはわけがある。

『この子は奇相である。将来は五爪《ごそう》の龍の父を産むであろう』

赤子の頃、翠蝶は名高い占師にそう予言された。五爪の龍は皇帝を意味する。両親は翠蝶がのちに皇位につく皇子を産み、さらに翠蝶の孫も皇位にのぼるのだと有頂天《うちょうてん》になった。

『我が尹家から二人の皇帝が出るのだ！』

立派な皇妃にしなければならないと、両親は翠蝶が三つのときからお妃教育を受けさせた。優秀な教師を集め、礼儀作法《れいぎさほう》や歌舞音曲《かぶおんぎょく》はいうまでもなく、機織《はたお》りや刺繍《ししゅう》、料理、書法、詩文、歴史、経典《きょうてん》……皇妃に必要なありとあらゆる教養を学ばせた。

その甲斐《かい》あってか、尹家に妙齢《みょうれい》の淑女《しゅくじょ》ありという評判が立ち、三年前、翠蝶はじきに即位する皇太子・高圭鷹《けいよう》の後宮に入る花嫁の一人に選ばれた。

慣例として、新帝は即位と同時に十二人の花嫁を娶《めと》ることになっている。名門貴族の令嬢たちがこぞって夢見る十二人の花嫁の名簿に〈尹翠蝶〉と記されたのだ。吉報を聞くなり、両親は飛び上がって喜んだ。連日連夜、親族を招いて祝宴を開くほどの浮かれようだった。

ところが、のちに状況が変わる。高圭鷹は十二人の花嫁を十一人にすると宣言した。

皇太子妃だった栄妃《えいひ》を花嫁の頭数に入れるためだそうだが、新帝の花嫁には即位前の妻妾は含めないのが通例だから、これは異例の措置《そち》だった。十二人から一人、弾かれると聞いても、両親はまったくうろたえなかった。愛娘《まなむすめ》が皇妃になることを信じて疑わなかったのだ。

翠蝶だって、夢にも思わなかった。まさか自分が弾かれる側になるとは。そして、入宮の代わりに呂守王・高氷希に嫁げと命じられるなんて、想像だにしなかった。

「ですが……わたくしが主上の寵愛を受ければ、呂守王殿下の体面に傷がつきますわ」

「呂守王がどう思おうと関係ない。おまえは主上と結ばれなくてはならないのだ」

「……そうおっしゃられても」

「あなたはこのままでいいの？　呂守王と添い遂《と》げるつもり？　皇位とは縁がなく、皇族からは爪弾《つまはじ》きにされていて、顔に醜い傷痕がある呂守王と？」

翠蝶は押し黙った。呂守王と添い遂げるなんて――考えるだけでぞっとする。

（噂通りの乱暴者かどうかは、まだ分からないけれど……）

この半月間、ほとんど会話を交わしておらず、ろくに顔も合わせなかった。彼がどのような人間なのかまるきり分からないので、夫として好意を抱くことができるか、自信がない。

（……それにあの傷痕）

氷希は見るたびに眼帯をつけているから、傷痕そのものを見たわけではない。だが、風の噂によれば、右目はおぞましく焼けただれていて、化け物のようだという。

何の気まぐれか、氷希は新妻を放っておいてくれたが、今後も閨から遠ざかっていてくれるとは思えない。妻の務めを求められれば、応じるしかない。

枕を交わしたら、翠蝶の顔にも氷希と同じ傷痕ができるかもしれないのに。

「あなたは今年で十七よ。人生を諦めるには早すぎるわ」

母が翠蝶の両頰を掌《てのひら》で包んだ。

「私たちは娘の幸福を何より願っているの。そのためには、主上と結ばれなくてはならない。あなたの幸せは呂守王府ではなく、後宮にあるのよ」

深刻な面持《おもも》ちの母と父を交互に見ると、じんわりと目頭《めがしら》が熱くなった。

（お父さまとお母さまだって、後宮に入ったほうが喜んでくださるわ）

長年、両親は翠蝶が皇妃になる日を待ちわびてきた。翠蝶は両親の期待にこたえるため、努力に努力を重ねてきた。それなのに、呂守王妃として一生を終えていいのか？

（皇妃になった姿を見せてあげたい）

一人娘として何不自由なく育ててもらった。大切に慈《いつく》しまれ、愛情を注いでもらった。大好きな両親に恩返しをしたい。父と母の喜びが、翠蝶の喜びなのだから。

「お父さま、お母さま」

翠蝶は席を立って、両親と向かい合った。

「わたくし、主上のご寵愛《ちょうあい》を賜《たまわ》れるよう、力を尽くしますわ」

翠蝶が決意を述べると、両親はぱあっと顔を輝かせた。

「その意気だぞ、翠蝶。主上はすぐにおまえの魅力にお気づきになるだろう」

「ええ、ええ、そうですとも。今に後宮一の寵妃《ちょうひ》と呼ばれるようになるわ」

嬉しそうにはしゃぐ二人を見ていると、胸が躍った。

いつかきっと皇妃になって、父と母の夢をかなえる。それが翠蝶の望みだった。

——しかしながら、両親は楽観的すぎた。

皇帝の寵愛を受けられないまま、あっという間に半年が経った。

年が改まって、氷希が呂守国から帰還した後も、状況は変わらなかった。


光順三年七月七日。例年通り、皇宮では七夕節《たなばたせつ》の宴《うたげ》が催《もよお》された。

皇帝は十二名の妃嬪《ひひん》と大勢の宮女《きゅうじょ》を従えて宴席に姿を現した。妃嬪たちはいずれ劣らぬ美姫《びき》であったが、玉座《ぎょくざ》の隣に座すのは皇太子時代からの寵姫《ちょうき》である栄皇貴妃《えいこうきひ》だった。

宮中の七夕では、乞巧楼《きっこうろう》と呼ばれる櫓《やぐら》がもうけられる。最上級の錦が張り巡らされた乞巧楼には、牽牛《けんぎゅう》と織女《しょくじょ》のために旬《しゅん》の果物や名酒、贅《ぜい》を尽くした料理がそなえられた。

「よし、できたわ！」

栄皇貴妃が軽やかな声を響かせた。手にしているのは、黄金製の七孔針《しちこうしん》だ。七孔針には七つの穴があり、すべてに七色の糸を通すことができれば裁縫《さいほう》が上達するといわれている。

「見てください、主上。これで私も裁縫が上手になりますよ」

「昨年もそんなことを言っていたな。肝心《かんじん》の腕前のほうは相変わらずだが」

「上達していますよ！　主上の匂袋《においぶくろ》だって縫《ぬ》って差し上げたでしょう」

「あれは匂袋というより布の塊《かたまり》じゃ……ああ、すまなかった、鈴霞《りんか》。冗談だよ」

栄皇貴妃がふいと横を向くので、皇帝は慌てて愛妃《あいひ》の機嫌を取った。

一昨年、即位した皇帝は御年三十。天子にのみ許された漆黒《しっこく》の上衣下裳《じょういかしょう》に身を包み、十二旒《りゅう》の冕冠《べんかん》をかぶっている。生まれの貴《とうと》さを感じさせる涼やかな容貌《ようぼう》の美男である。

君寵《くんちょう》を一身に受ける栄皇貴妃は二十七歳の女盛りだ。牽牛と織女の橋渡し役を務めるという鵲《かささぎ》の文様が織り出された金襴《きんらん》の衣装をまとい、鳳凰《ほうおう》の宝冠《ほうかん》で黒髪を飾っている。

「布の塊で悪かったですね。もう二度と作ってあげませんから安心してください」

「つれないことを言わないでくれ。君がくれるものなら、布の塊でも何でも嬉しい」

皇帝はふくれっ面《つら》の栄皇貴妃を抱き寄せた。

「さあ、銀漢《あまのがわ》に願い事をしよう。今年は何を願おうか」

「主上のご健康と、治世の安寧《あんねい》を」

「では、余《よ》は君と皇子の健康を祈ろう。二人が元気で、泰平《たいへい》を謳歌《おうか》できるように」

皇帝と栄皇貴妃が仲良く並んで祭壇《さいだん》に拝礼をする様は、さながら一幅《いっぷく》の絵のようであった。

（……皇子さまがお生まれになってから、栄皇貴妃さまへのご寵愛は深まる一方ね）

呂守王妃として宴に出席していた翠蝶は、仲睦《なかむつ》まじい皇帝夫妻を見て溜息をついた。

今年の春、栄皇貴妃は皇子を産んだ。皇太子妃時代には一度も懐妊《かいにん》しなかった愛妃が待望の男子を産んだということで、皇帝はことのほか喜び、天下に大赦《たいしゃ》を下した。

皇子が生まれてからというもの、栄皇貴妃はますます寵幸され、彼女が住まう芳仙宮《ほうせんきゅう》には、皇恩《こうおん》にあずかろうとする者たちが進物を献上するために、連日、長蛇の列をなす。

今を時めく栄皇貴妃を前にすれば、沈魚落雁《ちんぎょらくがん》の妃嬪たちは名もなき野花にすぎない。光順帝の後宮は、まさしく栄皇貴妃の独り舞台だった。

（主上がわたくしに目を向けてくださるとは思えないけれど……）

正直なところ、皇帝夫妻は仲睦まじすぎて、翠蝶が入りこむ隙《すき》などない。

そもそも妃嬪たちですら、後宮のしきたりが定める期日にしか夜伽《よとぎ》をできないのに、妃嬪ですらない翠蝶がどうやって皇帝の寝所にもぐりこめるというのだろうか。

艶福家《えんぷくか》というならともかく、皇帝は堅実な人柄だ。皇太子時代には祖母である太皇太后《たいこうたいごう》に側室を強く勧められても断り続け、栄妃のみを深愛していた愛妻家である。

父や母が言うように、親族の妻に目移りするような男性ではないと思うが……。

(でも、頑張って主上のご寵愛を賜らなくちゃ)

両親の夢をかなえて親孝行をしたい。翠蝶は決意を新たにして顔を上げた。

「主上、栄皇貴妃さま」

祭壇から降りてきた皇帝夫妻に歩み寄り、跪《ひざまず》いて拝礼する。

「呂守王妃も願い事をしてくるといい。夫婦で願い事をすれば……ん？　氷希がいないな」

皇帝が異母弟を探して視線を巡らした。

「呂守王殿下は浪山侯《ろうざんこう》とご歓談中ですわ」

浪山侯は氷希の伯父《おじ》である恵兆王《けいちょうおう》の娘婿だ。氷希とは親しいらしい。

「困ったものだな。七夕の夜に妻と語らわずに、男同士で談笑しているとは」

宴席で浪山侯と酒を酌《く》み交わす氷希を見やって、皇帝は苦笑した。

「主上からも呂守王に一言おっしゃってください。宴席では、呂守王はいつも呂守王妃を放って殿方《とのがた》とお酒を飲んでばかり。たまには妻を気にかけるべきですよ」

「そうだな。氷希には一度、夫婦の道理を説《と》くべきだ」

栄皇貴妃の言葉にうなずいた皇帝が側近の宦官《かんがん》に氷希を呼ぶよう言いつける。

「わたくしはかまいませんわ。殿下は浪山侯と積もるお話がおありなのでしょう」

翠蝶は氷希を呼びに行こうとした宦官を止めた。

「相手が皇族だからって、我慢して不満をためこんではだめよ。文句があるときはガツンとぶつけないと。夫婦はお互いに素直でなければ、うまくいかないわ」

栄皇貴妃は翠蝶をいたわるように微笑《ほほえ》みかけた。

「その通りだ。余は常日頃《いと》から容赦《ようしゃ》なく不満をぶつけられているが、栄皇貴妃が余に対して素直であればあるほど、愛おしく感じる。黙っていないで、思うことは口にしなさい」

「いやだわ。まるで私が主上に文句ばかり言っているかのようなおっしゃりよう」

「文句ばかり言っているじゃないか。さっきだって、余が裁縫の腕前をからかっただけで、可愛《かわい》らしくむくれていたくせに」

「一生懸命作ったものをばかにされたんですもの。ちなみに、今も怒っていますよ」

「じゃあ、償《つぐな》いをしよう。愛しさをこめた口づけで」

皇帝は栄皇貴妃を抱き寄せて口づけした。

（……この状況で、どこにわたくしの出る幕があるというのかしら）

「お二人の仲睦まじさには、天上で逢瀬《おうせ》を果たした牽牛と織女でさえかないませんわ」

翠蝶は落胆《らくたん》を巧《たく》みに隠して、晴れやかな微笑を浮かべた。

「主上のご寵愛は篤《あつ》く、皇子さまもお生まれになり、美貌は輝きを増すばかり。栄皇貴妃さまは後宮の明星《みようじよう》ともいうべき御方です。わたくしも栄皇貴妃さまの福にあやかれますよう、絹《きぬ》団扇《うちわ》を作りました。よろしければ、御手に取ってご覧くださいませ」

「素敵だわ。なんて美しいのかしら」

翠蝶から絹団扇を受け取り、栄皇貴妃はうっとりと溜息をついた。

なめらかな生成《きな》り色の生地に五色の糸で二匹の胡蝶《こちよう》を縫い取った。胡蝶は互いに向かい合い、星明かりをつむいだような細い金糸《きんし》で作り出した触角や尾が淡く光を帯びている。

古くから、団扇は吉祥をもたらす縁起物《えんぎもの》。対《つい》になった胡蝶は夫婦相愛を表す。皇帝に愛される栄皇貴妃のように夫と円満でありたいという願いをこめて……というのは建前《たてまえ》だ。

(将を射んと欲すればまず馬を射よ……とはいうけれど)

昨年の夏から今日にいたるまで、翠蝶は栄皇貴妃に気に入られるよう努力してきた。

栄皇貴妃は皇帝の最愛の寵妃。彼女のそばに侍《はべ》る時間が増えれば増えるほど、皇帝と会う機会も増える。謁見《えつけん》する回数が増えれば、皇帝の目にとまる可能性も増える……はず。

「呂守王妃は本当に刺繍《ししゆう》が上手ね。私もあなたみたいにできたらいいのに」

「君は望みが高すぎるよ、鈴霞。呂守王妃は刺繍の妙手《みようしゆ》なんだぞ」

「まあ、ひどい。私だってこれくらい……絶対無理ですけど」

「主上はわたくしを買いかぶっていらっしゃるのです。こちらの絹団扇もお見せするほどの出来映えではありませんでしたわ。つたないものをお見せしてしまいました」

無礼をお許しくださいませ、と慎《つつ》ましく面《おもて》を伏せる。

「呂守王妃も望みが高いようだな。これほど素晴らしい刺繍のどこがつたないんだ？」

「何もかもですわ、主上。仕上がったときは納得のいく出来映えだと思いましたが、栄皇貴妃さまに御手に取っていただくと……どうしても見劣りしてしまうようです。栄皇貴妃さまの華やいだ美貌の前では、わたくしの刺繍など、子どもの手遊びと変わりませんわ」

栄皇貴妃を褒《ほ》めると皇帝は喜ぶ。それを踏まえて彼女を賛美した。

「仕方のないことだ。余の皇貴妃よりも美しいものなど、この世にはない」

愛おしそうに栄皇貴妃の柳腰を抱き、皇帝は絹団扇の模様を指先でなぞった。

「おまえは子どもの手遊びと言うが、余は気に入ったぞ。夫婦相愛を表すつがいの胡蝶。さながら余と栄皇貴妃のようだ。――呂守王妃、これを余に譲《ゆず》ってくれないか」

「ですが……そちらは」

「謙遜《けんそん》はよい。余はこの絹団扇を栄皇貴妃に贈りたいのだ。先程、不用意な失言で彼女の怒りを買ってしまった。機嫌を取っておかねば、あとが怖い」

「あら、どの失言のことかしら。布の塊？　望みが高すぎる？」

「見てくれ、柳眉《りゅうび》を逆立てて怒っている。今夜は部屋に入れてもらえないかもしれない」

皇帝は大げさに心配しているふうを装うが、栄皇貴妃はころころと笑っている。

「余を助けると思って、譲ってくれ」

「主上のお役に立つことができれば、幸いですわ」

（胡蝶の刺繡を見るたびに、主上がわたくしを思い出してくださいますように）

つがいの胡蝶は仲睦まじい夫婦を表すが、つがいの動物であれば胡蝶でなくても意味は同じだ。鴛鴦《えんおう》や鳳凰《ほうおう》にしなかったのは、尹翠蝶の名を絹地の上に匂《にお》わせるため。

（……こうやって、こつこつ努力を重ねてきたのだけれど……）

翠蝶が栄皇貴妃に手製のものを贈るのは、今回が初めてではない。栄皇貴妃に気に入られるため、ひいては皇帝の気をひくためにしていることだが、成功しているのは前者のみ。皇帝は翠蝶の腕前を褒めてくれるけれど、異性として関心を示す気配はみじんも感じられない。

今夜も試みは失敗したようだ。皇帝は絹団扇を栄皇貴妃に贈り、栄皇貴妃から弾けるような笑顔を返礼に贈られ、至極《しごく》満足そうだった。

「氷希と呂守王妃も、余と栄皇貴妃のような愛情深い夫婦になるよう、祈っているぞ」

上機嫌の皇帝は栄皇貴妃を連れて宴席に戻っていく。

祭壇のそばに一人残され、翠蝶は小さく溜息をもらした。

「またふられたみたいだな」

ふいに後ろから声をかけられ、翠蝶はびくっとした。

「呂守王妃はあの手この手で主上の気をひこうとしている。皇宮ではそんな噂《うわさ》が流れているぞ」

かすかに酒の香りをまとった長身の男が隣に並んだ。

銀糸《ぎんし》で狩猟文を織り出した長衣《ちょうい》、裏と表が同じ模様になる双層錦《そうそうきん》を襟《えり》にあてた藍地の外衣《うわぎ》、蒼龍《そうりゅう》の刺繍が映える膝蔽《ひざおお》い。皇弟の身分を示す瑠璃《るり》があしらわれた冠は玉飾りがついた簪《かんざし》で貫かれ、凜々《りり》しい横顔を引き立てるように灯籠《とうろう》の明かりを受けてきらめいている。

武人のように引き締まった体軀《たいく》をしているが、高雅《こうが》な風格は文人のそれだ。

「夫が見ている前で堂々と主上に色目を使うとは、肝《きも》の太い女だよ、おまえは」

呂守王・高氷希――翠蝶の夫となった男は、小ばかにしたように鼻先で笑った。

「わたくしは色目を使った覚えなんてありませんわ」

氷希の右目は黒い眼帯で隠されている。美男の誉《ほま》れ高い太上皇《たいじょうこう》に似た眉目秀麗《びもくしゅうれい》な面差《おもざ》しに魅力ではなく恐怖を感じるのは、眼帯の下にある醜《みにく》い傷痕を想像してしまうからだろう。

「隠しているつもりなのか？　おまえが後宮に足しげく通っているのは周知の事実だ。その目的が栄皇貴妃ではなく、主上であることもな」

皇宮でそのような風評が流れていることは知っている。だが、醜聞《しゅうぶん》を気にしている余裕はなかった。すでに一年が無為に経過してしまった。氷希は任国から帰ってきて呂守王府で暮らしているから、いつ夜伽を命じられてもおかしくない。何としても、妻の務めを求められる前に、皇帝の寝所に侍らなければならないのだ。

「主上が栄皇貴妃を寵愛《ちょうあい》して十年になるが、いまだに寵愛は衰えていない。おまえが少しばかり出しゃばったところで、主上の目にとまるのは無理だろうな」

「何を勘違いなさっているのか分かりませんが、わたくしは」

「勘違いしているのはおまえだ。俺は嫉妬《しっと》心から言っているんじゃない。そもそも生涯《しょうがい》、妻を娶《めと》るつもりはなかった。ましてや兄のものになるはずだった女など、欲しいとも思わない」

氷希は墨彩《ぼくさい》で月と秋雁《しゅうがん》が描かれた扇子《せんす》を開いた。

「……では、なぜわたくしを娶られたのです？」

「父上に命じられたからだよ。父上は卜占《ぼくせん》がお好きだ。卜者に占わせたら、俺とおまえが良縁と出たらしい」

その卦《け》は間違っている。翠蝶は〈五爪《ごそう》の龍の父〉を産む定めなのだから。

「後宮に入りたかったか？」

「……わたくしは幼少のみぎりから皇妃になるための教育を受けてまいりました。学んできたことを生かせないのは、まことに残念ですわ」

「だったら、賭《か》けでもするか」

夜風が流れる。七宝の香炉《こうろ》で焚《た》かれている伽羅《きゃら》が格調高い香りを漂わせた。

「今年中におまえが主上の寝所にもぐりこんだら、俺のほうの過失を理由に離縁《りえん》してやるよ」

「俺が男として役に立たないと触れ回ってやる。毒の後遺症だといえばそれらしく聞こえるな。世間は不憫《ふびん》な妻だとおまえに同情してくれるだろうよ」

「……そんなことをなさったら、殿下のお立場が」

「俺には傷つけられて困るほどの名誉はない。宦官同然だと人に笑われようが、陰口を叩かれようが、知ったことか。今更、数ある悪評が一つ増えたところで何も変わりはしない」

冷笑まじりの言葉が伽羅香る夜風にさらわれて消える。

「悪い話じゃないだろう。うまくいけば、おまえは晴れて皇妃さまだ。世の謗《そし》りは俺が引き受けてやるから、胸を張って入宮するがいい。——ただし」

氷希はあらわになっている左目で翠蝶を射貫《いぬ》いた。

「今年中に主上を射止められなければ、諦めて俺のものになれ。妻の務めを果たし、子を産め。どうだ、屈辱《くつじょく》だろう。皇族の厄介者《やっかいもの》の、二目《ふため》と見られない醜い男に孕《はら》まされるのは」

挑発めいた荒々しい口ぶりが翠蝶を怯《おび》えさせた。

「辱《はずかし》めを受けたくなければ、死ぬ気で主上に取り入るんだな」

「……賭けをするなんて一言も申しておりませんわ」

「賭けたくないならそれでもいいぞ。今夜にも本来の役目を果たしてもらうまでだ」

氷希が一歩距離をつめる。翠蝶は反射的に後ずさった。

「あなたの過失？」

「なぜ逃げる？　おまえは俺の妻だぞ。俺が命じたときは寝所に侍るのが務めだ」

「……婚礼の夜からわたくしを避けていらっしゃったのは殿下です。わたくしは……」

「夫に捨て置かれて寂しかったか？　では埋め合わせに、今から可愛《かわい》がってやろうか？」

翠蝶が青ざめると、氷希は興味を失くしたように視線をそらした。

「主上に嫁《とつ》ぎたかったと正直に言えよ。俺の怒りを買うのを恐れているなら杞憂《きゆう》だぞ。妻の不《ふ》貞《てい》に腹を立てるほど、夫婦とやらに幻想は抱いていない。ただ、見え透いた嘘は不愉快だ。他のやつに幾千の嘘をつこうとかまわないが、俺にだけは本音を言え」

宴席では七夕《たなばた》にちなんだ古曲が雅《みやび》やかに演奏されている。

「もう一度訊く。後宮に入りたかったか？」

ためらいながらも、翠蝶は「はい」と答えていた。

「じゃあ、賭けを受けろ。今夜から俺の慰《なぐさ》みものになりたくなければ」

外衣の袖《そで》をひらりと翻《ひるがえ》して立ち去ろうとする彼を、翠蝶はこわごわ呼び止めた。

「……必ず約束を守るという証《あかし》をいただきたいのですが」

氷希は軽く目を見開き、眉をはね上げた。余興で使われた書具を運んでいた宦官から筆を取り上げ、広げた扇子にさらさらと優美な筆墨を残す。

織女《しょくじょ》　天寵《てんちょう》を受くれば　寡人《かじん》　鵲《かささぎ》をして橋を作らしむ

おまえが寵愛を賜《たまわ》ったなら、織女と牽牛《けんぎゅう》の恋の橋渡しをするという鵲のように、
主上との仲を取り持ってやろう

「おまえからも証をくれるんだろうな?」

書き終えると、氷希は筆をこちらに差し出した。翠蝶はそれを受け取り、艶麗《えんれい》な月季花《ばら》が咲いた絹団扇に穂先を滑らせる。

織女　天寵を受くることあたわざれば　賤妾《せんしょう》　自ら称す　楊秦《ようしん》の妻

主上のご寵愛を得られなければ、わたくしは喜んであなたの妻を名乗りますわ

氷希を古代の王国で活躍した隻眼《せきがん》の武将にたとえて、賭けに応じる証とした。

「半年後が楽しみだな」

扇子と絹団扇を交換すると、氷希は面白がるように翠蝶の手跡を眺めた。

「半年もかかりませんわ」

翠蝶は勝ち気に答えた。本音を見抜かれてしまったからには、彼の前で慎《つつ》ましやかな令嬢を

装っても意味がない。むしろ、気弱な女と侮《あなど》られるほうが癪《しゃく》だ。

「離縁状を書く練習でもなさっていてください」

ちくりと氷希を睨《にら》んで祭壇《さいだん》にのぼる。深々と拝礼をして、心の中で願い事を唱えた。

（主上のご寵愛を賜って、お父さまとお母さまを喜ばせてあげられますように）


恵兆王府の内院《なかにわ》には、静寂に包まれた竹林がある。伯父《おじ》である恵兆王を訪ねたとき、氷希が好んで立ち寄る場所だ。四阿《あずまや》の中で長椅子《ながいす》に寝転がって、風と戯《たわむ》れる竹葉の歌声に耳を傾けていると、仙界にでもいるような風情《ふぜい》を感じられて心地よい。

ところが、今日は幽遠《ゆうえん》な趣《おもむき》を味わう余裕がないほど、激しい頭痛に見舞われていた。

「おじさま見ーつけたっ！」

「あっ、おじさまったらお昼寝してるー！」

軽やかな笑い声が近づいてくる。鈍く響く頭を押さえ、氷希は重い瞼《まぶた》を上げた。

「きっと昨夜飲みすぎたのよ。お父さまも二日酔いの日はあんな感じだもの」

「やあねえ、男の人ってお酒ばっかり飲んで。だらしないわあ」

「……うるさいガキどもが来やがった」

少女たちがくすくす笑うので、氷希はのっそりと起き上がった。

「ガキじゃありませんー。今年で十一歳ですー」

「ご令嬢方って呼んでよね。もちろん、『お美しい』を忘れずに」

桃花色の襦裙《じゅくん》を着た二人の少女は、見分けがつかないほど瓜二《うりふた》つの愛らしい顔立ちをしている。それもそのはず、双子の姉妹である。高官の令嬢でありながら淑《しと》やかさとは無縁で、真夏の太陽のように明るく、同年代の少年たちと野山を駆け回っているお転婆《てんば》少女たちだ。

彼女たちは恵兆王・高夕遼《せきりょう》の孫娘であり、氷希にとっては従姪《じゅうてつ》にあたる。父親は氷希が親しくしている浪山侯なので、二人のことは赤ん坊の頃から知っている。

「お美しいご令嬢方って呼ばれたきゃ身なりを何とかしろ。頭がぼさぼさじゃないか」

「ちょっと内院をひとっ走りしてきたの」

「ついでに池で水遊びもしてきたわ」

そうだろう。楽しそうに水遊びする姿が目に浮かぶほど、二人の足元はびしょ濡れだ。

「いつまでも五歳児みたいな振る舞いをしてると、年頃になっても嫁の貰い手がないぞ」

「そんなことないわ。結婚相手を選ぶ年頃になったら、私たちを娶りたいって男の人がたーくさん現れるって、お父さまがいつもおっしゃるの」

「私たちはとっても可愛いから、男の人たちが贈り物を山ほど持ってきて求婚するようになるんですって。その中から一番お金持ちで、一番優しくて、一番美形な人を選べばいいって」

「救いようのない親ばかめ。呆《あき》れてものも言えない」

「俺は断じて親ばかじゃないぞ！」

大柄な男が四阿に駆けこんできた。娘たちを溺愛《できあい》する浪山侯である。

「親ばかだよ。こんな野生児どもを野放しにしているんだからな」

「野生児だと!?　俺の緋蘭《ひらん》と緋蓉《ひよう》がか!?　ふざけるな！　俺の娘たちはどこの令嬢よりも元気で可愛くて健康で、元気で可愛くて健康で、元気で可愛くて健康だぞ！」

「……ああ、そうだな。もういいよ、それで」

氷希は背もたれに寄りかかって溜息をついた。浪山侯の野太い声は頭に響く。

「何だ、具合が悪そうだな。どうした？　恋煩《こいわずら》いか？　よし、恋煩いなら俺に任せろ！　相談に……っておい！　おまえ去年結婚したばっかりだろ！　もう浮気しようとしてるのか！」

「頼むから普通にしゃべってくれよ。大声を出さないと死ぬ病気か？」

「おじさまは二日酔いなのよ。頭が痛いみたい」

「小さい声で話してあげないと。こんなふうに」

緋蘭と緋蓉が口元に手を当てて囁《ささや》き声を出すと、浪山侯は無骨な手でまねをした。

これくらいか？　もっと小さな声よ。これならいいかな。あとちょっと頑張って。

などという父娘の微笑《ほほえ》ましいやり取りを見ていると、苦笑がこぼれた。

「あっ、思い出した！　お祖母《ばあ》さまが冷たいお菓子をくださるっておっしゃっていたわ！」

「きっと棗《なつめ》の氷菓子よ！　甘くておいしいのよね！　おじさまも食べにいく？」

「俺はいいから、おまえたちで食ってこい。ただし、食う前に着替えろよ。今日は親族が集まる日だ。見苦しい恰好《かっこう》でうろついてると、父親の顔に泥を塗ることになる」

「おじさまってば、小言が多いわね。まるで姑《しゅうとめ》みたい」

「ふふ、男の人なのに姑みたいって変なのー」

緋蘭と緋蓉はきゃっきゃと笑う。浪山侯はにこにこしていた。

「新しく仕立てた服を持ってきただろう。あれを着なさい。お母さまみたいに綺麗《きれい》になるぞ」

はーい、と返事をして、緋蘭と緋蓉はどたばたと四阿から出ていった。恵兆王の孫娘は他に三人いる。今日は五人の孫娘が勢ぞろいするから、賑《にぎ》やかな一日になりそうだ。

「そういえば、呂守王妃はどこだ？　挨拶《あいさつ》しようと思ったんだが、まだ姿を見てない」

「見てないだろうよ。連れてきてないんだから」

「は⁉　嫁さんを連れてきてない⁉　今日は中元節《ちゅうげんせつ》だぞ！　家族が集まる日だ！」

「家族じゃないからな。王府に置いてきた」

「おいおい、どうしたんだよ。新婚だろ？　朝から晩までいちゃついてるのが普通だぞ」

「普通じゃないんだよ、俺たちは。朝から晩まで冷え冷えとした関係なんだ」

尹翠蝶はよほど夫が気に食わないのか、王府にいてもほとんど氷希とは顔を合わせない。食事の時間も別々だし、同じ王府に住んでいるのに丸一日、声すら聞かない日もある。

もっとも、それについて不満はない。いやいや顔を合わせても不快感が募《つの》るだけだ。こちらから積極的にかかわりたい理由もないし、彼女の好きにさせている。

（父上もお節介《せっかい》なことをなさる）

卜占で最高の良縁という卦《け》が出たとかで、尹翠蝶との結婚を強く勧められた。氷希は再三断ったが、父は朝な夕な氷希を追いかけ回して結婚しろと囁いてきた。

『余《よ》はもう長くない。死に際して、おまえのことがどうしても気がかりなのだ』

と、危篤《きとく》の芝居までして結婚を急《せ》かすものだから、面倒くさくなって承諾《しょうだく》してしまった。

婚礼の夜、氷希は花嫁の閨《ねや》に足を運んだ。不承不承《ふしょうぶしょう》にした結婚ではあったが、そうするのが礼儀《れいぎ》だ。しかし、肝心《かんじん》の花嫁は牀榻《しんだい》で身も世もなく泣きじゃくっていた。

『呂守王の慰みものになるくらいなら、死んだほうがましだわ』

ばかばかしくなって、自分が来たことは伝えなくていいと侍女《じじょ》に言い渡して部屋を出た。

婚儀から半月後、水害に対処するためという名目で呂守国に向かったのは、夫に会うたび、化け物に出くわしたみたいにびくつく新妻から離れたかったからだ。

せっかく呂守国でのんびり過ごしていたのに、今度は兄帝から早く帰ってこいと矢のような催促《さいそく》がきた。あんまりしつこいので今年初めに帰京すると、宮中で妙な噂《うわさ》を聞いた。

――呂守王妃は、夫の留守中に義兄を誘惑している。

噂は嘘ではなかった。翠蝶は呂守王妃の身分で後宮に通い、得意の裁縫《さいほう》や染織の腕前で栄皇貴妃に取り入って、妃嬪《ひひん》たちよりも頻繁《ひんぱん》に兄帝のそばに侍《はべ》っていた。

不思議と腹は立たなかった。夫を拒《こば》んで泣きじゃくるような女だし、後宮に入る予定だった令嬢だから、悪評まみれで顔に傷がある氷希には我慢ならないのだろう。

（俺はつくづく人の情と縁がないらしいな）

今でこそ、父はやたらと氷希にかまいたがるが、子どもの頃は兄弟の中で最も粗略《そりゃく》な扱いをされていた。皇宮では父の最愛の寵妃《ちょうひ》が産んだ弟が特別に鍾愛《しょうあい》され、長兄次兄はその次、氷希はさらにその次という順番だったから、偏愛される異母弟がねたましくてたまらなかった。

父の気をひくため、刃傷沙汰《にんじょうざた》で朝廷を騒がせたり、色恋沙汰で女官たちの恨みを買って後宮を騒がせたりしたが、父は激昂《げっこう》するでもなく、淡々と処分を言い渡すだけだった。それは息子というより、臣下に対する態度で、父の関心欲しさに暴れれば暴れるほど虚《むな》しくなった。

募る一方の苛立《いらだ》ちは遊興でごまかすしかなかった。皇族を名乗っていれば暇つぶしに付き合う女には事欠かないが、十年前、毒で倒れてからは賑やかしの女すら寄りつかなくなった。氷希に触れれば傷痕がうつるという噂が、まことしやかに囁かれているからだ。

自分は人並みのことを望んではいけないらしい。ようやくその事実を受け入れ、氷希は宿世《すくせ》に抗《あらが》うことを諦めた。行く先々で揉め事の中心人物を演じるのはやめて、異性からは遠ざかり、目立つ行動は避けた。少年時代から築いてきた悪名はなおも健在だが、このところは悪事と呼べることはしていない。今はただ、時間を浪費するように惰性《だせい》で生きている。

尹翠蝶はそんな男に嫁がされたのだ。初夜の床で泣きわめきたくなるのも無理はない。

（さっさと賭《か》けに勝ってくれると助かるんだが）

兄帝の寵愛《ちょうあい》を受けたがっている翠蝶を焚《た》きつけるつもりで、賭けを持ちかけた。

何しろ父がお膳《ぜん》立《だ》てした結婚だから、氷希の都合で花嫁を突き返すわけにもいかない。兄帝が翠蝶に手をつけてくれれば、離縁《りえん》しやすくなるというものだ。

（栄皇貴妃以外の女に、兄上はまったく関心をお持ちじゃないからな……）

妃嬪たちですら空閨《くうけい》をかこっている状況だから、表向きは氷希の妻である翠蝶はいっそう難しい立場だ。まあ、せいぜい頑張ってもらうしかないのだが。

「おまえ、嫁さんを怒らせるようなことしたのかよ」

浪山侯はごつごつした手を口元にあてて、声をひそめた。

「好物を勝手に食ったとか？　あ、分かった。髪型が変わったのに気づかなかったんだな！」

「俺のことより、おまえはどうなんだよ。おまえがいっこうに再婚しないから、伯父上が心配なさっている。いつまで緋雪《ひせつ》に操《みさお》を立てるつもりだ。もう十年以上経つんだぞ」

浪山侯の妻・高緋雪は十一年前、不幸な事故で亡くなった。当時、懐妊《かいにん》中だった彼女は自分より子の命を救ってほしいと死の床で医者に懇願《こんがん》したという。今わの際の切なる願いはかなえられ、元気すぎる双子の姉妹が誕生した。妻亡き後、浪山侯は生来の能天気な明るさも生きる気力も失くして意気消沈していたが、愛妻が遺《のこ》した娘たちをよすがに立ち直った。

しかし、妻の席は今も空席のままだ。浪山侯は再婚話が浮上するたびに断っている。

「いつまでって、死ぬまでだよ」

浪山侯は夏空のようにからりと笑う。

「緋雪に誓ったんだ。俺の妻はおまえだけだって。再婚したら約束を破ることになる」

「夫婦だったのはたった一年じゃないか。一年に一生を捧げるのか」

「一生分の一年だったんだよ。俺にとっても、緋雪にとっても」

「ばかみたいに一途《いちず》なやつだな、おまえは」

氷希が呆れていると、浪山侯は円柱にもたれて風にそよぐ竹林を見やった。

「一途になれない男は、本気で女を愛したことがない男だ」


夜更けに呂守王府の門をくぐると、侍従《じじゅう》が出迎えてくれた。

「王妃は休んだか？」

「いえ、織室《しょくしつ》に籠《こも》って布を織っていらっしゃいます」

すでに月が頂点にのぼる時刻だ。こんな時間まで何を織っているのだろうか。

（どうせ後宮に持っていくものだろう）

彼女が何を作ろうと知ったことか。氷希には関係のないことだ。

自室に戻ると、見慣れた螺鈿《らでん》細工の小箱が円卓に置いてあった。霞のような薄絹に包まれ、簪《かんざし》がおさめられている。胡蝶《こちょう》をかたどった金の簪だ。部屋の掃除《そうじ》をする侍女がうっかり落としてしまい、翅《はね》にあしらわれていた紅玉《こうぎょく》が欠けたので、修理に出していたのだ。

これは十年前、とある小娘からもらったものだ。男には無用の長物なのだが、いつか彼女に再会することがあれば返そうと思って、手元に残している。

螺鈿細工の小箱を持って書斎に向かった。棚《たな》の奥にしまっておいた合子《ごうす》を取り出し、ふたを開ける。中には錦の切れ端が入っている。裏地に刺繡《ししゅう》されたのは西王母《せいおうぼ》の桃園で実るといわれる蟠桃《はんとう》だ。長寿を祝う文様として知られているが、病人に贈れば邪気払いになる。

氷希が贈られたときはまさに病人だったので、後者の意味がこめられている。

(あの娘は、誰に嫁《とつ》いだだろうか)

これを刺繡したのは、七つか八つの少女だった。もっとも十年前のことだから、今は年頃になっている。もう結婚しただろうか。まだだろうか。胡蝶の簪と蟠桃の刺繡を見るたび、わけもなく思い出して、成長した彼女を想像してみる。しかし、何度試してもうまくいかない。十年前の小さくて愛らしい姿が眼裏《まなうら》に焼きついているから。

(嫁いでいるなら、夫に愛されて大事にされているだろうな)

物言いは生意気だったが、心優しい少女だった。彼女を娶《めと》る男は強運の持ち主だ。羨《うらや》ましいと思った。ねたましいとさえ。詮無《せんな》い物想いだと分かっているけれど。

——一途になれない男は、本気で女を愛したことがない男だ。

確かにそうだな、と氷希は友人がいない場所で独《ひと》り言《ご》ちた。

筬《おさ》でトントンと緯糸《よこいと》を打ちこみ、翠蝶はふうと息を吐いた。

開け放した織室の窓から、かまびすしい蟬時雨《せみしぐれ》が流れこんでくる。早朝から織室に籠っていたが、いつの間にか、日が傾き始めていたらしい。室内がほんのり茜色《あかね》だ。

披帛《ひはく》を作るため、金紗《きんしゃ》を織っている。平箔糸《ひらはくいと》で織り表す文様は精緻な宝相華文《ほうそうげもん》。薄く軽やかな月白色《げっぱくいろ》の生地は夕日を浴びて星の粉をちりばめたように輝いている。

（あと少しだわ。明後日には、栄皇貴妃さまに差し上げられるかしら）

事の起こりは、七夕節の翌日のことだ。

後宮を訪ねると、栄皇貴妃が呉太后から賜《たまわ》ったという華麗《かれい》な上襦《じょうじゅ》を着ていた。

『お義母《かあ》さまが皇貴妃時代に妃嬪から贈られたものなんですって。二十年ほど前のものだからそろそろ処分しようかとおっしゃっていたんだけど、もったいないからいただいてきたわ』

裏と表に色違いの模様が表れる双層錦《そうそうきん》で仕立てられた上襦だった。玉色の生地にふうわりと浮かび上がる落花流水文《らっかりゅうすいもん》。水の流れに身を任せる花に彩られた織地は、優艶《ゆうえん》な芙蓉《ふよう》と枝、愛情の寓意《ぐうい》であるつがいの鴨《かも》が重厚な色合いの双糸《そうし》で刺繡されていた。

『まるで西王母《せいおうぼ》の衣のよう。花の盛りの栄皇貴妃さましか着こなせない逸品《いっぴん》ですわね』

柔和《にゅうわ》な目元をしっとりと和《なご》ませたのは、栄皇貴妃の次に位が高い向麗妃《しょうれいひ》だ。

凱帝国の後宮には、皇后の下に十二妃と呼ばれる十二人の妃がいる。皇貴妃、貴妃、麗妃、賢妃《けんひ》、荘妃《そうひ》、敬妃《けいひ》、成妃《せいひ》、徳妃《とくひ》、順妃《じゅんひ》、温妃《おんひ》、柔妃《じゅうひ》、寧妃《ねいひ》がそれである。

その下にいるのが九嬪《きゅうひん》だ。それぞれの名称を、昭儀《しょうぎ》、昭容《しょうよう》、昭華《しょうか》、婉儀《えんぎ》、婉容《えんよう》、婉華《えんか》、明儀《めいぎ》、明容《めいよう》、明華《めいか》という。数千人の宮女《きゅうじょ》の中で、十二妃と九嬪は雲の上の存在だ。

現在、貴妃は空位なので、向麗妃は栄皇貴妃に次ぐ皇妃である。

二年前、向氏《しょうし》は新帝の即位に伴《ともな》って入宮した。入宮時は二十三歳。世間の例からすれば遅い結婚だったのは、今上帝を恋い慕《した》うあまり、縁談をはねつけていたからだそうだ。

その甲斐《かい》あってか、昨年の暮れには公主《こうしゅ》を産んだ。

『でも、素晴らしすぎて合う披帛がないらしいの。私はよく分からないんだけど、女官たちはどれもちぐはぐで上襦の美しさを損ねてるって言うのよ』

栄皇貴妃は腕にかけた淡藤色《あわふじいろ》の披帛を広げてみせた。披帛そのものは上等な出来映えなのだが、気品と艶《つや》気《け》が絶妙にまざりあう上襦と合わせると、いささか地味だ。

『こちらに、天衣《てんい》を仕立てるという織姫がいらっしゃいますわ』

向麗妃は上襦に見惚《みと》れていた翠蝶を見やった。

『呂守王妃なら、西王母の衣を引き立てる披帛を作ることができるでしょう』

そういうわけで、栄皇貴妃の披帛を作るために金紗を織っているのだ。しだいに文様が出来上がっていくのは心躍るが、筬や杼《ひ》を動かすたびに、別の要因で気が重くなっていく。

（……今年中に主上のご寵愛をいただくなんて、無理よ……）

氷希が持ちかけた賭けを受けて立ったが、状況は全然好転していない。

七夕の夜に献上した絹団扇《きぬうちわ》は栄皇貴妃に愛用してもらっているが、当の皇帝は胡蝶の刺繍を見て翠蝶を思い出すどころか、絹団扇を通り越して栄皇貴妃を見つめているのだ。

『君を大輪《たいりん》の牡丹《ぼたん》だとすると、その絹団扇はせいぜい芭蕉《ばしょう》の葉だな』

などと、愛妃への甘い囁《ささや》きの種にされるばかりか、さりげなく貶《けな》される始末。

娘の努力が尽く失敗しているとも知らず、両親は日に日に期待をふくらませている。

一日おきに訪ねてきて、「主上と二人きりになれたかい」「主上は手に触れてくださった？」と、目をキラキラさせて訊いてくる。翠蝶は両親を落胆《らくたん》させたくない一心で、「あと少しで二人きりになれるところでしたの」「手に触れようとはなさっているようでしたわ」と努めて聞こえのいい返答をしているが、嘘をついているのが後ろめたい。

「ご休憩をなさってはいかがです？」

侍女が言うので、翠蝶は織室を出た。冷えた茶で喉《のど》を潤《うるお》した後、内院《なかにわ》を散歩する。

大きな枝垂《しだ》れ槐《えんじゅ》が天から何かを隠すように枝を張っていた。鈴なりの真珠《しんじゅ》色の花は小さな蝶が房になったようで、夕暮れの風が吹くたびにふわふわと香っている。

「しばらく一人にしてちょうだい」

侍女を下がらせ、翠蝶は枝垂れ槐の傍らに置かれた石椅子《いしいす》に腰を下ろした。

周囲に誰もいないことを確認してから、携帯している絹袋の口を開ける。

「なかなか出してあげられなくてごめんね、露露《ろろ》」

取り出したのは、翠蝶の両手におさまるくらいの熊猫《パンダ》のぬいぐるみだ。子どもの頃に作ったもので、名前は露露という。今でも大事にしていて、絹袋に入れて持ち歩いている。

「自信がなくなってきたわ。だって、どんなに頑張っても主上はわたくしを見てくださらないもの……。ああ、違うわ。見てはくださるのよ。でも、芭蕉の葉でも見てるような眼差《まなざ》しなの」

膝の上にのせた露露に愚痴《ぐち》をこぼし、はああと溜息をつく。

「わたくしには芭蕉の葉と同じくらいの魅力しかないのかしら……」

気にしないで、と励《はげ》ますように、露露はつぶらな黒い瞳で見上げてくる。

「お父さまとお母さまはものすごく期待していらっしゃるし……。昨日なんて、入宮に備えて衣装を新調するっておっしゃったのよ。気が早すぎるわ。わたくしは主上と二人きりになったこともないのよ。主上のおそばには栄皇貴妃さまが必ず侍っていらっしゃるんだもの」

女訓書《じょくんしょ》は、誰の前でも完璧な淑女《しゅくじょ》であれと説《と》いている。品格を備えた婦人は陰口を叩かず、不平不満を口にせず、泣き言を言って慰《なぐさ》めを求めない。翠蝶は女訓書の教えを守り、両親や兄たちはもちろんのこと、身近にいる侍女たちにも愚痴をこぼさないようにしている。

弱音は胸の奥にしまいこみ、苛立《いらだ》ちは笑顔でごまかし、不安は押し黙って隠し通す。

女訓書の手本通りの女性になろうと努めれば努めるほど気疲れが募り、押しつぶされそうになる。我慢の限界がきたときは、こうして露露に語りかけることにしていた。

「呂守王との賭けに応じてしまったけど、早速後悔しているわ。勝算がかけらもないんだもの。半年なんてあっという間に過ぎてしまうでしょうし、どうしたらいいのか……」

翠蝶の憂《うれ》いを映すかのように、露露の顔が物悲しげに見えた。

「愚痴ばかりこぼしてもしょうがないわね。綺麗《きれい》な花を見て心を和ませましょう」

露露を胸に抱いて、風の揺り籠《かご》でまどろむ鈴なりの花を振り仰《あお》ぐ。

子ども時分の翠蝶はぬいぐるみ遊びが大好きだった。自分でいろんな動物のぬいぐるみを作って、勉強の合間に一人遊びをしていた。本当は一緒にぬいぐるみで遊んでくれる友達がほしかったのだけれど、「あなたは特別な女の子なのよ。普通の子とは違うの」と言って母が親類の子どもたちを追い払ってしまうから、同年代の友人はいなかった。

それでも寂しくはなかった。友達同然のぬいぐるみがたくさんいたからだ。

しかし、七つになる頃から翠蝶のぬいぐるみ遊びを父母が心配し始めた。

『もう七歳になるのに、この子は四つか五つの子みたいにぬいぐるみで遊んでいる。放っておいたら、子どもの遊びから卒業できないまま大人になってしまうかもしれない』

父と母が深刻そうに話しているのを聞いた翠蝶は、部屋中のぬいぐるみを集めて両親のところに行った。ぬいぐるみ遊びには飽きたから、ぬいぐるみを親類の子どもたちに分けてあげてほしいと申し出たのだった。両親はほっとしたような表情で快《こころよ》く引き受けてくれたが、翠蝶は内院の隅っこにうずくまって泣いた。ぬいぐるみたちと離れるのが辛かったのだ。

ほぼすべてのぬいぐるみを手放したが、お気に入りだった露露だけは手元に残した。むろん、両親にも兄たちにも秘密だ。侍女たちにも勘付かれないよう常に絹袋にしまい、人前には出さないようにしているし、露露と会うのは周りに誰もいないときと決めている。

「ねえ、露露。槐の花を頭に飾ったらきっと素敵よ。取ってきてあげるわね」

翠蝶は立ち上がり、露露を石椅子にちょこんと座らせた。

「どれがいいかしら。まあ、いい香り。これがよさそうよ。色が……」

何気なく振り返ったとたん、翠蝶は凍りついた。

「侍女と散歩してるのかと思ったら、一人か？　ずいぶん独《ひと》り言《ごと》が多いんだな」

氷希が石灯籠《いしどうろう》に軽く寄りかかるようにして立っていた。

さーっと血の気が引いていくのを感じた。聞かれてしまった。露露と話しているのを。考えるより先に踵《きびす》を返す。裙《くん》の裾《すそ》をつまんで、慌《あわただ》しく小道を駆け抜けた。


その夜のことだ。

（露露がいないわ！）

寝支度《ねじたく》をしていると、例の絹袋が空であることに気づいた。翠蝶は頭の中を引っかき回されたみたいにうろたえた。露露とは毎晩一緒に寝ている。露露がいないと眠れない……。

（……内院に置いてきたのね！）

露露と話しているのを氷希に聞かれ、驚いてそのまま逃げてきてしまった。露露は石椅子に置いたままだ。氷希は石椅子に座る熊猫のぬいぐるみを見ただろうか。見ずに通りすぎてくれていればいいが。氷希とは夕餉《ゆうげ》も別々なので彼が露露に気づいたかどうか分からない。

翠蝶は侍女たちの目を盗んで臥室《しんしつ》から抜け出し、内院へ急いだ。

月夜だった。あえかな月明かりに濡れる枝垂れ槐は妖艶《ようえん》な美女のようにたたずんでいる。

（……琵琶《びわ》？）

夜風に琵琶の音色が運ばれてきた。凱王朝の太祖《たいそ》が寵愛した百花夫人《ひやつかふじん》を詠《うた》った古曲だ。一音一音が綾糸《あやいと》のように色彩豊かで、味わい深い余韻《よいん》を残しながら音曲《おんぎよく》を織りあげていく。

……微笑《ほほえ》めば陽光を浴びた桃がほころぶよう、目を伏せれば霧雨《きりさめ》に降られた海棠《かいどう》のよう、物《もの》憂《う》げな溜息は蓮《はす》が香るかのごとく、衣を翻《ひるがえ》して舞う姿は風と戯《たわむ》れる藤の花……。

詩情豊かな音色に耳を奪われた。古の詩聖《しせい》に「百花を兼ねる絶世の美姫《びき》」と惜しげもなく賛美された帝王の愛妃が月下に現れるかのようだ。

（呂守王殿下は琵琶の妙手《みようしゆ》だと聞いていたけれど、本当だわ……）

枝垂れ槐の傍らで、石椅子に腰かけた氷希が琵琶を奏《かな》でている。雲龍文《うんりゆうもん》が刺繍された瀟洒《しようしや》な銀襴《ぎんらん》の外衣《うわぎ》をまとった姿は、仙境で音曲と親しむ神仙《しんせん》を彷彿《ほうふつ》とさせた。

「こんな夜更けに散歩か」

声をかけられ、翠蝶は我に返った。聴き入りすぎて演奏が終わったことに気づかなかった。

「わたくしがいつどこで何をしようと、殿下にはかかわりないことですわ」

すまし顔で視線を返すと、氷希はふっと表情を和《やわ》らげた。

「おまえが何をしにきたか知っているぞ」

心臓を鷲掴《わしづか》みにされたようにぎょっとする。

「熊猫《パンダ》を探しに来たんだろう？」

「……ぱ、熊猫？　な、な、何のことでしょう」

「夕方、おまえが立ち去った後、石椅子の上に座っていた。あれはおまえが作ったのか？」

「……何のお話をなさっているのか分かりませんわ」

「嘘をつくなよ。おまえはここで熊猫のぬいぐるみとしゃべっていたじゃないか」

「ぬ、ぬいぐるみと話すなんて、そ、そんなばかげたことはしたことがありません」

最悪だ。よりにもよって、氷希に見つかってしまうとは。

「へえ。じゃあ、あいつは返さなくていいんだな」

氷希が立ち上がって近づいてくる。翠蝶はおそるおそる後ずさった。

「まあ、返せる状態じゃないからちょうどいいか。あんなふうになったしな……」

「……あんなふう⁉」

「ちょっとやりすぎたなー。適当なところでやめておけば、あんなことには……」

「なっ、わ、わたくしの露露にいったい何をなさったんですか⁉」

思わず声を荒らげて彼に詰め寄る。氷希は不思議そうに首をかしげた。

「おまえの露露？　何のことだ？　俺は熊猫のぬいぐるみについて話しているんだぞ」

「その熊猫のぬいぐるみが露露という名前なのです！」

しまったと口元に手を当てたときには、遅すぎた。

「やっぱりおまえのだったんだな」

返答に詰まり、おろおろと目を泳がせる。もはや、ごまかせないと諦めた。

「……か、返してください……」

蚊《か》の鳴くような声で言うと、氷希が聞こえないと煽《あお》るように片眉《かたまゆ》をはねあげた。

「お、お願い、ですから、返してください……大切な、ものなのです」

言葉がつかえたのは氷希と向かい合って緊張しているせいではなかった。氷希が「返せる状態じゃない」と言ったからだ。露露を乱暴に扱ったのだろうか。「あんなふうになった」というのはぼろぼろになったということだろうか。胸をずたずたに引き裂かれたような気持ちになった。露露は翠蝶の友達だ。しゃべれなくても、動けなくても、大事な親友なのだ。

「お願いします……。何でもしますから、露露を返して……」

言葉尻がかすれ、視界が涙で歪んだ。露露がひどい目に遭《あ》ったのかもしれないと思うと、胸が張り裂けそうだった。氷希は何も言わず、こちらに背を向けた。枝垂れ槐の下に入り、枝に手を伸ばして小さなものを取る。それは白と黒の模様の……。

「露露！」

翠蝶が駆け寄ると、氷希は露露を差し出した。

「そっと持てよ。せっかく頭に花を飾ってやったんだからな」

乱暴に扱われた形跡はなかった。耳も目も手足も別れたときと変わらないし、汚れてもいない。ただ一つ違うのは、真珠色の槐の花が頭にたくさんのせられていることだ。

「……殿下が、こうなさったのですか？」

「おまえがここでしゃべってたじゃないか。花を飾ったら素敵だ何だって。おまえに置いてけぼりにされて熊猫のやつが寂しそうにしてたから、暇つぶしに花を飾ってやったんだよ」

一つだけのせるつもりが、あと一つ、あと一つと、だんだん増えていったのだという。

「まだこいつを持っていたんだな」

「……まだ、とは？」

翠蝶はおそるおそる露露を受け取った。槐の花が朗らかに香っている。

「十年前も持ってただろ。おまえは変わったが、こいつはあのときから変わらないな」

「……十年前？　どこかでお会いしましたか？」

氷希と初めて会ったのは、数年前の宮中の宴《うたげ》だったはずだ。会ったといっても言葉は交わしていないし、彼の姿をちらりと見たという程度だった。もちろん、露露は見せていない。

「後宮で会ったじゃないか。ほら、これはおまえからもらったものだ」

氷希が絹包みを開いてみせる。月に照らされた胡蝶《こちょう》の簪《かんざし》を見て、翠蝶はあっと声を上げた。

「あ、あなたは、あのときの……？」


十年前、仁啓帝の妃嬪《ひひん》だった叔母を訪ねるため、翠蝶は母に連れられて後宮に入った。後宮に行くのは初めてだったから、かなり緊張した。粗相《そそう》をしてしまうのではないかと不安で仕方なくて、心を落ちつけるためにこっそり露露を持っていった。

外衣の袖《そで》に作った隠しに押しこんでいたのだが、天界のような園林《ていえん》を散策しているうちに露露にも景色を見せてあげたくなった。談笑する母と叔母から離れ、珍しい青色の睡蓮《すいれん》が咲く池のほとりまで来て、隠しから露露を引っ張り出した。

『見て、露露。綺麗《きれい》な睡蓮が咲いているわ』

露露を抱っこして水面で花開いた青い睡蓮を眺めた。異国の美人を思わせる幻想的な睡蓮を見て、露露は嬉しそうにしていた。もっと近くで眺めようと身を乗り出したときだ。裙の裾を踏んで転びそうになり、露露を池に落としてしまった。とっさに拾おうとして手を伸ばしたが、水面に抱かれた露露は頼りなくぷかぷかと漂っていて、到底届かない。

途方に暮れていると、池のそばの小道を宦官《かんがん》が通りかかった。金襴《きんらん》で仕立てられた鯉魚文《りぎょもん》の長衣《ちょうい》を着ており、男らしい体躯《たいく》をしていたが、ここは後宮なのだから男ではないはずだ。頭巾で顔を隠していたので年齢や人相は分からない。歩き方は妙にぎこちなかった。

『そこの宦官、わたくしの露露を拾ってちょうだい』

声をかけたのに、宦官は素通りした。翠蝶は追いかけて彼の前に立ちはだかった。

『聞こえたでしょう？　露露が池に落ちたの。早く拾わないと水を吸って沈んじゃうわ』

『……誰だよ、おまえ』

喉《のど》を引っかくような痛々しい声音《こわね》だった。頭巾からのぞく目元が剣呑《けんのん》な色を帯びる。

『名乗っている暇はないわ。とにかく、池から露露を助けてあげて』

『露露って何だ？』

『あそこに浮いている熊猫のぬいぐるみよ』

翠蝶が睡蓮の池を指さすと、宦官はちらりと見やって長く息を吐いた。

『俺はおまえの子守じゃないんだよ。拾いたいなら自分で拾え』

宦官は億劫《おっくう》そうに歩き出した。一歩進むごとに、体が不安定にかしぐ。

『病気なの？』

『だったら何だっていうんだよ。おまえには関係ないだろ』

宦官が投げやりに答えるので、翠蝶は心配になった。裁縫《さいほう》道具を入れて持ち歩いている絹袋から針と糸を出して、宦官に駆け寄る。

『少しの間でいいから、じっとしていて』

袖の裏地に針を刺そうとしたが、宦官が袖を引っ張ったのでできなかった。

『何するんだよ。触るな』

『刺繡《ししゅう》するの。すぐ終わるから、動かないで』

無理やり袖をつかんで、古くから病を祓《はら》うといわれている蟠桃《はんとう》を刺繡した。即席だから上等なものとはいえないが、瑞々《みずみず》しい蟠桃と緑の葉を鮮やかな糸で表すことはできた。

『これであなたの病気は治るわ』

『は？　刺繡で治るわけないだろ』

『わたくしの刺繡は効果覿面《てきめん》なのよ。お父さまが臥《ふ》せっていらっしゃったときも、わたくしが蟠桃を刺してあげたら治ったの。きっとあなたにも効くわよ』

翠蝶はにっこりして、来た道を引き返した。

『……熊猫を拾わなくていいのかよ』

『あなたは具合が悪そうだから、自分で拾うわ』

池のほとりに屈みこみ、左手で袖を押さえて右手を伸ばした。目いっぱい伸ばしているのに、露露には届かない。もっと、もっと、と手を伸ばし、体がぐらりと傾いた。

落ちると思ったときには、誰かが後ろから抱えてくれていた。

『俺が取ってやる』

宦官は翠蝶を地面に座らせ、水面に手を伸ばした。翠蝶の短い腕では全然届かなかったのに、宦官の手は易々と露露をつかんだ。

『ありがとう』

池の水を吸った露露を受け取り、翠蝶は笑顔でお礼を言った。

『待って。口止め料にこれをあげるわ』

立ち去ろうとした宦官を呼び止めた。結い髪から引き抜いた胡蝶の簪を差し出す。

『露露を持ってきたことは、お母さまにも秘密なの。誰にも言わないでね』


「……あ、あなたのことは、宦官だと……。後宮に男の人がいるなんて知らなくて」

当時、氷希は十八。皇子は十五になると封土《ほうど》を賜《たまわ》り、後宮の外で暮らすものだ。

「毒の治療のため、母上の殿舎《でんしゃ》に留まっていたんだよ。母上がそう望んだからな」

氷希は月明かりの下で胡蝶の簪を懐かしそうに眺めた。

「なぜ頭巾をかぶっていらっしゃったのです?」

「顔半分が焼けただれていたからだ。煮《に》え湯をかぶったみたいに」

「でも、今は治っていらっしゃいますわ」

煮え湯をかぶったように焼けただれていたとは到底思えないほど、現在の氷希は美しく整った面《おも》差《ざ》しをしている。むろん、右目を除いて、だけれど。

「林太医《りんたいい》の薬はよく効く。おかげで右目以外の傷痕は治ったよ。ただし、それは見た目の話だ。

毒の作用はしっかり残っている」

林太医は当世で唯一の女医だ。女性の太医は凱王朝が始まって以来、四人目である。

「……毒の作用って……」

うつるということか、と尋ねようとして口をつぐんだ。

「これはおまえに返すよ。俺が持っていても役には立たない」

翠蝶の困惑を理解してか、氷希は毒についてそれ以上語らなかった。胡蝶の簪を絹で包み直して翠蝶に渡し、そのまま立ち去ろうとする。

「……お待ちください、殿下」

翠蝶がか細い声で呼び止めると、琵琶《びわ》を抱えた氷希が振り返った。

「あ、あの、露露のことは……秘密にしていてください」

「なぜだ？」

「……十七にもなってぬいぐるみを持っているなんて、恥ずかしいことですから」

うつむいて唇を噛《か》む。氷希が秘密を守ってくれるとは思えない。彼にはそうする義理がないのだ。翠蝶は彼を避け続けているし、皇帝に色目を使っていると噂《うわさ》されるほどに後宮に足しげく通い、氷希に恥をかかせている。賭《か》けを持ちかけてきたのだって、夫を軽んじる翠蝶に苛立《いらだ》ちを募《つの》らせてのことだろう。彼に恨まれているのは重々承知だ。けれど……。

「露露は雌《めす》か？」

唐突《とうとつ》な問いが降った。翠蝶が面《おもて》を上げると、氷希は小首をかしげていた。

「……そういうつもりで作りました」

「頭に花を飾るくらいだから、雌だろうな。雄《おす》の熊猫は持っていないのか？」

「……幼いときは、持っていましたわ。でも、親族の子どもたちに分けてしまったので……」

「だったら、雄を作ってつがいにしてやれ。ひとりじゃ寂しいだろ」

翠蝶は目を瞬かせた。月影を背にした氷希は困ったような笑みを浮かべている。

「泣くほど大事なものなのに、恥ずかしいとか言うなよ。露露に失礼だぞ」

差し出された手巾《しゅきん》を受け取るまでに、数秒かかった。

「一つ助言してやる」

氷希は天頂で輝く佳月《かげつ》を仰《あお》ぎ見た。彫りの深い横顔が複雑な陰影で彩られる。

「主上の寵愛《ちょうあい》を受けたいなら、今みたいに御前で涙を見せるといい」

さあっと吹き抜けた夜風に弄《もてあそ》ばれ、枝垂《しだ》れ槐《えんじゅ》の花房が薄明かりの中をたゆたった。

「紅涙《こうるい》は月季《げっき》の露華《ろか》に似たり……」

百花夫人の瞳からこぼれる涙は、さながら月季《ばら》の花びらを潤《うるお》す夜露のよう
氷希が口ずさんだのは、凱王朝の太祖が「余《よ》の最愛」と呼んで慈《いつく》しんだという百花夫人の美

しさを称える古詩の一節だった。

「百花夫人の涙に心を動かされない男はいない」

翠蝶が侍女《じじょ》たちを連れて部屋を出ると、どこからか琴《こと》の音色が聞こえてきた。

「素敵な演奏ですわね」

「まるで天人が奏《かな》でる音曲《おんぎょく》のよう」

うっとりと聴き惚《ほ》れた侍女たちが溜息をついて眉根《まゆね》を寄せた。

「顔に傷さえなければ、殿下はお嬢さまとお似合いの美男でいらっしゃったのに」

「でも、乱暴な方なのでしょう。宮廷一の淑女でいらっしゃるお嬢さまとは不釣り合いだわ」

「乱暴な方ではないわ」

翠蝶は侍女たちのおしゃべりに口を挟んだ。

「お優しい方よ。殿下のことを悪く言わないで」

氷希が噂通りの男なら、先日の夜のようなことは起きなかっただろう。

彼は露露にひどいことをしなかったし、むしろ頭に花を飾ってくれた。十七にもなってぬいぐるみなんてとばかにすることなく、雄の熊猫も作ってつがいにしてやれと言ってくれた。

「そういえば……お嬢さまは昨夜も殿下とお会いになっていましたわね」

「殿下とは、あまりお会いにならないほうがよいのではありませんか」

「お嬢さまは主上のご寵愛を受けなければならないのですし」

「もし、お顔に傷ができてしまったら、私たちは旦那さまからお叱《しか》りを受けます」

侍女たちの小言に、翠蝶は何も答えなかった。

昨夜も槐の木の下で氷希に会った。ここ数日、毎晩のように会っている。氷希は琵琶や琴を弾いてくれる。翠蝶は露露を抱いて、心和《なご》む演奏に耳を傾けるのだった。

会えば触れられることもあるだろうと身構えていたが、氷希は翠蝶に一切触れなかった。あの夜も露露や手巾を渡す際に翠蝶の手には触れなかった。偶然なのかもしれないし、彼が意図してそうしているのかもしれない。もし、後者なら、彼の人柄は噂とは正反対だ。

（……悪い方ではないと思うけれど）

傷痕に関する噂が本当だったなら……と思うと肩に力が入ってしまう。以前は彼を警戒することに何の感情も覚えなかったが、先日の夜以降は警戒心を抱くことに少なからず抵抗を覚える。彼は翠蝶に触れないよう気遣ってくれているのかもしれないから、心苦しいのだ。

「お嬢さまは〈五爪《ごそう》の龍の父〉をお産みになる御方なのです」

「呂守王殿下とは結ばれない定めですから、かかわらないほうがよろしいですわ」

嫁《とつ》いだ後も、尹家出身の侍女たちは翠蝶のことをお嬢さまと呼ぶ。

「……ええ、分かっているわ」

侍女たちの言葉にうなずくのが数秒遅れた。

（主上のご寵愛を受けるため、他の殿方《とのがた》と親しくなってはいけないのよ）

そんなことは分かっているのに、初秋の風に溶ける琴音《きんおん》が心に響いてくるのだ。


か細い月明かりが薄雲に遮《さえぎ》られ、氷希は三弦《さんげん》を奏でる手を止めた。

（今夜は来ないのだろうか）

槐の下で翠蝶と会うのが日課になりつつある。いつもなら翠蝶が隣の石椅子《いしいす》に腰かけて露露を撫《な》でている時刻だ。隣といっても、槐の下に並ぶ二脚の石椅子は、五、六歩ほど離れているのだが、視界の端に彼女の姿が映らないことを物足りなく感じてしまった。

（まさか、蟠桃《はんとう》の娘が尹翠蝶だったとは）

一度会ったきりだったが、ずっと記憶していた。いつの日か再会することがあったら、胡蝶《こちよう》の簪《かんざし》を返そうと思っていたので、返すことができたのはよかった。

しかし、再会の喜び以上に、彼女が憐《あわ》れになった。

卜占《ぼくせん》で氷希との結婚が良縁になるという卦《け》が出なかったら、翠蝶は彼女の希望通り、兄帝の後宮に入ることができただろう。栄皇貴妃しか見えていない兄帝も、翠蝶が皇妃になっていたら、もう少し目をかけてくれただろうに。つくづく不運な娘だ。

十年前、氷希は毒の症状で歩くこともままならなかった。

身の回りの世話をする侍女たちですら氷希の醜《みにく》い傷痕を恐れて主人を遠巻きにしていた。休みなく体を襲う苦痛と周囲からの忌避《きひ》や恐怖の眼差《まなざ》しに苛立《いらだ》って心がささくれ立ち、氷希はやけになっていた。

青い蓮《はす》が咲く池のそばを通ったのは偶然だった。母の殿舎にいると母が何くれと気遣ってくれたが、身勝手にもそれが煩《わずら》わしかった。部屋に籠《こも》っていると母に八つ当たりしてしまうから、気分を変えるために痺《しび》れる足を引きずりながら散歩に出たのだ。

十年前の翠蝶は小さくて愛らしい少女だった。血色のよい顔や元気そうな手足が氷希の目には憎らしく映った。熊猫のぬいぐるみを拾ってくれと言われて、やり場のない激情が喉《のど》までせり上がってきたのを覚えている。

そんながらくたは放っておけばいいと思った。ぬいぐるみが池に沈んだところで、死ぬわけじゃないだろうと。冷たく突き放したのに、翠蝶は氷希の袖《そで》に快癒《かいゆ》を願う蟠桃の模様を刺してくれた。侍女たちのように氷希を恐れることなく、代わりに月季花《ばら》がほころぶような笑顔を見せてくれたのだ。

『これであなたの病気は治るわ』

日常生活に支障がないほど症状が軽くなったのは、彼女が邪気払いの文様を刺繍《ししゅう》してくれたからだという気がしている。幾度となく彼女のことを思い出したものだ。毒の後遺症で苦しみながら目覚めたときも、蟠桃の刺繍を眺めれば気持ちが落ちついた。

もう一度会いたくなって、探そうとしたことは数えきれない。後宮には許可なく立ち入ることができないから、当日同時刻の記録を見れば目星はつけられるはずだった。

だが、結局は探すことを諦めた。後遺症が右目だけになってからも、氷希へ向けられる視線が変わらなかった。探し出して会ったりすれば、彼女にとって不名誉な噂が流れるかもしれない。恩人に汚名を着せるわけにはいかないから、何もしなかった。

再会した今も、いっそ分からないままのほうがよかったのではないかと思ってしまう。あの夜から会う機会が増えている。子どもの頃会っているということで、彼女も少しは警戒心が緩《ゆる》んだのかもしれないが、世間の評判を考えれば以前の状態に戻るほうがいいのだろう。

今夜は来ないだろうと、三弦を抱えて石椅子から立ち上がったときだ。

可憐《かれん》な秋海棠《しゅうかいどう》が咲く茂みから、夜風にさらわれそうなすすり泣きが聞こえてきた。茂みの陰をのぞきこむと、夜着《よぎ》姿の翠蝶がうずくまっている。

「そんなところで何をしているんだ？」

氷希が声をかけると、翠蝶はびくっとして顔を上げた。瞳には大粒の涙が光っている。細腕にしっかり抱いているのは小さな熊猫《パンダ》の露露だ。

「殿下……申し訳ありません。演奏の邪魔をしてしまって」

「邪魔じゃないが、どうしたんだ？　なぜ泣いている？」

氷希は彼女のそばに屈みこんだ。翠蝶は慌てて袖で涙を拭《ぬぐ》う。

「何でもありません。目にごみが入ったのです。槐の花が落ちてきて……」

嘘をつくなと怒鳴りそうになり、自分をなだめた。怒鳴ったら彼女を怯えさせてしまう。

「分かった。何も訊かない。その代わり、独《ひと》り言《ごと》を言え」

「……独り言？」

「俺は秋海棠を眺めているだけだ。おまえが独り言をつぶやいても聞こえない」

氷希が秋海棠を眺めるふりをすると、翠蝶はためらいがちに語り出した。

「栄皇貴妃さまのために仕立てた披帛《ひはく》を持って、後宮へまいりましたの」

彼女がうつむくから、白い横顔は黒髪の帳《とばり》に隠されてしまった。

「螺鈿《らでん》の箱に入れて、芳仙宮《ほうせんきゅう》に向かったのですが……栄皇貴妃さまの御前で箱を開けると、幾日もかけて織った金紗《きんしゃ》の披帛がずたずたに引き裂かれていました」

そうすれば胸の痛みが治まるというように、翠蝶は露露をぎゅっと抱いた。

「驚いてしまって……。すぐに栄皇貴妃さまにお詫《わ》びを申し上げましたわ。栄皇貴妃さまは気にしなくてよいとおっしゃってくださったのですが……」

「何だ、そんなことか」

「そんなこと⁉　苦労して作った披帛を引き裂かれたのですよ⁉」

「これは独り言だぞ。返事をするなよ」

きっと氷希を睨《にら》みつけてきた翠蝶は、しおれた花のように下を向いた。

「後宮は女の園だ。女が集まれば争い事が起こる。主上に目をかけられる者はねたまれ、憎まれ、あらゆる手段でいやがらせをされるのが常だ。披帛を引き裂かれた？　それくらいで済んでよかったな。次はおまえ自身が切りつけられるかもしれないぞ」

翠蝶はふるふると肩を震わせた。

「おまえを怖がらせたくて言ってるんじゃない。事実として、後宮とはそういう場所なんだ」

父帝の後宮では、宮女《きゅうじょ》が何人か首を吊って自害した。そのうちの数件は自害に見せかけた殺人だった。懐妊《かいにん》中の妃嬪《ひひん》が足元にばらまかれた真珠《しんじゅ》を踏んで転んだり、堕胎《だたい》薬入りの菓子を贈られたり、上位の妃嬪に命じられて苦役をさせられたり……。

「先々帝の後宮では、寵姫《ちょうき》が顔を火傷《やけど》させられたり、刃物で美貌《びぼう》に傷をつけられたり、懐妊できないように毒を飲まされたりする事件が数多く記録されている。言っておくが、これはましな例だぞ。命までは奪われていないからな。嫉妬《しっと》ゆえに殺された宮女だって大勢いる」

「……後宮が恐ろしいところだということくらい、存じていますわ」

「だったら、なぜ予測できなかった？　おまえは栄皇貴妃のお気に入りだ。おまけに主上の寵《ちょう》愛《あい》を得ようと秋波《しゅうは》を送っている。妃嬪たちがおまえを疎《うと》まないとでも？」

翠蝶はうなだれたまま、露露の手を握った。

「疎まれているとも。ただでさえ空閨《くうけい》をかこっている妃嬪たちは陰でおまえを罵《ののし》っているはずだ。皇妃でもないくせに主上の気をひこうと色目を使う、浅ましい女だと」

氷希は追いつめるように辛辣《しんらつ》な言葉を吐いた。

「披帛を引き裂いたのは誰だろうな？　妃嬪たちか？　宮女か？　あるいは栄皇貴妃か？」

「……そ、そんなことはありえませんわっ。栄皇貴妃さまはとてもお優しい方で……」

「そのお優しい栄皇貴妃から寵愛を奪おうとしているんだろ。俺が栄皇貴妃なら、おまえは目障《めざわ》りだな。披帛を裂いたのは警告で、次はもっと冷酷《れいこく》な方法で懲《こ》らしめてやるだろう」

翠蝶は物言いたげに口を開いたが、声にならなかった。

「この程度で泣きわめいていたら後宮では生きていけない。所詮《しょせん》、皇妃の器《うつわ》じゃないんだよ。後宮入りはさっさと諦めたらどうだ？　主上への未練は捨てて、俺のものになれ。大事にしてやると約束はしないが、まあそれなりに可愛《かわい》がってやるよ。飽きるまではな」

「……結構ですわ！」

翠蝶は氷希の視線を弾き飛ばすように面《おもて》を上げた。

「わたくしは赤子の頃に〈五爪の龍の父〉を産むと予言されました。わたくしにとっては主上に嫁ぐことこそが天命なのです。あなたに可愛がっていただく必要なんてありません」

露珠《ろしゅ》のような涙で潤《うる》んだ二つの瞳には、強い光が宿っていた。

「主上がおまえの天命か。そこまで言うなら、天子に嫁ぐ気概を持てよ。布一枚引き裂かれたくらいが何だっていうんだ。くだらないことでめそめそするな」

「めそめそなんてしていませんわ。わたくしは腹に据えかねているのです。幾日もかけて大切に織った金紗を台なしにされたのですもの。むしゃくしゃして仕方ないのです」

むかっ腹を立てたように言い放ち、ざっと目元を拭う。

精いっぱい無理をして強がる様子が愛らしくて、氷希は軽く噴き出した。

「何がおかしいのです⁉　わたくしは怒っているのですよ⁉」

「好きなだけ腹を立てていろよ。涙よりは怒りのほうがいくらか力になる。ただし、露露に八つ当たりするなよ。苦しそうにしてるぞ」

翠蝶がぎゅうぎゅう握りしめるので、露露は息苦しそうだ。

「幸い、おまえには器用な両手がある。引き裂かれたなら、もっといいものを作ればいい」

「教えていただかなくても、そのつもりでしたわ」

「おいおい、俺は独り言を言っているんだぞ。勝手に答えるなよ」

「……わたくしだって独り言を申しているのです。あなたに話しているのではありません」

翠蝶は勢いよく立ち上がった。黒髪がさらりと肩を流れ、月季花《ばら》の香油《こうゆ》がふわりと香る。

「さて、怒りが静まるように三弦をもう一度弾いてやろうか。もちろん、これも独り言だが」

長衣《ちょうい》の裾《すそ》を払って立ち上がり、氷希は三弦を抱え直した。

「別に聴きたいわけではありませんが、お弾きになるというなら聴いて差し上げますわ。言うまでもなく、これも独り言ですけれど」

挑戦するように威勢よく言い放つ。

ああ、この表情だ。彼女には弱々しい泣き顔より、勝ち気な表情のほうがはるかに似合う。

翠蝶は作り直した披帛を持って皇宮へ向かった。

氷希には言わなかったが、後宮で受けたいやがらせは他にもある。裁縫《さいほう》道具がなくなったり、刺繍の図案が破られていたり、下絵に使う胡粉《ごふん》が捨てられていたり、自信作だった白蓮《びゃくれん》の刺繍が行方《ゆくえ》不明になったり……。初めのうちは偶然かと思っていたが、身の回りのものがなくなったり、壊れたりすることが増えたので、誰かの意地悪だと理解した。

苦労して織り上げた披帛を台なしにされたことは今までで一番こたえたが、氷希と話しているると悲しみより怒りがむくむくとみなぎってきた。

(それなりに可愛がってやるですって！　ばかにしているわ！)

披帛を引き裂かれたこと以上に、氷希が「飽きるまでそれなりに可愛がってやるから、俺のものになれ」と言ったことにむかっ腹を立てている。

(それなりだの、飽きるまでだのと言う人に情けをかけてもらうつもりはないんだから)

翠蝶は輝かしい未来を予言された身なのだ。皇帝以外の男と結ばれるわけにはいかない。

侍女たちを連れ、外朝《がいちょう》と後宮をつなぐ銀凰門《ぎんおうもん》をくぐる。

後宮に入ると、周囲の景色がいっそう華やかになる。朱赤の円柱が立ち並ぶ回廊《かいろう》は、芍薬《しゃくやく》と鯉《こい》、蓮と流雲、菊《きく》と燕《つばめ》、椿《つばき》と灯籠《とうろう》など、四季折々の模様が彫刻された梁《はり》に頭上を彩られ、左右の視界を紅紫に染める紫薇《さるすべり》花の色と相まって、仙界の入口のように優美だ。

回廊が交わる箇所《かしょ》で、右手側の通路から佳麗《かれい》な美人がやってくるのが見えた。袖《そで》を引きずる上襦《じょうじゅ》は孔雀羽糸《くじゃくはねいと》で鳳凰《ほうおう》を縫取織《ぬいとりおり》したもの。

孔雀羽糸は孔雀の尾羽と数種類の絹糸をより合わせた糸で、刺繡のように織り出された鳳凰が黄金と翡翠《ひすい》の輝きを振りまきながら浮き出しているように見える。

贅《ぜい》を尽くした装いに負けない美貌の持ち主は、皇帝の同母妹・明杏長公主《めいあんちょうこうしゅ》である。

明杏長公主は御年二十六。ひっきりなしに舞いこんでくる数々の縁談を断り続けているのは、傍らに控えている覆面《ふくめん》の宦官《かんがん》と恋仲だからだという噂《うわさ》だ。

「長公主さまにご挨拶《あいさつ》いたします」

翠蝶は恭《うやうや》しく明杏長公主に拝礼をした。

「あら、呂守王妃の披帛は変わっているわね」

明杏長公主は翠蝶が腕にかけている披帛に目をとめた。

先日、引き裂かれた金紗で作った披帛だ。生地は濃い藍に染め、裂け目は銀糸《ぎんし》を用いて鎖繡《くさりぬい》で刺繡した。表面に小さな輪を連ねたような刺し目を作る鎖繡が夜空を思わせる色彩の生地に映え、銀漢《あまのがわ》をそのまま切り取ったような披帛に仕上がっている。

「星空を身にまとっているようだわ。素敵ね。触ってもよくて？」

明杏長公主は翠蝶が差し出した披帛に触れて、花の顔《かんばせ》をほころばせた。

「なんてなめらかな生地かしら。妾《わらわ》もこういう披帛が欲しいわ」

「お気に召していただけたのなら、差し上げますわ」

「まあ、妾がもらってよいの？　これほどの逸品《いっぴん》だもの、大事なものでしょう？」

「長公主さまが身につけてくださったら、きっと輝きが増しますわ」

翠蝶が勧めると、明杏長公主は披帛を腕にかけてみた。

「上襦の色とも合うわ。ねえ央順《おうじゅん》、綺麗《きれい》だと思わない？」

「七夕《たなばた》がもう一度巡ってきたようですね。とてもお似合いです、長公主さま」

親しげに呼ばれた央順という宦官の声は、ひどくしゃがれていた。

（央順さまも、呂守王殿下と同じ毒で倒れられたことがあるんだったわね）

氷希と違って、央順には「触れると傷がうつる」という類《たぐい》の噂はない。なぜなら、彼は傷痕を消す薬を使わず、毒に見舞われたままの顔を頭巾で覆《おお》い隠しているからだ。

氷希や央順を襲った毒は、容貌《ようぼう》に火傷を負ったような傷痕を残す。全部は無理だが、できる限り傷痕を消すことは可能だ。治療に使われる薬は劇薬で、体内に残った毒と混ざり合って悪い作用を起こし、傷痕を消す代わりに何らかの後遺症を残すのだといわれている。

その後遺症というのが「うつる」ということなのか、女性たちは特に氷希を恐れる。

（殿下の傷痕もそのまま残っていれば、触れても大丈夫だったのかしら）

ふいにそんなことを考えてしまい、翠蝶は困惑した。

これではまるで、彼に触れてみたいと思っているかのようではないか。

「今から芳仙宮《ほうせんきゅう》へ行くの？」

「はい。栄皇貴妃さまに披帛を差し上げようと」

「今日はやめたほうがいいわ。栄皇貴妃は寝込んでいるのよ」

「ご病気なのですか」

栄皇貴妃は健康で、持病などはないはずだが。

「……大きい声では言えないんだけど、呪詛《じゅそ》らしいわ」

明杏長公主は柳眉《りゅうび》を曇らせた。

「具合が悪いのは間違いないけど、太医には原因が分からなかったの。お兄さまは心配なさって、邪気払いで有名な道観《どうかん》から女道士《おんなどうし》をお召しになったわ。その女道士が寝込んでいる栄皇貴妃を見るなり青ざめて、呪詛に違いないって言ったのよ」

「呪詛……」

氷希が語った後宮の恐ろしい事件の数々を思い出し、翠蝶は肩を強張《こわば》らせた。

「でも、妙なのよ。栄皇貴妃の部屋を女官たちが隅々まで調べたけど、呪言を書いた紙や札は出てこなかった。呪詛なら必ず呪言《じゅげん》を記したものがそばにあるはずなのに」

明杏長公主は憂鬱《ゆううつ》そうに溜息をもらした。

「お兄さまが栄皇貴妃ばかり寵愛なさるから、嫉妬されたんでしょうね。寵愛が偏るのはよくないわよってお諫《いさ》めしたこともあるんだけど……仕方ないわね。お父さまもそうだったけれど、高《こう》姓の殿方《とのがた》は本当に愛した女性には一途《いちず》になってしまうみたいなの。猟月《りょうげつ》お兄さまも登原王妃を大事になさっているし……」

登原王・高猟月は皇帝の異母兄である。登原王妃は太上皇――当時は仁啓帝――の妃嬪《ひひん》だったが、第一皇子だった登原王に見初《みそ》められ、登原王たっての願いで下げ渡された。

登原王は弟帝にも負けないほどの愛妻家と聞いている。

「時が来れば、氷希お兄さまもきっとあなた一筋になるわよ」

翠蝶が黙っているので、明杏長公主は慰《なぐさ》めるようにそう言った。

栄皇貴妃に会えないまま、数日が過ぎた。

参朝した父によると、後宮では栄皇貴妃の快癒《かいゆ》を願って祈禱《きとう》が行われているという。

「栄皇貴妃さまのご病気は重いみたいね」

翠蝶が刺繡台に向かっていると、後ろで侍女《じじょ》たちが小声でおしゃべりしていた。

「呪詛ですって。ご寵愛が深すぎるから、恨まれているんだわ」

「ねえ、これって好機じゃない？　もし、栄皇貴妃さまが助からなかったら、主上は気落ちなさるわ。お嬢さまが主上を慰めて差し上げれば、次の寵妃《ちょうひ》は」

「お黙りなさい」

翠蝶は針を刺す手を止め、振り返って侍女たちを睨《にら》んだ。

「栄皇貴妃さまが臥《ふ》せっていらっしゃるときに、なんてことを言うの」

「ですが……栄皇貴妃さまさえいなくなれば、お嬢さまにも寵愛を受ける機会が……」

「不吉な発言は控えなさい。悪意ある言葉はいずれ自分に返ってくるわよ」

ぴしゃりと言って、刺繍台に向き直る。刺しているのは、邪気払いの蟠桃《はんとう》と、長寿を意味する綬帯鳥《じゆたいちよう》だ。栄皇貴妃の平癒《へいゆ》を祈願して、一針一針、刺していく。

一段落したところで、翠蝶は席を立った。

昨日まで縫《ぬ》っていた琵琶《びわ》袋を棚《たな》から取り出す。葡萄文《ぶどうもん》の錦で仕立てたものだ。

氷希が琵琶をおさめるのに使っている錦袋には、いくつもほころびがあった。ずいぶん長い間、使っているもののようだ。氷希の琵琶は一目で上等な品だと分かるものだから、琵琶袋はそろそろ新調したほうがよいのではないかと思って、作ってみた。

(別に殿下のためじゃないわ。手がすいていたから、暇つぶしに作ったのよ)

氷希のために特別に時間を割いたのではない。翠蝶は針と糸に親しんでいるので、何でも作るのが好きなのだ。それだけだ。他意はないと自分に言い聞かせつつ、部屋を出る。

せっかく作ったので、氷希に渡しにいこう。

朗《ほが》らかな日和《ひより》だった。綿雲を浮かべた青空がどこまでも広がっている。

回廊を通り抜け、白壁に開けられた洞門《どうもん》をくぐり、翠蝶は立ち止まった。

さわさわと風になびく柳の下で、氷希が剣舞をしていた。

軽やかに地面を蹴《け》り、長衣《ちょうい》の裾を翻《ひるがえ》して、柄に房飾りのついた剣で虚空を貫く。

庭石に腰かけて琵琶を奏《かな》でるのは、氷希の側仕えの青年だ。空気を弾く威勢のいい音が力強い剣さばきと競い合うように響いている。

『紅獅西征《こうしせいせい》』

戦場を駆ける勇猛な姿を紅蓮《ぐれん》の獅子にたとえられた前王朝の皇族・元赤鳳《げんせきほう》が主題になった舞曲である。元赤鳳は時の皇帝が最下級の官婢《どれい》に手をつけて生ませた皇子だ。母の身分が低かったにもかかわらず、若くしてあまたの武功をあげ、一騎当千の英雄として名をはせた。

（……まるで赤鳳皇子がよみがえったみたい）

琵琶の音色に合わせ、氷希は重さを感じさせない動作で飛びはね、体を回転させる。彼が勇ましく剣を振り上げて風を切ると、袖に金糸《きんし》で縫い取られた天馬《てんば》が飛翔するように翻り、冠を貫いた簪《かんざし》の垂れ飾りが陽光と戯《たわむ》れながらしゃらりと揺れた。

翠蝶は呼吸も忘れて見惚《みと》れた。獲物を食らう獅子のごとく剣を振るい、次々に敵兵を討ち取ったという前王朝の猛将が氷希の長軀《ちょうく》に宿ったかのようだ。

「おまえは俺を盗み見るのが好きらしいな」

舞を終えて剣をおろすなり、氷希は翠蝶に笑いかけた。

「俺に見惚れていただろう」

「……ち、違います！」

はたと我に返り、翠蝶は声高《こわだか》に言い返した。

「あなたを見ていたのではありませんわ！　あなたの後ろの柳を見ていたのです！」

「恥ずかしがることはない。妻が夫に見惚れるのは普通のことだ」

「見惚れていませんと申し上げているでしょう……！」

「下手《へた》な嘘だな。俺を見つめてぼーっとしていたくせに」

氷希が愉快そうに笑うので、悔しくなって唇を尖らせた。

「……殿下はもう舞はなさらないと聞いていましたわ」

氷希は遊芸に長《た》け、とりわけ歌舞音曲《かぶおんぎょく》の才能に恵まれている。かつては宮中で舞を披露することも多かったそうだが、毒で顔に傷が残ってからは公《おおやけ》の場では舞わなくなった。

「宮中では舞わない」

「なぜですか？　素晴らしい舞でしたのに」

うっかり本音を言ってしまった。氷希はにやりとする。

「おまえの前では舞ってやってもいいぞ。ただし、跪《ひざまず》いてお願いしろよ」

「なっ、お、お願いなんかしませんっ！」

ふいと顔をそむけたとき、ここに来た理由を思い出した。

翠蝶はつかつかと氷希に歩み寄り、絹包みを彼に手渡した。

「琵琶袋ですわ。差し上げます」

氷希が絹包みを開く。葡萄文の錦で仕立てられた琵琶袋を日差しにさらした。

「錦はおまえが織ったものか」

「新しく織ったものではありません。以前、織った錦で手慰みに作りましたの。殿下がお使いになっている琵琶袋が古くなっているようでしたから」

「織女《しょくじょ》とあだ名されるだけのことはあるな。繊細で気品のある錦だ。仕立てもいい」

氷希は大きな手で琵琶袋を撫《な》でた。男らしく筋張った、それでいて優美な手だ。右手の人差し指には翡翠をあしらった指輪が光り、爪は綺麗に整えられている。

（……殿下の御手は、温かいのかしら）

そんなことを考えてしまい、翠蝶は当惑した。彼だって人なのだから、温かいに決まっているではないか。だいたい、彼の手がどうだろうと翠蝶には関係ないことだ。

「ん？　今度は俺の手に見惚れているのか？」

からかいまじりの問いかけにどきりとした。動揺《どうよう》をごまかすため、話題を変える。

「なっ、なぜ古い琵琶袋をお使いになっているのです？」

「父上にいただいたものだからな、琵琶も、琵琶袋も」

氷希は側仕えの青年から琵琶を受け取り、新しい琵琶袋におさめた。

父のゆかりの品だから大切にしていたのか。知れば知るほど、高氷希は噂が語る乱暴な人物とはかけ離れているように感じる。

「栄皇貴妃が呪詛されているという話は聞いたか」

「はい。恐ろしいことですわ。早く快復なさるよう、蟠桃と綬帯鳥を刺繍《ししゅう》していますの」

「余計なことはするな」

「快癒を願って刺繍することがいけないのですか？」

「後宮にはどこにでも落とし穴がある。例えば、おまえがその刺繍を持って見舞いに行ったら、翌日にはおまえが栄皇貴妃を呪詛したとして捕えられる羽目になるぞ」

何者かが翠蝶の刺繍に呪詛の文様を加えるかもしれないと、彼は語る。

「証拠はいくらでもでっち上げられる。呪詛事件などは、嫌いなやつを陥《おとしい》れる絶好の機会だ」

氷希は葡萄文の琵琶袋におさめた琵琶を側仕えの青年に手渡した。

「おまえは主上の寵愛《ちょうあい》を狙っていると噂されている。妃嬪《ひひん》たちがおまえを陥れるとしたら、この好機を逃しはしない。こんなときに後宮に行くのは愚《おろ》かなことだ。病気で臥せっていることにして王府にいろ」

「わたくしのことを案じてくださるのですね……」

胸の奥がもやもやする。氷希は優しい。少しもひどい男ではない。

（……わたくしは、主上の寵愛を得るために殿下の評判を傷つけているのに）

妻にそっぽを向かれる男だと、氷希は陰でそしられている。彼自身は傷つけられて困るほどの名誉はないと言うけれど、妻が夫の評判を落とすのは悪いことに違いなくて……。

「俺は我が身が可愛《かわい》いだけだ。妻が罪人になれば、夫も道連れだからな」

氷希の笑みがなぜか寂しげに感じられ、胸が締めつけられた。

「殿下は……側室をお迎えにならないのですか」

早ければ、男性は十五で最初の結婚をするし、遅くても二十四、五までには妻を娶《めと》る。子孫を生み増やし、一族を繁栄《はんえい》させること。男女問わず、それこそが人として最も重要な務めだと教えられる。ましてや、氷希は皇族の一員だ。妻を迎えて子をもうけるのは、皇族に課せられた仕事といってもいい。それなのに氷希は、生涯《しょうがい》結婚するつもりはなかったと語った。

（殿下に触れると傷痕がうつるという噂も、嘘かもしれないわ）

氷希が悪評通りの荒くれ者でないことはすでに知っている。

彼の寝所に侍《はべ》った女が同じ傷を負ったという噂も、根拠のない中傷なのかもしれない。流言飛語で貶《おとし》められて、結婚から遠ざかっていたのだとしたら、あまりにも気の毒だ。

「御心にかなう方がいらっしゃるなら、どうぞお迎えくださいませ。わたくしを離縁《りえん》なさった後は、王妃の席が空きますから、その方が王妃に……」

「尹翠蝶、おまえは下劣な女だな」

氷希は冷ややかに言い捨てた。

「自分が夜伽《よとぎ》をしたくないから、他の女に押しつけようというのか？」

「そ、そういうわけではなく……宗室の殿方《とのがた》が独り身でいらっしゃるのは……」

「独り身じゃないぞ。今は、おまえがいる」

空気が重量を増したような気がした。翠蝶は気おされて後ずさった。

「……賭《か》けの結果が出るまでは、何もなさらない約束のはずですわ」

「気が変わった。妻の務めを果たしてもらおうか。ここで」

「こ、ここは内院《なかにわ》です。そ、そのようなことをなさったら、殿下の評判が……」

「俺の悪評は山ほどある。内院で妻を辱《はずかし》めたくらいでは、誰も驚きはしない」

翠蝶は逃げ出した。彼の剣幕が恐ろしかったからだ。洞門をくぐろうとした瞬間、袖《そで》をつかまれて荒っぽく引っ張られた。背中を白壁に押しつけられ、わずかに息がつまる。

「噂を聞いたことがあるだろう。俺と床をともにした女が、俺のように顔に傷を負ったと」

白壁に手をつき、氷希は激情をあらわにした左目で翠蝶を見下ろした。

「噂が真実かどうか、確かめてみるか？」

氷希が頰《ほお》に触れようとして手を伸ばしてくる。翠蝶は思わずぎゅっと目を閉じた。肩が震え、膝が笑う。噂が本当だったらおしまいだ。顔に傷が残り、皇帝の寵愛はいっそう遠のく。

（……お父さま、お母さま、ごめんなさい……）

翠蝶が氷希を怒らせたせいで、両親の夢をかなえてあげられなくなった。

「確かめるまでもないな」

吐き捨てるように言い、氷希は翠蝶から離れた。

「噂は事実だ。俺が寝所に連れこんだ女は傷物になったよ」

自嘲《じちょう》するふうに笑う。袖を翻して、こちらに広い背を向けた。

「おまえも危ないぞ。護衛でも雇ったらどうだ？　俺から身を守れるように」


太上皇となった父・高嵐快《らんかい》は、皇宮内にある灯影宮《とうえいきゅう》に住まいを移した。

灯影宮は数代前の皇帝が隠居部屋として建てたものだ。かつての主人の趣味を反映して装飾は色味が抑えられており、すっきりした佇《たたず》まいの内院は水墨画《すいぼくが》の風景を模している。

桔梗《ききょう》が盛りを迎えた灯影宮の内院で、氷希は琵琶を奏でていた。

隣で琴《こと》を弾いているのは父である。父は無駄なく引き締まった長躯を菊花文《きっかもん》の長衣で包み、松葉色の生地に鶴が織り表された外衣《うわぎ》を合わせている。背筋をすっと伸ばし、洗練された指使いで琴を爪弾《つまび》く姿は、知命《ちめい》を過ぎているとは思えぬ若々しさだ。

譲位《じょうい》する数年前から、父は氷希をたびたび招くようになった。招いて何をするのかといえば、さまざまな楽器で合奏をしたり、碁《ご》や象棋《しょうぎ》に興じたり、歌舞を鑑賞したり、たわいのない話をしたり……。要するに今まで疎遠《そえん》だった関係を修復したいのだろう。

父の心遣いは理解しているし、素直に受けるべきだと思うが、兄弟たちの中で最も軽んじられてきたという長年のわだかまりが邪魔をして、会えば気まずい思いをするのが常だった。

「音色には、心が表れるという」

演奏を終えて、父はゆるりとこちらに視線を投げた。

「おまえの心は、ひどく乱れているようだな」

「疲れているんですよ。昨夜は浪山侯に付き合って、深酒をしましたから」

氷希は琵琶を机に置いた。葡萄文の琵琶袋が目に入り、棘《とげ》が刺さったように胸が痛んだ。

(脅《おど》かしすぎたな……)

あれから翠蝶とは口をきいていない。彼女は氷希を見るなり逃げていく。

(……あいつが側室を迎えろなどと言うから)

氷希は十年前から彼女をひそかに気にかけてきて、彼女の名誉を守るために探し出すことも控えていたのに、当の翠蝶は側室を娶ればいいと軽々しく言ってのけたのだ。

ついかっとなって、彼女を脅かした。翠蝶が氷希に触れられるのを恐れているから、触れてやろうとした。悲鳴を上げればいい、泣き叫んで助けを呼べばいいと思った。

しかし、翠蝶は縮こまってかたかたと震えているだけだった。悲鳴を飲みこむように唇を噛《か》み、醜《みにく》い傷痕が残った男を視界から締め出すように瞼《まぶた》を閉じて、恐怖に耐えていた。

だから言ってやった。噂は事実だと——嘘をついた。

噂は嘘だ、触れても何も起きないと言ったところで、翠蝶は信じないだろうから。

（謝るべきなのか……？）

謝ってどうする。関係を修復したいのか？　修復が必要なほどの間柄でもないのに。

（……あいつにとっては、俺と親しくなることに何の得もないんだ）

翠蝶は兄帝に愛されることを望んでいる。氷希とかかわらなくても、彼女には何の不都合もない。それどころか、氷希と疎遠であるほうが彼女のためだ。

「おまえの心を乱しているのは、呂守王妃だな」

父は心まで見透かすような目で氷希を見やる。

「呂守王妃が圭鷹に色目を使っているという噂を気にしているのか？」

「宮中の噂をいちいち気にしていたら、きりがありませんよ」

「だったら、何を悩んでいる。呂守王妃はおまえが十年も恋慕《れんぼ》してきた娘だろう。欲しかった女をやっと手に入れたというのに、嬉しくないのか」

反射的に言い返しそうになったが、氷希は言葉をのんだ。

（……何が良縁だ）

卜占《ぼくせん》で尹翠蝶を選んだというのは口実だ。氷希が胡蝶《こちょう》の簪《かんざし》と蟠桃《はんとう》の刺繍を大事にしていることを知り、あらゆる手を使って尹翠蝶を探し出したのだろう。

計算された縁談だったのだ。つまり、卜占で良縁の卦《け》が出たというのは真っ赤な嘘。

「王妃が哀れです。兄上の後宮に入りたがっていたのに、俺などに嫁《とつ》がされて」

「後宮に入ってもろくなことはないと教えてやれ。寵愛されればねたまれて命を狙われるし、寵愛されなければ虚《むな》しく老いていくだけ。どちらに転んでも苦労が多いぞ」

母は後者だった。薨去《こうきょ》後に貴妃《きひ》を追贈されたものの、それは父の愛情というより、自分を顧《かえり》みない夫に一生を捧げた女に与えられた君主の憐憫《れんびん》であった。

「たとえ苦労が多くとも、恋しい男に仕えられれば本望でしょう」

「何だ、呂守王妃は圭鷹を慕《した》っているのか？」

父は面白くなさそうに琴《こと》の弦を弾いた。

「圭鷹を慕っても無駄だと言ってやれ。あいつは栄皇貴妃のことしか頭にないんだ。栄皇貴妃以外の女はしゃべる衣服に見えるとまで言い切る男だぞ。脈なしだ。諦めろ」

兄帝は栄皇貴妃以外の妃嬪《ひひん》と一晩過ごすことに関して、父に相談したらしいのだ。

子孫を生み増やすのは皇帝の務めだから、妃嬪たちに夜伽をさせなければならないが、栄皇貴妃にしか魅力を感じないのでどうしたらいいのか――そんなふうに大真面目《おおまじめ》に相談されたと以前、父が呆《あき》れ顔《げ》で話していた。

「しかし、解せないな。向麗妃もかねてから圭鷹を慕っていたと聞いたぞ。圭鷹は女から見て魅力的な男なのか？　余《よ》には、圭鷹のどこがいいのかさっぱり分からぬのだが」

皇位まで譲《ゆず》った次男にそこまで言わなくてもいいだろう。

「ともあれ、呂守王妃が圭鷹を恋い慕っているなら、早く目を覚ましてやらねば不憫《ふびん》だぞ」

父に暇乞《いとまご》いをして、氷希は四阿《あずまや》から出た。

爽《さわ》やかな風が吹き抜け、青い星のように花開いた桔梗の一群が踊るように揺れる。

（十年前は青い蓮《はす》を見ていたな）

翠蝶は青色の花が好きなのかもしれない。氷希は父に断って桔梗を手折《たお》り、花束を作った。

「――殿下！」

花束を持って洞門をくぐると、駆けてきた呂守王府の侍従《じじゅう》とぶつかりそうになった。

「急ぎ、暁和殿《ぎょうわでん》へお運びくださいませ」

「何かあったのか」

「栄皇貴妃さまを呪詛《じゅそ》したとして、主上が王妃さまを尋問なさっています」

「あいつは王府にいるはずだぞ。勝手に宮中に来ていたのか」

「いえ、参内《さんだい》せよという勅命《ちょくめい》があったのです。何でも、王妃さまが栄皇貴妃さまに献上なさった絹団扇《きぬうちわ》に片翼の綬帯鳥《じゅたいちょう》が刺繍されているとか」

綬帯鳥は山鵲《さんじゃく》ともいう。黒い頭と赤いくちばし、青色の長い尾羽を持つ美しい鳥だ。長寿を意味する瑞鳥《ずいちょう》だが、片翼の綬帯鳥は短命を意味する呪詛文様になってしまう。

「馬を出せ。呂守王府に戻るぞ」

「は？　王妃さまは……」

「王妃を守るためだ。急げ！」

氷希は即座に駆け出した。翠蝶を守らなければ。たとえ形だけだとしても、彼女が慕っているのは兄帝だとしても──尹翠蝶は氷希の妻なのだから。

皇帝が日中、政務を行う暁和殿の広間で翠蝶は跪《ひざまず》いていた。

七宝《しっぽう》の衝立《ついたて》を背にして、紫檀《したん》の龍椅《いす》に座す光順帝が冷然とこちらを見下ろしている。

「もう一度、訊く。この模様は、おまえが刺繡したものではないのだな？」

「はい。わたくしには、身に覚えがございません」

皇帝が手にしているのは、翠蝶が七夕節の宴《うたげ》で栄皇貴妃に贈った絹団扇だ。

生成《きな》り色の生地に五色の糸でつがいの胡蝶を縫《ぬ》い取ったもの。その裏に呪詛文様にあたる片翼の綬帯鳥が刺繡されているとして、翠蝶は引っ立てられるようにして呼び出されたのだ。

「しかし、使われている糸はおまえが使っていたものと一致する」

「……裁縫《さいほう》道具を後宮で失くしたことがございます。もしかしたら、何者かがわたくしの裁縫道具を拾って呪詛の模様を刺したのかもしれません」

「それが誰なのか、思い当たる節はないか」

ございません、と頭《こうべ》を垂れる。何度も繰り返した問答だ。

片翼の綬帯鳥なんて、刺繍しようと思ったこともない。片翼は不吉だから、綬帯鳥を刺す際には、片方ずつではなく、両翼を交互に刺していくのが決まりだ。

まったく身に覚えがないと正直に答えても、皇帝は疑わしげだった。

「呂守王妃は後宮に入りたがっているという噂《うわさ》があるそうだな」

皇帝は龍椅から立ち上がった。冕冠《べんかん》の玉飾りがざわめくように揺れる。

「余の寵愛《ちょうあい》を受けるためには、栄皇貴妃が邪魔だ。そう考えても不思議はない」

「わたくしは栄皇貴妃さまをお慕いしております。ご寵愛を奪おうなんて……」

考えたこともない、と言おうとしたが、皇帝がさっと扇子《せんす》を開いて遮《さえぎ》られた。

「栄皇貴妃を慕っているなら、なぜ見舞いに来なかった？」

「……わたくしも病を患っており、栄皇貴妃さまにうつしてはならないと」

「病？　それは大変だ。太医を呼ぼうか」

「い、いえ、軽い風邪ですから、太医に診《み》ていただくほどでは……」

「太医の診察を受ければ、どんな病名か分かる。もし、軽い風邪とやらでなかったら、おまえは余に偽りを申したことになるが？」

皇帝は険《けわ》しい目つきで翠蝶を見ている。翠蝶は首をすくめて面《おもて》を伏せた。

呪詛文様など刺繍していないと言っても皇帝は信じてくれない。おそらく、栄皇貴妃の病状が重いので、苛立《いらだ》っているのだろう。絹団扇自体は翠蝶が栄皇貴妃に贈ったものだし、使われた糸は翠蝶が愛用している刺繍《ししゅう》糸だから、弁明しようにもこちらが不利だ。

「病を患っているのか、患っていないのか。偽らずに真実を述べよ」

「……申し訳ございません、主上。わたくしは病を口実に参内を控えておりました」

「仮病を使って見舞いを控えたと？　なぜそんなことをした？」

栄皇貴妃の呪詛事件に巻きこまれないよう参内を控えたほうがいいと氷希に助言されたのだと素直に答えていいものかどうか迷う。ありのままを話せば、氷希にそそのかされたと示唆《しさ》するようで後味が悪いし、自分の判断で参内を控えたと言っても疑いを深めるだけだ。

「黙っているのは、後ろ暗いところがあるからか？」

「いいえ、わたくしは栄皇貴妃さまを害するようなことは決して……」

「らちが明かない。おまえが真実を話さないなら、呂守王府の侍女《じじょ》たちを取り調べるしかなさそうだな。侍女たちなら、おまえが呪詛文様を刺したかどうか分かるだろう」

翠蝶は青ざめ、袖の中で手を握りしめた。

後宮の事件を調査するのは後宮警吏《けいり》だ。彼らは過酷な取り調べをすることで知られている。拷問《ごうもん》されたら、侍女たちは翠蝶が呪詛文様を刺したと偽りの証言をするかもしれない。

「侍女たちは無関係ですわ。わたくしの刺繍は」

「呂守王妃、覚えておきなさい」

皇帝はぱちんと扇子を閉じた。

「ひとたび嘘をついた者は二度と信用されない。特にこの宮中では」

億劫《おっくう》そうに龍椅に腰を下ろし、傍らに控えている宦官《かんがん》に命じる。

「取り調べが済むまで、呂守王妃の身柄を拘束《こうそく》せよ。面会は言うまでもなく、書簡等で外部と連絡を取ることも禁じる。また呪符《じゅふ》などを身につけていないか、入念に調べるように」

宦官たちが翠蝶の腕をつかんで立ち上がらせる。めまいがして、足元がふらついた。

（……殿下のおっしゃっていた通りだわ）

後宮にはどこにでも落とし穴がある。油断すれば誰かが仕掛けた罠に引っかかって、落とし穴に転げ落ちてしまう。疑惑はそれだけで証拠だ。晴らせなければ、罪人になるしかない。

なすすべもなくうなだれて、宦官たちに従おうとしたときだ。

「お待ちください、主上」

朱塗りの扉が開いた。緑香る風とともに、氷希が姿を現す。

「我が弟は、参殿には許可が必要だということを忘れているらしいな」

「無礼をお許しください。王妃にあらぬ疑いがかかっていると聞き、急ぎ参上しました」

皇帝は冷淡な眼差《まなざ》しを投げたが、氷希は怯《ひる》むことなく兄帝に拝礼した。

「あらぬ疑いというからには、おまえは呂守王妃が余の愛妃を呪詛したことを否定するのか」

「栄皇貴妃さまを呪詛するなど、尹氏《いんし》に限ってあり得ません」

「絹団扇には、呂守王妃の刺繍糸で片翼の綬帯鳥《じょたいちょう》が刺されていたのだが？」

「何者かが尹氏の仕業《しわざ》に見せかけるために刺繍したものかと」

「なにゆえそう言い切れるのだ?」

「尹氏は栄皇貴妃さまの快癒《かいゆ》を祈願して、蟠桃《はんとう》と綬帯鳥の刺繍をしておりました。栄皇貴妃さまを呪詛して害そうというなら、快癒を願うことはないでしょう」

皇帝はしばし黙し、怪訝《けげん》そうに異母弟を見やった。

「おまえは呂守王妃を信頼しているようだが、余は疑わざるを得ない。栄皇貴妃が臥《ふ》せっているというのに、呂守王妃は見舞いにも来なかった。快癒を祈願して刺繍をしたというなら、どうして出来上がったものを持って、後宮に参じなかったのだ?」

「私が尹氏に参内するなと命じていたからです」

氷希はすっと面を上げ、兄帝を振り仰《あお》いだ。

「尹氏には主上に懸想《けそう》しているという噂があります。尹氏は妃嬪《ひひん》候補の一人でした。主上に嫁ぐことを夢見ていたのでしょうから、私に嫁いで落胆《らくたん》していたとしても無理からぬことですが、心が通わなくとも夫婦は夫婦。夫としては快《こころよ》い噂ではありません」

「噂を打ち消すために、参内を禁じたのか」

「栄皇貴妃さまの快癒を願う刺繍をしているというので、これを口実にして主上にお目にかかりたいのではないかと疑いました。つまらない嫉妬《しっと》心から参内を禁じたのです」

私の愚行《ぐこう》が誤解を招いたことをお詫《わ》びします、と氷希は殊勝《しゅしょう》に頭《こうべ》を垂れた。

「呂守王妃は病を患っていたから参内しなかったと余に嘘をついた。夫に禁じられていたなら、始めからそう言えばいいものを」

「嫉妬深い夫に恥をかかせないため、あえて嘘をついたのでしょう。主上の御前で偽りを述べることは重罪ですが、そうさせたのは私です。お咎《とが》めはこの氷希がお受けいたします」

氷希は長衣《ちょうい》の裾《すそ》を払って跪いた。皇帝は手を一振りして立つように命じる。

「咎めるほどのことではない。呂守王妃が参内しなかった理由は分かった。だが、刺繍の件は弁明が不十分だぞ。呪詛文様を刺したのが呂守王妃ではないと、どうやって証明する？」

「尹氏が栄皇貴妃さまの快癒を願って刺繍していたものを持ってまいりました。こちらの綬帯鳥と、絹団扇の綬帯鳥を調べていただければ、尹氏の疑惑を晴らすことができるはずです」

氷希は翠蝶の刺繍を宦官に手渡した。皇帝は刺繍工を呼び、翠蝶が刺した綬帯鳥と絹団扇に刺された片翼の綬帯鳥を念入りに調べさせた。

「絹団扇の呪詛文様は、呂守王妃さまが刺繍なさったものではございません」

時間をかけて両者を見比べた後、刺繍工が皇帝に奏上《そうじょう》した。

「呂守王妃ではないなら、いったい誰が刺したものなのだ？」

「……現段階では分かりかねます。ただ、呂守王妃さまの刺繍ではないとしか」

刺繍工は言葉を濁《にご》す。皇帝は翠蝶を拘束している宦官たちに命じた。

「呂守王妃を離してやれ。疑いは晴れた」

「皇恩《こうおん》に感謝いたします」

翠蝶は跪いて深々と拝礼した。皇帝はかすかに苦笑する。

「感謝する相手を間違っているぞ。呂守王はわざわざ妻の疑いを晴らすために駆けつけたのだ。おまえは夫に恵まれている。良き夫を心配させないよう、今後は身を慎《つつし》みなさい」

翠蝶が再び面《おもて》を伏せようとしたときだ。慌《あわただ》しい足取りで老齢の女道士《おんなどうし》が現れた。

「主上！　呪詛の原因が分かりました！」

皇帝が袖《そで》を払って席を立つ。色めき立った広間に衣桁《いこう》を持った宦官たちが入ってきた。衣桁《いこう》にかけられているのは、裏と表に色違いの模様が表れる双層錦《そうそうきん》で仕立てられた上襦《じょうじゅ》だ。玉色の生地には落花流水文《らっかりゅうすいもん》が浮かび上がり、大輪《たいりん》の芙蓉《ふよう》と繊細な枝、愛情の寓意《ぐうい》であるつがいの鴨《かも》が趣《おもむき》のある色合いの双糸《そうし》で刺繍されている。

「この衣にこめられた呪詛が栄皇貴妃さまを害しております」

女道士がおぞましいものを見るように上襦に視線を向けた。

「これは……母上が栄皇貴妃に下賜《かし》なさったものではないか」

愕然《がくぜん》としたふうに皇帝がつぶやく。

（……まさか、皇太后さまが栄皇貴妃さまを呪詛なさったというの？）

皇帝の生母である呉太后《ごたいこう》は、さっぱりした気性と持ち前の明るさで宮女《きゅうじょ》たちから慕《した》われている。栄皇貴妃とは実の母娘のように親しくしており、嫁と姑《しゅうとめ》の確執もない。

呉太后が栄皇貴妃を呪詛するとは、にわかには信じがたい。

「呪符が縫いつけられていたのか？」

「裏地をはいでみましたが、呪符らしきものは見つかりません」

「では、呪詛文様が刺繍されていたのか」

「それが……くまなく探しましたが、あるはずの呪詛文様が見つからないのです」

女道士は困惑気味に皇帝を振り仰いだ。

「邪気をあぶりだす香を使って調べると、この衣が呪詛の原因であると分かります。事実、栄皇貴妃さまはこちらの衣を好んでお召しになっていました。なれど……肝心《かんじん》の呪詛がどのような形でこめられているのか、分からないのです」

「簡単なことだ。呪詛がこめられている衣は燃やしてしまえばよい」

「呪詛の種類によっては、燃やすことでかえって力を増すものもございます。呪詛文様を見つけ出した後でなくては、うかつに処分できません」

「よく調べたのか？　これが原因なら、呪詛文様が必ず仕込まれているはずだ」

皇帝は衣桁に歩み寄り、上襦に手を伸ばした。

「玉体《ぎょくたい》に何事かあってはいけません。御手を触れられませぬよう」

女道士に止められ、皇帝は上襦に触れようとした手をきつく握りしめた。

「灯影宮に行く。どういうつもりでこれを栄皇貴妃に下賜なさったのか、母上に尋ねたい」

皇太后は本来ならば後宮に居を構えるものだが、呉太后は太上皇が暮らす灯影宮に住まいを移している。皇帝は灯影宮に先触れを送るよう、宦官に命令した。

「よろしければ、わたくしに調べさせていただけないでしょうか」

翠蝶は立ち上がって皇帝に向き直った。

「絹物に関しては、少しばかり腕に覚えがございます。お役に立てるかもしれません」

氷希が物言いたげな顔でこちらを見ている。余計なことをするなと言いたいのだろう。だが、譲《ゆず》れなかった。栄皇貴妃を救うためにも、一刻も早く呪詛文様を見つけなければ。

「触れれば、害があるかもしれぬぞ」

「臥せっていらっしゃる栄皇貴妃さまのことを思うと、我が身を案じてはいられませんわ。どうか調べさせてください。一日も早く、栄皇貴妃さまにお元気になっていただきたいのです」

「呂守王妃はこう言っているが、おまえはどう思う？」

皇帝は氷希に目を向けた。氷希は翠蝶をちらりと見て、兄帝に視線を戻す。

「栄皇貴妃さまを案じる気持ちは私も同じです。尹氏が衣を調べるなら、私も手伝います」

翠蝶は息をのんだ。呪詛にかかるかもしれないのに、氷希も上襦に触れようというのか。

（わたくしのことを、心配してくださるの……？）

先日は無神経なことを口走って氷希を怒らせた。何度も謝ろうとしたが、勇気が出なくて彼を見かけるたびに避けてしまった。まだ腹を立てているのだろうと思っていたのに、今日は翠蝶の窮地《きゅうち》を救ってくれた。その上、呪詛がこめられた衣を一緒に調べてくれるという。

「では、二人で調べてくれ。具合が悪くなったら、無理をしないように」

皇帝が許可を出したので、翠蝶は衣桁に歩み寄った。

翠蝶が触れる前に、氷希が上襦の裾をつかむ。彼の左目は「おまえは触るな」と語っていたが、織物や刺繍は触れてみなければ分からないことも多い。

触れてみると、思ったより厚手だった。見た目より、重さもありそうだ。

(見れば見るほど、素晴らしい双層錦ね……)

双層錦は裏と表の模様が同じで、文様の色と地色が表裏で入れかわるようにした織物だ。表には淡い青地に白色の落花流水文が、裏には白地に淡い青色の落花流水文が織り出されている。双層錦の織物は両面を使うことができる。この上襦は淡い青地に白色の落花流水文を表にして仕立てられているが、裏面の織地も細やかで美しい。

(……模様がずれてない?)

織地の厚さを感触で確かめながら丁寧《ていねい》に見ていると、同じ位置の落花流水文が裏と表で微妙にずれていることに気づいた。

(やっぱりずれているわ。裏の花びらと表の花びらの位置が重なっていない)

双層錦は一枚の布なのだから、裏面の淡い青色の花びらと、表面の白い花びらは、ぴったり重なるはずである。ずれるはずがないのに、なぜずれているのだろうか。

（……一枚じゃない？）

二枚重ねて仕立てたものなら、多少のずれは起こりうる。しかし、経糸《たていと》と緯糸《よこいと》の構造は双層錦のものである。双層錦は二枚重ねて仕立てないのが普通だが……。

「どなたか、糸切鋏《いときりばさみ》をお持ちではありませんか？」

翠蝶は宦官から糸切鋏を借りて、裾にあてられた藤色の別布と織地を縫いつけている糸を切っていった。皇帝や氷希が自分の手元を見ていることを忘れて、作業に没頭する。

裾の別布を半分ほどはいだところで、別布に覆《おお》い隠されていた織地の端に触れてみる。

「これは……二枚の布を重ねて仕立てられたものですわ」

織地の端をよく見れば、一枚の布ではなく、二枚の布を重ねたものであることが分かる。どちらも双層錦であることは間違いないが、二枚重ねられて、さらにその上から大輪の芙蓉とつがいの鴨が刺繍され、一枚の錦に見えるように仕立てられている。

「布と布の間に、何かの仕掛けがあるかもしれないな」

氷希も翠蝶が見た部分と同じ個所に触れた。

「すぐに二枚の布をはいでみてくれ」

皇帝は身を乗り出して、氷希が手に取っているところを眺めた。

「すべての刺繍をほどかなければなりません。時間がかかりますわ」

「女官なら何人使ってもいい。最短でどれくらいかかる？」

大勢で取りかかっても、布に触れるのは多くて六名ほど。しかし、六名ですべての刺繍をほどくのは非効率的だ。疲れてくれば、作業の速度が落ちる。

「一度に六名ずつ、一定の時間を区切って交代しながら行えば三日以内に終わるでしょう」

目も綾な錦のあわいに、いったい何が隠されているのだろうか。

「呂守王妃、女官たちを使って刺繍をほどいてくれ」

「……わたくしが、ですか？」

「おまえが錦の仕掛けに気づいたのだ。内側に隠されているものも暴くことができるだろう」

翠蝶は隣に立つ氷希をおずおずと見上げた。

仕方のないやつだと言いたげに、氷希は目元を緩《ゆる》める。

「主上のご命令だ。栄皇貴妃さまのために力を尽くせ」


刺繍をほどく作業は皇宮の奥まった一室で行われた。

翠蝶は女官たちとともに作業に加わった。六人で一組になり、手や目が疲れる頃に交代する。集中力が物を言う仕事だが、交代制なので効率は落ちない。

暗くなれば蠟燭《ろうそく》を灯して作業を続け、休みなく刺繍がほどかれていく。

左の胸元の部分の刺繍糸を取り払ってしまうと、重ねられた錦の間から一枚の薄絹が出てきた。薄絹には、くすんだ赤い糸で片翼の綬帯鳥《じゅたいちょう》と文字のようなものが縫い取られている。

翠蝶が差し出した薄絹を見るなり、女道士《おんなどうし》は蒼白になって肩を震わせた。

「こ、これです……！　これが栄皇貴妃さまを苦しめている呪詛《じゅそ》文様です！」

「文字らしきものがありますが、古代の文字でしょうか」

「古い時代に作られた、呪詛のための文字です。おぞましいこと……」

「刺繍糸から独特な臭いがしますわ。どんな染料を使っているのかしら」

「この臭い……毒虫をつぶして染めた糸でしょう。お顔を近づけてはいけません」

毒虫と聞いて、翠蝶は思わず薄絹を放りすててしまいそうになった。

「何と記されているのですか？」

「……皇貴妃に三千回の死を」

三千回の死――呪詛特有の言い回しで〈最もむごい死〉という意味になるそうだ。

呪詛が記された薄絹をまじまじと見下ろし、皇帝は眉《まゆ》をひそめた。

「母上は呪詛のことをご存じなかった」

この上襦《じょうじゅ》は呉太后が皇貴妃時代にとある皇妃から贈られたもので、一回だけ袖《そで》を通したものの、気に入らなかったので、長い間、衣装部屋にしまったままにしていたという。

「贈り主の皇妃さまは今、どちらにいらっしゃるのです？」

翠蝶が尋ねると、皇帝は憂鬱《ゆううつ》そうに首を横に振った。

「衣を母上に贈ってから半年後、事故死している。親族も没落してちりぢりになっているから、運よく探し出せたとしても、事情を知る者がいるかどうか」

布の状態から推測すると、およそ二十年前に仕込まれた呪詛だ。

事故死した皇妃が呉太后──当時は呉皇貴妃《ごこうきひ》──の死を願って仕立てたのか、あるいは親族の誰かが仕組んだことで、皇妃自身は何も知らなかったのか、もはや誰にも分からない。

「燃やさずにおいて正解でした。この呪詛はそのまま火にくべると邪悪な力が増します」

呪詛文様に触れて気分が悪くなったのか、女道士は血の気のない顔をしている。

「どのように処分すれば、栄皇貴妃は助かるのか？」

「まず、煮沸《しゃふつ》して刺繡《ししゅう》糸の染料を抜いてから糸をほどきます。その後、糸と薄絹を切り刻み、邪気を払う香木《こうぼく》とともに低温で燃やせば、呪詛を絶つことができます」

すぐさま作業に取りかかるよう、皇帝は女道士に命じた。

二日後、薄絹と糸は完全に灰になった。二十年もの間、呪詛文様を隠していた上襦は皇帝の命令で焼却され、後宮には数日間、邪気払いの香がもうもうと焚《た》かれていた。

初秋の午後。呂守王府は分厚い灰色の雲に覆われていた。

「お待ちください、殿下」

しっとりと花開く梔子《くちなし》に彩られた園林で、翠蝶は小道を歩いていた氷希を呼び止めた。

「先日は助けてくださって、ありがとうございました」

「礼を言われる筋合いはない」

氷希は翠蝶に背を向けたまま、突き放すように返事をした。

「おまえが栄皇貴妃を呪詛したことで罰せられたら、俺にも疑いがかかる。自分にかかる火の粉《こ》を振り払ったんだよ。おまえを助けたわけじゃない」

そっけない返事だったが、保身のためだけに助けてくれたとは思えなかった。

（殿下も、栄皇貴妃さまの上襦に触れてくださったわ）

呪詛の原因となっている衣を調べたいと翠蝶が申し出たとき、氷希は自分も手伝うと言った。保身のために翠蝶を助けただけなら、そこまでする必要はないはずだ。

「あ、あの……この間の失言のこと……ずっと謝ろうと思っていましたの。なかなか言い出せなくて……本当にごめんなさい」

氷希が長らく独り身だったのは、枕を交わした女性に傷痕を残してしまうからなのだ。誰も傷つけたくないから、花嫁を迎えなかったのだ。

にもかかわらず、翠蝶は浅はかな考えで「側室を迎えてはどうか」と口走ってしまった。

（……婚礼の夜、臥室《しんしつ》にお見えにならなかったのも、わたくしへの配慮《はいりょ》だったのね）

婚儀を挙げてから一度も、氷希は翠蝶の閨《ねや》を訪ねなかった。翠蝶の失言に苛立《いらだ》っていたときだって、「辱《はずかし》める」と口では脅《おど》しながら、袖を引っ張っただけで、指一本触れなかった。

高氷希は荒くれ者で、ささいなことで腹を立て、女を腕ずくで従わせる。

そんな悪評は事実無根だ。その気になれば、彼はいくらでも翠蝶に触れることができた。もちろん、触れる以上のことも。だが、氷希はいまだに、翠蝶には触れたことがない。

（わたくしは……なんて下劣なの）

氷希は優しすぎる。翠蝶は皇帝に取り入ろうとして彼の評判を傷つけているのに、翠蝶が窮地に陥《おちい》ったら真っ先に助けに来てくれた。翠蝶が皇帝についた嘘も、氷希は自分が言わせたことにして丸くおさめてしまった。彼が優しすぎるから、締めつけられるように胸が痛む。

「俺も謝ろうと思っていた」

氷希はやはり振り返らない。翠蝶は広い背中を見つめた。

「あの日はかっとなって……脅かしすぎた。悪かったな」

うつむいて、眼帯で覆われた右目に手をあてる。

「おまえが暁和殿で主上に尋問された日、詫《わ》びの印に桔梗《ききよう》の花束を渡すはずだったんだ。俺が手折《たお》ったやつだから、たいしたものじゃないが。呪詛事件のせいで……渡しそびれた」

「今からでも、いただくことはできますか？」

「枯れたよ。昨日までは俺の部屋に活《い》けておいたが、侍女《じじよ》が捨てただろうな」

「もし、捨てられていなかったら、わたくしにくださいませ」

「……枯れた花だぞ」

「殿下が手折ってくださった花ですもの。色褪《いろあ》せていても、お気持ちが残っています」

氷希は短く返答に詰まった。

「物好きだな。そんなに欲しいなら、あとで届けさせるよ」

ありがとうございます、と言うと、会話の接《つ》ぎ穂《ほ》を失くしてしまった。話したいことがあるような気がするのに、何一つ言葉にならない。かといって、立ち去る気もしなかった。

雨の匂《にお》いがする。じきに降り出しそうだ。

「……殿下？　どうかなさいましたか？」

氷希が右目を押さえて低くうめいた。頭を抱えるようにして、前屈みになる。

「具合がお悪いのなら、お医者さまを呼んでまいりますわ」

「医者はいい。いつものことだ。放っておけば治る」

「ですが……」

ぱらぱらと雨粒が降ってきた。とうとう空が泣き出したのだ。

「濡れるぞ。早く部屋に戻れ」

苦しげに息を吐き、氷希は梔子の垣根に囲まれた四阿《あずまや》へ入っていった。わずかに迷って、翠蝶は彼を追いかける。四阿に入ったとたん、さあさあと絹糸のような雨が降り出した。

「ばかな女だな。また怖い思いをしたいのか」

氷希は長椅子《ながいす》に腰を下ろして、凄《すご》むような目つきで翠蝶を見上げた。怯《ひる》んで後ずさろうとしたが、彼が痛そうに顔をしかめて右目を手で覆うから、翠蝶の足が止まる。

「右目が痛むのですか？」

「……ときどき、火箸《ひばし》で突き刺されたみたいに痛むことがある」

「それは……毒の後遺症で？」

「解毒《げどく》の後遺症だ」

激痛に襲われたのか、氷希は体を折り曲げて息をつめた。

「顔半分に残った傷を消すために、解毒薬を使った。薬といってもほとんど毒と変わらない劇薬だ。毒を盛られて倒れたとき以上に死ぬ思いをしたが、傷痕は右目だけになった」

呼吸が荒いのは、疼痛《とうつう》が強くなっているせいだろうか。

「見た目はましになったが、この様だ。月に何度か、発作《ほっさ》がくる」

体内に残った毒と解毒のための劇薬が混ざり合って、激痛を引き起こしているのだという。

「林太医の薬では治らないのでしょうか」

「治っているほうだよ。前はもっと頻度《ひんど》が高かったし、痛みが数日続くことも少なくなかった。

最近はしばらく休んでいれば治る」

深く息を吸い、氷希は長椅子の背にもたれた。

「逃げるなら今のうちだ。俺に襲われるより、雨に濡れるほうがましだろ」

四阿の外は、生糸《きいと》を思わせる細い雨で覆われている。

翠蝶は長椅子に歩み寄り、彼の隣に腰かけた。

「この衣はお気に入りですの。雨に濡れてしみになっては困りますから雨宿りしていきます」

月季紅《げっきこう》の織地に翡翠《ひすい》色の胡蝶《こちょう》を刺繍した上襦と、槐《えんじゅ》の花びらの模様を散らした裙《くん》。

お気に入りというほどではないが、好きな装いだ。雨で汚したくはない。

「襲われてもいいのか」

「殿下はそのようなことはなさいませんわ」

翠蝶は体ごと氷希のほうを向いた。怪訝《けげん》そうに細められた左目を見つめる。

「どのようにすれば、お痛みが和《やわ》らぐのでしょうか」

「医者でもないおまえに何ができる」

「お気を紛らわすことくらいはできますわ」

火箸で刺されたような痛みとは、どれほどの苦痛だろう。想像もできない。

「そうだわ、歌を歌って差し上げましょうか？　何がいいかしら。楽しい気分になれるような……あ、だめだわ、歌なんて。声が頭に響いていっそう痛みが増すかも。じゃあ、詩を詠《よ》みましょうか。秋雨《あきさめ》を主題に……暗くなりそう。歌も詩もだめなら、他には……」

「手を握ってくれ」

氷希が左手を差し出した。

「気を紛らわしてくれるんだろう？　だったら、手を握っていてくれよ」

女のものとは明らかに違う、大きな手。巧みに琵琶《びわ》を奏《かな》で、露露に槐の花びらを飾ってくれた手。結婚して二年目だというのに、翠蝶は彼の手のぬくもりを知らない。

「できないんだろう。主上の寵愛《ちょうあい》を受けるには、傷一つない美貌《びぼう》が必要だからな」

皮肉っぽく笑い、ぞんざいに足を投げ出す。

「栄皇貴妃が臥《ふ》せってから、主上は妃嬪《ひひん》たちの夜伽《よとぎ》も放り出して愛妃の看病をなさっていた。寵愛は衰えるどころか、日増しに深くなっている。おまえの出る幕は――」

氷希は続きをのみこんだ。見開かれた左目に翠蝶を映す。

「こうしていると、気が紛れますか？」

翠蝶は氷希の左手に触れていた。初めて触れた夫の手は、じんわりと温かい。いったい何を恐れていたのだろう。彼は妖怪ではない。優しいぬくもりを持つ、優しい男の人だ。

不思議なことに、氷希に触れると傷痕がうつるという噂《うわさ》は気にならなくなっていた。

ただ、彼が味わっている苦痛を――ほんの少しでもいいから、和らげてあげたかった。

氷希は黙っていた。

信じられないと言いたげに、自分の左手に重ねられた翠蝶の手を見下ろしている。そして、ふっと口元を緩《ゆる》めた。形のよい唇からこぼれたのは、苦笑でも冷笑でもない。

「おまえの手は、絹のように柔らかいんだな」

切なげに笑って、氷希は翠蝶の手をそっと握り返した。

それが夢幻ではなく、現実のものであることを確かめるかのように。


雨は静かに降り続く。

「……寝たのか？」

穏やかな雨音を聞きながらまどろんでいた翠蝶が氷希の肩に寄りかかってきた。

呪詛《じゅそ》事件で気を張っていたから、疲れがたまっているのだろう。

右目の痛みはとうに引いていた。彼女の手のぬくもりが癒《い》やしてくれたのかもしれない。

「ありがとう」

何に対する礼なのか、自分でも分からない。そういえば、琵琶袋の礼も言っていなかった。

それ以前に、十年前の蟠桃《はんとう》の刺繡に対する礼も言っていない。

どうやら、翠蝶に感謝しなければならないことが多いようだ。

長雨のようにきりがない感謝の言葉は、彼女が目覚めてから伝えるとしよう。愛らしい二つの瞳を見たら、気恥ずかしさが勝って本音を冗談でごまかしてしまいそうだけれど。

「どうか降り続いてくれ」

氷希は雨に向かって独《ひと》り言《ご》ちた。

今しばし、胡蝶の翅休《はねやす》めを楽しみたいから。

第二章　相思《そうし》極まりて　哀情《あいじょう》多し

薄暮《はくぼ》の光が格子窓《こうしまど》越しに室内を染め上げる時刻。

「報われない恋は不毛《ふもう》だと思わないか」

氷希《ひょうき》は琵琶《びわ》袋に包まれたままの琵琶を手に取って、眼前の女に問いかけた。

てきぱきと薬箱を片付けているのは、現在唯一の女医・林太医《りんたいい》だ。年齢は栄皇貴妃《えいこうきひ》より一つ上の二十八。快活そうな面差《おもざ》しはよく整っている。真珠《しんじゅ》の白粉《おしろい》や螺子《らし》の黛《まゆずみ》で装えば、後宮の妃嬪《ひひん》にも劣らぬ美貌になるだろうが、化粧《けしょう》っ気がないせいで素朴《そぼく》な印象が強い。

林太医は氷希の主治医だ。十年前からの付き合いで、定期的に診察を受けており、ときおり浪山侯《ろうざんこう》と三人で酒を酌《く》み交わす個人的な友人でもあった。

「あらまあ、どうしたんですか、いきなり。頭をどこかにぶつけました？」

薬箱のふたを閉じて、林太医は丸っこい目をぱちくりさせた。

「普段は誰かが恋について語り出すと、おまえは暇人だなとか、他に考えることはないのかとか、頭に氷でも詰めておけとか、ひどいことばっかりおっしゃるのに」

「たまには語ってみたいと思ったんだよ。その……恋とやらについてな」

何かをごまかすように咳払《せきばら》いし、琵琶を取り出す。

「たとえ話だ。片恋は喜びより苦しみのほうが強いだろう。自分の想い人が自分以外の誰かを慕《した》っているんだから。辛く不毛な恋だ。そんなものは早く捨て去るべきじゃないか？」

「それはご自身のことですか？　それとも、殿下の想い人のことかしら？」

さりげなく核心をつかれ、氷希は決まり悪さを希釈《きしやく》するように琵琶の弦を弾いた。

（栄皇貴妃から寵愛を奪うなど、無理に決まっているのに）

翠蝶《すいちよう》は兄帝を恋慕《れんぼ》している。その事実がむしょうに不愉快だ。

彼女がいくら秋波《しゆうは》を送ろうと、栄皇貴妃の寵愛はこゆるぎもしない。兄帝は栄皇貴妃しか眼中になく、翠蝶のことはしゃべる衣服くらいにしか思っていないに違いないのだ。

――主上を恋い慕うのはやめろ。

翠蝶と話していると、ついそう言いたくなる。兄帝の後宮に入る夢は捨てて、俺の妻になってしまえと。そのほうが彼女のためだ。彼女の魅力に気づきもしない兄帝を追いかけ続けても、虚《むな》しい気持ちを味わうだけ。それならばいっそ、氷希と夫婦になったほうが……。

（……身勝手なやつだな、俺は）

彼女のためというのは名目。本当は氷希自身が翠蝶を欲しがっているだけだ。

雨の四阿《あずまや》で初めて知った、翠蝶の手の柔らかさ。左手に触れてきたまろやかな体温に心まで包まれたようだった。あのぬくもりが忘れられない。また触れてもいいかと言ったら、翠蝶は怯《おび》えるだろうか。ようやく縮まった距離を広げたくないから、触れたくても触れられない。

（虚しいのは、俺も同じか）

翠蝶が兄帝に恋しているのを知りながら、氷希は彼女に惹《ひ》かれている。これこそ、不毛な恋ではないか。さっさと諦めて、募《つの》る想いを捨て去るべきではないのか。

「片恋は捨てるべきかという問い、私なら否《いな》と答えますわ」

林太医は訳知り顔で微笑《ほほえ》んでいる。

「たとえ、かなわなくても、恋は恋ですもの。甘い喜びも切ない痛みも、恋をしなければ味わうことはできません。その点で言えば、結ばれた恋もかなわぬ恋も同じですよ。どちらも、ときには喜びを与え、ときには痛みを与えます」

「だが、恋しい相手が自分以外の誰かを慕っているのを見るのは不快だし、苦痛だ」

「それも事実でしょう。恋しい人に振り向いてもらえないのは辛いことです」

紅をひいていない林太医の唇が夕日の色に染められていた。

「すまない。おまえには向かない話題だったな」

「妙な気を回さないでください。むしろ、私向きの話題ではありませんか」

林太医――林氏《りんし》もまた、兄帝に報われない恋をしている。

まだ父が玉座《ぎょくざ》に君臨《くんりん》していた頃のことだ。氷希は皇宮《こうぐう》の園林で泣いていた林氏を見つけた。

彼女は珍しく化粧をした顔を涙で濡らして、両手いっぱいの書簡を抱きしめていた。

『笑ってください、殿下』

痛々しく引きつった笑みを浮かべ、林氏は書簡の束を氷希に差し出した。

彼女がとある男と文通していることは、かねてから知っていた。

その男は刑死した父親の知人で、父親を亡くした林氏を憐《あわ》れんで、病弱だった彼女に名医の治療を受けさせてくれたらしい。身寄りがなくなった彼女を裕福な商家の養女にしてくれた上、太医院《たいいいん》に入るために口利《くちき》きもしてくれたことから、林氏はその男をいたく敬慕《けいぼ》していた。

とはいえ、会ったことはなく、交流は書簡のみだという。

顔も知らない相手に、林氏は恋心を募らせていた。彼女自身は懸命に敬慕だと言い張っていたが、書簡を受け取ったときの甘やかな表情や、手紙の男について話すときの熱っぽい口ぶりは、林氏が胸に抱いているものが恋情であることをありありと物語っていた。

『どうしましょう。お会いするべきでしょうか、お断りするべきでしょうか』

ある日、手紙の男が会いたいと書いて寄越したというので、林氏はうろたえていた。

重要な用事があるので、会って話したいと書かれていたそうだ。伝聞調なのは、彼女が決して男からの書簡を見せないからだ。浪山侯と氷希が面白がって盗み見ようとしたときは、本気で怒っていた。よほどひどい手跡なのだろうとからかったものだが、無理にでも見ておけばよかったと後悔した。そうしていれば、会いにいってはいけないと助言できたのに。

『そいつと会うなら、化粧くらいしていけよ』

氷希は軽い気持ちでそんなことを言った。手紙の男が林氏のことを憎からず思っているのは間違いないだろう。会いたいというのは、二人の関係を進展させたいということだろう。だから美しく装って、その男を喜ばせてやれと、的外《まとはず》れな助言をしてしまった。

林氏は白粉で肌を整え、普段は使わない花をかたどった簪《かんざし》を挿して、医官のそっけない官服ではなく、新調した華やかな衣装に身を包んで、恋しい男に会いにいった。

待ち合わせ場所にやってくるのが、皇太子と彼の寵妃《ちょうひ》だとは、夢にも思わずに。

『私、手紙の相手が皇太子さまだと知らずに恋をしていたのです』

林氏が差し出した書簡は、見覚えのある次兄の手跡でつづられていた。内容は色めいたものではなかった。季節の移ろいを語り、医術の勉強に励《いと》む林氏の身を気遣う丁寧《ていねい》な文面。決してぞんざいに書きなぐった手紙ではなかったけれど、愛しい女にあてた書簡でもなかった。

『林氏あての書簡を栄妃に見られたんだ。浮気を疑われて困ったよ』

のちに、次兄はこともなげにそう言った。

『栄妃を安心させるために、林氏を呼び出したんだ』

次兄は林氏の父親が刑死したのを不憫《ふびん》に思って、彼女の面倒を見ていたのだ。情け深い次兄らしいと、氷希は苦々しく感じた。林氏の想いにまったく気づいていない様子なのも、栄妃に夢中な次兄らしかった。次兄は他の女を異性として意識すらしていなかったから。

だからこそ、浮気を疑った栄妃を安心させるためだけに林氏を呼び出したのだ。

皮肉なことに、林氏は栄妃に気に入られた。女同士だから話しやすいと、栄妃はたびたび林氏をそばに呼んで、懐妊《かいにん》しやすくする方法はないかと相談していた。

皇太子の寵愛を一身に受けながら、栄妃はいっこうに懐妊する兆《きざ》しがなかった。方々から側室を薦《すす》められても次兄が頑《かたく》なに拒《こば》んでいたから、栄妃は肩身が狭かっただろう。

『ときどき、思ってしまうのです。栄妃さまのことを、欲張りだと……』

東宮から帰ってくるたび、林氏はさめざめと泣くのだった。

『だってそうでしょう？　皇太子さまにあれほど愛されていながら、御子まで望んでいらっしゃるんですから。私なんて……どれほど想っても、気づいてもらえないのに……』

林氏が涙を見せなくなったのは、意外にも栄皇貴妃が懐妊してからだった。

『栄皇貴妃さまがご懐妊なさってからというもの、主上はとてもお幸せそうですわ』

待ちに待った愛妃の懐妊で、兄帝は有頂天《うちょうてん》になっていた。宗室が代々使ってきた産屋《うぶや》が古くなっているので、栄皇貴妃のために新しい産屋を建ててはどうかと提案して、「皇家の産屋は改築して十年しか経っていない」と父にたしなめられていたほどだ。

『お幸せそうな主上を見ていると、なぜか私まで胸が温かくなるのです』

栄皇貴妃が無事に出産できるよう、林氏は細々としたことにまで気を配った。報われない恋を嘆《なげ》いて泣くこともなく、栄皇貴妃が体調を崩したときには一晩中付き添っていた。

後宮で繰り広げられる女たちのいさかいを長年見てきた氷希は、不思議でならなかった。

林氏にとって、栄皇貴妃は憎き恋敵《こいがたき》だ。医術の心得がある林氏なら、自分の仕業《しわざ》と気づかれないように、栄皇貴妃が身籠《みご》った子を流してしまうこともできるはずだ。

氷希がなぜそうしないのかと尋ねたとき、林氏は毒を飲んだかのように青ざめた。

『主上の御子に、そんな恐ろしいこと……考えるだけでぞっとします』

林氏は兄帝を心から愛していた。ゆえに兄帝の喜びを自分のもののように感じていた。兄帝が愛する栄皇貴妃に親しみを抱き、兄帝がそうするように彼女を気遣った。

今は皇子にも惜しみなく愛情を注いでいる。

「報われない恋をすみやかに諦めるという道も悪くはないでしょう。愛されたいと願うなら、自分に振り向いてくれない人のことは諦めるほうがよいです」

林氏はたおやかに微笑んだ。

「でも、報われない恋だって、決して不毛ではないんですよ。不毛とは、実りのないこと。何も得られるものがないということでしょう？　かなわぬ恋だとしても、幸せに暮らす愛《いと》しい方を見て胸が温かくなるなら、実りは十分にありますわ」

「愛しい相手の隣にいるのが自分ではなくても？」

「大切なのは自分がその方のそばにいることではなくて、その方が幸福かどうかですわ」

「自分を主体にするか、相手を主体にするかで、見方が変わってくるんだな」

後者を選ぶことで、林氏は報われない恋に折り合いをつけたのだろう。

（……俺はどうする？）

尹《いん》翠蝶の幸福を願うということは、彼女が兄帝と結ばれるのを願うことだ。

兄帝の後宮に入って寵愛される彼女を思い描いてみる。

とたん、心臓を爪で引っかかれたような疼痛《とうつう》に襲われ、氷希は苦笑した。これも林氏が通ってきた道なのだろう。彼女の背中は、はるか遠くにあるようだ。


「……呂守王妃？　どうなさったの？」

鈴を鳴らすような声音《こわね》が降り、翠蝶は我に返った。

後宮――向麗妃《しょうれいひ》が住まう碧果殿《へきかでん》。満開の夾竹桃《きょうちくとう》で色づけされた内院《なかにわ》を臨《のぞ》む広間に、十一人の妃嬪《ひひん》が勢ぞろいしていた。絢爛豪華《けんらんごうか》な衣装を身にまとった美姫《びき》たちがそれぞれ刺繡台《ししゅうだい》に向かっている様は、星屑《ほしくず》でつむいだ糸を西王母《せいおうぼ》の衣に通す仙女たちのようだ。

妃嬪たちは皇子に贈るおくるみを作っている。翠蝶は刺繡の腕前を見込まれて向麗妃に招かれ、彼女たちを手伝っていた。

「ごめんなさい、ぼんやりしていましたわ。どこか分からないところがありますか？」

「鱗繡《りんしゅう》ですわ。私、どうしても苦手で。これでいいかしら」

向麗妃が生地を指さすので、翠蝶は丁寧に指導した。

（……殿下は林太医とずいぶん親しいのね）

色鮮やかな糸を生地に通しつつ考えるのは、林太医と氷希のことだ。

先日、皇宮で親密そうに話している二人を見てしまった。林太医は氷希の主治医だから、親交があるのは当然だろうが、談笑する二人はいささか親しすぎるような印象を受けた。

（なぜこんなことを気にするの？）

氷希が誰と親しくしていたって、翠蝶には関係ないことではないか。そう思って自分を落ちつかせようとするが、どうしても胸のもやもやが止められない。

「呂守王《ろしゅおう》の噂《うわさ》は嘘でしたのね」

九嬪《きゅうひん》の第一位である段昭儀《だんしょうぎ》が艶《つや》っぽい瞳で翠蝶を見やった。

「呂守王に触れると傷痕がうつるなんて不敬《ふけい》な噂を聞いたことがありますが、呂守王妃は美貌《びぼう》を保っていらっしゃいます。根拠のない流言だったのですね」

「ええ、もちろん流言ですわ」

翠蝶は晴れやかな笑顔で答えた。氷希の名誉のためにも、噂は嘘だと言っておかなければ。

「よく考えてみれば、おかしな噂でしたわね。林太医はいつも呂守王を診療しているけれど、顔には傷痕なんて残っていませんもの」

「それ、解毒薬のおかげですよ」

九嬪の第五位、蘇婉容《そえんよう》が身を乗り出して口を挟んできた。

「林太医は呂守王を治療した後で特別な薬を飲んでいるんですって。とんでもなく苦い薬だけど、それを飲めば呂守王からうつされた傷痕が綺麗《きれい》に消えるそうですよ」

「見てきたように言うわね」

「そりゃあ確かな筋から仕入れてきた話ですから！」

呆《あき》れ顔の段昭儀に、蘇婉容は自信たっぷりに笑みを返した。

「あ、そうそう、ここだけの話ですよ？　実は、呂守王と林太医って、恋仲だったらしいんですよね。呂守王は林太医を娶《めと》ろうとなさったけれど、先帝が身分違いだと猛反対なさって、結婚できなかったとか。お二人は泣く泣く別れたものの、今でも……」

「蘇婉容、噂話を事実のように語るのはおやめなさい」

向麗妃は姉のような柔らかい口ぶりで、幼顔の皇妃をたしなめた。

「事実かもしれませんよ？　太医院の医官から聞いた話ですし。あ、思い出した！　こうも言っていました。林太医は一度、子を孕《はら》んだことがあるんですって。父親が誰なのかは……」

「ごめんなさいね、呂守王妃。蘇婉容ったら、息をするように噂をするの」

向麗妃が蘇婉容の言葉を遮《さえぎ》って、申し訳なさそうに翠蝶を見やった。

「だって、後宮は噂の宝庫なんですもの！　切ない恋の噂や色っぽい噂や笑い転げちゃうような噂や危険な香りのする噂……！　ふふ、おいしいわぁ。後宮って大好き」

蘇婉容は黒目がちな瞳をきらきらさせる。顔立ちは幼いが、年齢は二十歳《はたち》だ。

根っからのおしゃべりで、夜伽《よとぎ》の日には皇帝相手に数々の噂話を披露して朝まで過ごすことも多いとか。その証拠に、蘇婉容が夜伽をした翌日は皇帝が眠そうにしている。

「あなたにおしゃべりをするなと言うのは呼吸するなと言うことと同じだからやめておくけれど、話す内容には気を配りなさい。考えなしに話すのは品がないわよ」

「でもでも、とっておきの話なんですよ。林太医が身籠《みご》った子は……あ」

蘇婉容はこの場に翠蝶がいることを今頃になって思い出したようだ。

ばつが悪そうに口をつぐんで、慌てて鶯《うぐいす》の刺繍に専念するふりをした。

(……殿下と林太医って、恋人同士だったの……)

胸がちくりと痛んだ。心臓に針が突き刺さったみたいに。

(先帝がお許しになっていれば、殿下は林太医を王妃にお迎えになっていたのね)

恋する人と結ばれない苦しみは、どれほどのものだろうか。好きでもない女を妻として扱わなければならない苦悩は、どれだけ氷希を煩《わずら》わせているのだろうか。

望まない花嫁だったにもかかわらず、氷希は翠蝶に優しくしてくれる。

(あの日は、わたくしを抱えて運んでくださった)

四阿《あずまや》で初めて彼の手に触れた後のことだ。雨がやんだので外に出ようとしたとき、翠蝶は氷希に抱き上げられた。びっくりして目をぱちぱちさせると、彼は朗《ほが》らかに笑った。

『おまえのお気に入りの衣が汚れるといけないから、部屋まで運んでやるよ』

氷希が抱き上げて部屋まで送ってくれたから、ぬかるんだ道で裙《くん》の裾《すそ》を汚さずに済んだ。頼もしげな両腕に抱かれながら、翠蝶は縮こまっていた。彼を怖いと思う気持ちは薄らいでいたけれど、とにかく恥ずかしかったのだ。

（今でも林太医のことを想っていらっしゃるのかしら……）

……だとしたら何だというのだ。翠蝶だって、皇帝の寵愛《ちょうあい》を受けるためにせっせと後宮に通っている。氷希が昔の恋人と親しくしていたとして、翠蝶が干渉することではない。

「呂守王妃、気にしないでね」

向麗妃が柔らかく翠蝶に微笑《ほほえ》みかけた。

「噂なんて、誰かが面白がって広めた適当な作り話よ」

翠蝶は曖昧《あいまい》に微笑んで自分の刺繍に戻る。

「あら、安敬妃《あんけいひ》。全然進んでいないじゃない」

向麗妃は隣に座っている安敬妃の手元をのぞきこんだ。若緑の絹地には福を表す蝙蝠《こうもり》の下絵が描かれているが、糸はほとんど通されていない。

「難しいところがあるなら、呂守王妃に尋ねたら？　分かりやすく教えてくれるわよ」

「何なりとお尋ねくださいませ、安敬妃さま」

翠蝶は物想いを弾き飛ばすように笑顔を作った。

「……いえ、私は……」

安敬妃はぼそぼそと答えた。うつむき加減の容貌《ようぼう》は清楚《せいそ》な梅花空木《ばいかうつぎ》にたとえても遜色《そんしょく》ない麗《うるわ》しさなのだが、表情に乏《とぼ》しく、十八という年齢にそぐわぬ暗さをまとっている。

寸暇《すんか》を惜しんでおしゃべりする蘇婉容とは違い、安敬妃は口数が少なく、こちらから話しかけない限り、死んだように黙りこくっている。話しかけたとしても、返事は一言、二言で終わるので、会話をつむいでいくことが著《いちじる》しく困難であることに変わりはないのだが。

「遠慮《えんりょ》しないで訊いてごらんなさい。呂守王妃の手ほどきを受ければ、誰だって上達するわ」

向麗妃が温和な微笑を浮かべて勧める。翠蝶は安敬妃のもとに歩み寄った。

「わたくしがお教えできることは多くありませんが、お役に立てることがあるかもしれませんわ。ええと、安敬妃さまが刺していらっしゃるのは蝙蝠の模様でしたね。こちらを……」

「……私、気分が優れないので、本日はこれで失礼いたします」

翠蝶が手ほどきしようとすると、安敬妃はそそくさと裁縫《さいほう》道具を片付け始めた。跪《ひざまず》いて深々と妃嬪たちに拝礼し、刺繍台を女官に持たせて逃げるように広間を出ていく。

「お気に障《さわ》るようなことを申したでしょうか……」

安敬妃の姿が見えなくなった後で、翠蝶は眉《まゆ》を引き絞《しぼ》った。

「お気に病むことなんてありませんわ。安敬妃さまが無礼なだけですから」

「礼儀《れいぎ》知らずな人。せっかく呂守王妃が気遣ってくださったのに」

「私たちのおしゃべりを聞いているのがたえられないって顔をしていましたよ」

「いつもあの顔よ。しゃべらないし、笑わないし、幽霊みたいにどんよりしてて、不気味……」

妃嬪たちが口々に安敬妃をそしった。愛想がなく無口で、お世辞《せじ》一つ言わない安敬妃は、妃嬪たちの悪口の的《まと》だった。妖怪みたいに薄気味悪いと、さんざんな言われようである。

「幽霊といえば、面白い話を聞きましたよ」

蘇婉容が軽やかな声を上げてぽんと手を叩いた。

「後宮書庫に首のない女の幽霊が出るんですって！」

「また蘇婉容のくだらない噂話が始まったわよ」

「くだらなくないですよぉ。後宮書庫の宦官《かんがん》たちからホントに幽霊が出るって聞いたんですから。女官たちも怖がっているんです。夕方に後宮書庫に行くとね、背筋がぞくぞくしてくるんですって。で、いやな予感がして振り返ると……そこには首なし女が！」

きゃーっと蘇婉容がわざとらしく悲鳴を上げてみせた。

「首なし女に襲われて、気絶した人がたくさんいるんですよ」

「あなたの言う『たくさん』って、一人か二人のことでしょう」

「んー、三人くらいいたと思いますよ？　去年は五人だったかなー」

「去年も後宮書庫に幽霊が出たの？」

「ええ、そのようです。昨年も蘇婉容から聞きました」

向麗妃の問いには、段昭儀が答えた。

「ちょうどその頃、向麗妃さまはご懐妊《かいにん》中でしたので、不吉な噂でお耳を汚してはいけないと思ってお伝えしなかったのですが、蘇婉容は大騒ぎしておりましたわ」

「大変な騒ぎでしたもの！　首なし女が追いかけてきて命からがら逃げてきた女官なんか、体調を崩して宮仕えを辞めてしまいましたよ。あっ、とある宦官に聞いたんですが――」

蘇婉容は刺繍針を放り出して、いきいきとおしゃべりする。

「噂を信じるわけではありませんが……安敬妃さまは恐ろしくないのかしら」

吉祥文様を刺しながら、段昭儀が声をひそめた。

「この頃、安敬妃さまは夜遅く後宮書庫に通っているみたいですよ。私の女官が近くを通りかかったとき、とっぷり日が暮れていたのに、後宮書庫に入っていく姿を見たそうですの」

「安敬妃は昼間も後宮書庫に入り浸っているわね。書物を読む以外にすることがないのかしら」

「ないんですよ。ああいう陰気な性格だもの、女官たちも気味悪がっています」

「気味が悪いと言えば、安敬妃さまって、ときどき独《ひと》り言《ごと》をつぶやいていますわよね？　誰もいないところで立ち止まったり、何もないところをじっと見つめていたり」

「愛読書は怪談ばかりですわよ。あんな方にも夜伽をさせなきゃいけない主上がお可哀《かわい》そう」

幽霊の噂話がいつの間にか安敬妃の陰口になる。にこやかに接しているようでも、妃嬪たちは互いを敵視し合っている。後宮では、誹謗中傷《ひぼうちゅうしょう》が囁《ささや》かれない日はない。

（当初の予定通り入宮していたら、今そしられていたのはわたくしだったかもしれないわね）

入宮できなかったことを不幸だと思ってきたが、その考えが揺らぎ始めていた。

開け放たれた格子窓《こうしまど》から、ほのかな涼風が流れこんでくる。

「これは聖楽《せいらく》時代の掛け軸だ」

蓮池《はすいけ》に面した楼閣《ろうかく》で、兄帝は壁一面にかけられた十五帖《じょう》の掛け軸を示した。

「保存状態が良好ですね。聖楽時代の織物は損傷が激しいものが多いですが」

氷希は兄帝の数歩後ろから掛け軸を眺めた。

緙絲《こくし》で織られた絹織物の掛け軸だ。緙絲とはいわゆる綴《つづ》れ織りのことで、模様に従って部分的に色糸を織りこんでいく手法である。基本的な技術は単純だが、それゆえに仕上がりは織り手の腕前しだいであり、良質な品は仙筆《せんぴつ》で描かれた名画のようになる。

「見事だな。まるで秋の美貌《びぼう》をそのまま写し取ったかのようです」

はらはらと舞い散る紅の楓《かえで》、しっとりと咲き競う玉簪花《ぎょくしんか》、匂《にお》い立つような丹桂《きんもくせい》、気品高く花開いた大輪《たいりん》の菊《きく》、輝く黄金の葉を風に遊ばせる銀杏《いちょう》。

羽ばたきながら楓を見下ろす白鷲《しろわし》、玉簪花の周りを舞う蛍《ほたる》、丹桂の下で寄り添うつがいの鹿、菊の葉で翅《はね》を震わせる蟋蟀《こおろぎ》、銀杏の木陰から今しも飛び立たんとする雁《かり》。

秋の絶美なるものを精巧に織り表した、緙絲の傑作《けっさく》だ。

当世から百年ほど前の聖楽時代は、風流好みの皇帝の庇護《ひご》の下、優れた工匠《こうしょう》たちが緙絲の名品を次々に生み出したことで知られている。あいにく作品の大半はのちの治世の混乱で紛失したり、焼失したりしており、完全な形で残っているものは稀少《きしょう》である。

「魂を抜かれるような美しさだ。これが後宮書庫の隅に飾ってあったとは驚きだろう？」

兄帝は画山水《がさんすい》の扇子《せんす》を開いて氷希を振り返った。

「しかも誰も寄りつかないような、怪談ものの書物が並ぶ書棚《しょだな》のそばだぞ」

「なぜそのようなところに？」

「書庫の管理をする宦官が、不注意で壁につけてしまった傷を隠すために宝物庫から引っ張り出してきたらしい。添え書きには、十数年前の凡作の名前が記されていた」

「添え書きは凡作のもので、中身は幻の名品だったと？」

「どういう手違いがあったのか知らないが、とんだ掘り出し物だな」

兄帝は満足そうに掛け軸を眺める。

「調べさせたところ、この緙絲を最後に所有していた皇族が面白いことを書き残していた。何でも、これには琴譜《きんぷ》が隠されているそうだ」

琴譜は文字と数字で記される。この緋絲には文字も数字もないが……。

「もともとの題名は伝わっていないが、前の持ち主がつけた表題は『心緒《しんしょ》』という」

心の緒《いと》――すなわち、想い。

「残念ながら、分かっていることは少ない。前の持ち主の記録は虫食いだらけで、とても読めたものではないんだ。かろうじて読み取れるのは、これが聖楽帝の寵姫《ちょうき》だった憂妃《ゆうひ》に贈られたものであること、贈り主は聖楽帝の同母弟である松月王《しょうげつおう》ということくらいだな」

「それでは、隠されている琴譜がどういうものなのかは永遠に謎ですね」

翠蝶を連れてくればよかったと思った。類《たぐい》まれなる出来映えの貴重な緋絲だ。巧みな織り手である彼女なら、大いに関心を示しただろう。

「だからおまえを呼んだんだ」

兄帝は扇子を閉じてこちらに笑顔を向けた。

「『心緒』に隠された琴譜を読み解いてくれ」

「私は緋絲の専門家じゃありませんが」

「おまえは音曲《おんぎょく》に詳しいだろう？　何か分かるんじゃないか？」

「いえ、何も」

「もっとしっかり見て考えろ。楓の葉や菊の花びらの数に意味があるのかもしれない」

目を細めれば見えるとでもいうのか、兄帝は眉間《みけん》に皺《しわ》を寄せて黙した。

「秋の情景に隠された琴譜は、極上の音色に違いない。ちょうど季節に合うことだし、栄皇貴妃に聴かせてやろうと思う。できれば中秋節《ちゆうしゆうせつ》の宴《うたげ》に間に合わせたい」

　中秋節まで半月を切っているのだが。

「実は昨日、栄皇貴妃と喧嘩《けんか》してしまったんだ。その埋め合わせをしたくてな」

「仲睦《なかむつ》まじいお二人が喧嘩ですか。珍しいですね。いったいどのようなことで？」

「夕餉《ゆうげ》の席でのことだ。栄皇貴妃が用意してくれた美食を前にして、余《よ》は上《うわ》の空《そら》だった。中秋節の夜に栄皇貴妃に何を贈ろうか悩んでいたんだ。たいがいのものは贈り尽くしたからな、あっと驚かせるようなものはないかと考えこんでいて、栄皇貴妃の話を聞き流していた」

　栄皇貴妃は新しく考案した料理が夫の口に合うかどうか、尋ねていたようだ。

「余が生返事ばかりするものだから、栄皇貴妃はへそを曲げてしまったんだ」

「贈り物のことを考えていたとおっしゃればよかったでしょう」

「ばかめ、それを言ってしまったら『あっと驚かせる贈り物』にならないじゃないか」

　兄帝は「政務のことを考えていた」と嘘をついたという。

「栄皇貴妃は鋭いぞ。即座に嘘と見抜いた。余は慌てて取り繕おうとしたのだが、彼女の機嫌は直らなくてな。なお悪いことに、余は急用ができて夕餉の席を中座したんだ」

　要するに、犬も食わない痴話《ちわ》喧嘩ということか。

「まあ、夜更けに会いに行ったときは可愛《かわい》らしい笑顔で迎えてくれたんだがな」

……もう解決しているじゃないか。

「というわけだ。兄夫婦の危機を救うと思って励《はげ》んでくれ。前もって練習しておきたいから、中秋節の二日前までには琴譜を持ってくるように。では、頼んだぞ」

兄帝が許可を出したので、氷希は『心緒』を呂守王府に持ち帰った。

「まったく、主上の栄皇貴妃惚《ぼ》けには困ったものだ。中秋節まで日にちがないというのに」

書斎の隣室に飾った『心緒』を眺めつつ、氷希は溜息をついた。

「何が兄夫婦の危機だ。面倒事を押しつけ……おい、素手で触るな。本来なら暁和殿《ぎょうわでん》に飾られるような貴重品だ。爪でも引っかけたら重罰を受けるぞ」

「……申し訳ありません。素晴らしい作品なので、つい……」

巧みに織り出された楓の葉に触れようとしていた翠蝶が名残《なごり》惜しげに手を引っこめた。

「なんて美しいのでしょう……。今にも織地から秋風が吹いてくるかのようですわ」

翠蝶は酒に酔ったようなとろんとした目で『心緒』に見入っている。

「同じ織り手として見ても、優れているか？」

「もちろんですわ。天人が織ったものだと言われても、信じてしまうでしょう」

食い入るように織地を見つめ、風に舞う楓の葉を指さす。

「この楓の葉、日が当たって輝いている部分、陰になっている部分まで緻密に表現されているでしょう。これは木梳戯《もくそそう》、摻和戯《さんわそう》という技法を使っています。どちらも文様の色彩をぼかす技法ですが、木梳戯は右から左、あるいは左から右の横方向に濃淡を変化させていくもので、摻和戯は上から下、あるいは下から上の縦方向に濃淡を変化させていくものです。二つの技法を組み合わせることで、より豊かな色相を表現することができますの。あ、ここは……」

水を得た魚のように、細部に使われた技法を解説していく。門外漢の氷希にはろくに理解できないが、高く澄んだ声音《こわね》でつむがれる言葉は麗《うるわ》しい音楽のようだ。

「……おしゃべりが過ぎましたわね。尋ねられてもいないのにぺらぺらと……」

「かまわないぞ。おまえの声は音曲のようだから、聴いていて心地いい」

翠蝶は顔を上げ、氷希と目が合うと慌てて面《おもて》を伏せた。

「殿下に感謝申し上げなければ……。聖楽時代の緙絲は複製品しか鑑賞したことがありませんでした。真物を見せていただける日が来るなんて、夢のようですわ」

「感謝するなら、俺じゃなくて主上にしろよ」

氷希は苦笑して手元の書物を開いた。

「来歴を調べてみたが、下絵を描いたのは贈り主の松月王自身らしい」

「松月王といえば、天賦《てんぷ》の画才の持ち主として名高い方ですわね。松月王の筆は緑香る風をとらえ、水面に降り注ぐ月光を描き、花びらを濡らす雨音さえ写し取ってしまうとか……」

「松月王の下絵を糸で再現した工匠もかなりの腕前だ。名は伝わっていないが、松月王が『心緒』を憂妃に献上した後、制作にかかわった工匠は聖楽帝に召し上げられたそうだ」

　聖楽帝は高い技術を持つ名工を集めていた。特に著名な工匠は、虹衣仙女《こういせんにょ》とあだ名される女性だ。彼女が織った布は虹のように美しかったという。

「こんな素敵な作品を贈られるなんて、憂妃が羨《うらや》ましいですわ」

「憂妃が羨ましい？　斬首《ざんしゅ》された皇妃がか？」

「え……憂妃は刑死したのですか？」

「憂妃というのは美称《びしょう》だ。憂《うれ》い顔が魅力的だったのでそう呼ばれていた。史書には、廃妃全氏《はいひぜんし》——全紫媚《しび》と記されている。こちらの名のほうが有名だな」

「廃妃全氏……我が子を皇位につけるために皇后と皇太子を暗殺したという？」

「のちに濡《ぬ》れ衣《ぎぬ》だったことが分かり、諡号《しごう》を追贈《ついぞう》されたが、陵墓《りょうぼ》は残っていない」

　無実の罪で全氏一族が誅殺《ちゅうさつ》された陰惨《いんさん》な事件だった。

「松月王は画才を聖楽帝に気に入られて重用されたものの、晩年はみじめだったな。大病を患《わずら》ってから猜疑心《さいぎしん》が強くなった聖楽帝に謀反《むほん》を疑われ、幽閉された」

「二度と筆を持てないよう、腕の腱《けん》を切られたと聞いています」

　筆を持つことができなくなった松月王は、失意のうちに自害した。

「松月王は自身の絵を妃嬪《ひひん》や貴族に贈っていた。その絵に謀反の計画が記されていると思いこんだ聖楽帝は、あれほど愛した松月王の絵を手当たりしだいに燃やし、贈られた妃嬪や貴族を処罰した。『心緒』が聖楽帝の暴挙から免れたのは、盗賊に盗まれたからだという」

聖楽帝の崩御《ほうぎょ》から数十年経って、好事家《こうずか》の皇族が買い取って保管していた。皇族の薨去《こうきょ》により、『心緒』は時の皇帝に献上され、宝物庫におさめられた。ところが、あるときから行方《ゆくえ》が分からなくなり、盗難に遭《あ》ったかと思われていたが、凡作の箱から発見された。

「『心緒』は聖楽帝に処分されることを恐れた憂妃がひそかに隠したという俗説もある」

『心緒』が宮中から姿を消したのは、憂妃が廃される直前である。

「これほどの逸品ですもの。わたくしが憂妃だとしても隠しますわ」

「しかし、妙なことに、憂妃が所有していたはずの松月王の絵は一枚も残っていない」

「聖楽帝が燃やしてしまったのでしょう？」

「憂妃はなぜ『心緒』を隠して松月王の絵を隠さなかったんだろうな」

「でも、憂妃が隠したというのは俗説ですわ。史実では盗難に遭ったと」

「史実通りでも、疑問が残るんだ。盗難だったとしたら、なぜ盗賊は『心緒』を盗んで松月王の絵を盗まなかったんだ？　価値があるのはどちらも同じだ。俺が盗賊なら、憂妃の部屋に忍びこんで『心緒』だけ持ち出すなんてことはしないぞ」

当時すでに、松月王の絵は目玉が飛び出るような高値で売買されていた。

「殿下は……憂妃があえて『心緒』のみを残したとお考えですの？」

翠蝶が小首をかしげると、結い髪の金歩揺《きんほよう》がしゃらりときらめいた。

「もしそうなら、憂妃にとって『心緒』は重要な意味を持つものだったといえるな」

「隠されている琴譜が、その理由なのでしょうか」

憂妃は琴を奏でるのを好んだと記録されている。

「妙なのは『心緒』という表題もだ。織り出された風景は明らかに秋を表している。これに題名をつけるとき、『心緒』が思いつくか？　普通ならもっと秋に関連した言葉を使うだろう」

「『心緒』はもともとの表題ではなく、好事家の皇族がつけたものなのですよね」

「その好事家が何らかの方法で琴譜を読み取り、『心緒』という言葉を当てはめたんだ。隠された琴譜には、誰かの『想い』がこめられているんだろう」

「面倒だとおっしゃるわりに、真面目《まじめ》に調べていらっしゃるのですね」

「主上のご命令だぞ。いい加減な仕事ができるか」

氷希がうんざりしたふうに言うと、翠蝶はかすかに笑った。

「殿下は音曲に詳しくていらっしゃるから、主上がお任せになったのでしょう」

「音曲の知識はたいして役に立ちそうにない。むしろ、おまえのほうが適任じゃないか」

「わたくしが？」

「おまえは絹織物に詳しいだろ。緯絲にも精通しているようだ。琴譜探しに協力してくれ」

翠蝶は信じられないと言いたげに目を丸くした。

「よいのですか……？」

ああ頼む、と氷希がうなずくと、翠蝶は春の花がほころぶように微笑《ほほえ》んだ。

「では、『心緒』を心ゆくまで見てよいのですね?」

「よく見て、気づいたことがあったら教えてくれ」

「はい。殿下のお役に立てるよう、努めますわ」

嬉しそうに『心緒』を観察する翠蝶を眺めていると、口元が緩《ゆる》んでしまう。令嬢らしくすまし顔をしているより、興味で顔を輝かせているほうが魅力的だ。

「あっ……」

「何か気づいたか?」

「い、いえ……そうではなくて……」

翠蝶は歯切れ悪く返答を濁した。おずおずと氷希を見上げる。

「……主上より下されたお役目なのですから、真剣に取り組まなければならないということは承知しておりますが……もし、よろしければ、露露《ろろ》を連れてきてもよいでしょうか……?」

「露露?」

「見せてあげたいのです。なかなか見られない希代の緋絲ですから、露露にも……」

拒否されると思ったのか、翠蝶はしゅんと下を向いた。

「そうだな。せっかくだから、露露にも見せてやれよ」

「えっ? お許しいただけるのですか?」

「露露に見せたからって、主上はお怒りにならないだろう」

氷希が笑うと、わずかに曇っていた翠蝶の花顔《かがん》に微笑みが戻ってくる。

「早速、露露を連れてまいりますわ」

軽やかな足取りで裙《くん》を引きずり、翠蝶が部屋を出ていく。

月季花《ばら》のような残り香を吸いこみ、氷希は『心緒』を静かに鑑賞した。

「兄上のおかげか……」

翠蝶と過ごす口実ができたのだ。兄帝の惚気《のろけ》た思いつきに感謝することにしよう。


「そんなところで寝るなよ」

氷希に声をかけられ、翠蝶は重い瞼《まぶた》を上げた。

『心緒』が飾られた部屋で役に立ちそうな史料を読んでいたら、いつの間にか居眠りしていたらしい。さっきまで晴れていたのに、窓の外は細い雨に覆《おお》われていた。

「ごめんなさい、殿下。まだ何も分かっていないのです。古い記録を見ているのですが……」

「疲れてるんじゃないのか。昨夜も遅くまで起きていただろう」

聖楽時代の緯絲に関する書物を読みふけっていたのだ。

「居眠りするくらいなら、茶でも飲んで一息つけ」

氷希は円卓に茶壺《きゅうす》と茶杯《ゆのみ》を置いた。洗練された手つきで薫り高い茶を淹《い》れる。

彼に手招きされるまま、翠蝶は円卓に移動した。竜胆《りんどう》が描かれた素三彩《そさんさい》の茶杯を手に取り、丹桂《きんもくせい》の甘い香りと深みのある紅の色彩を楽しんで、口をつける。

まろやかな滋味《じみ》が舌を潤し、喉《のど》を癒《い》やしていく。胸が温かくなるような味わいだ。

「殿下はお茶を淹れるのがお上手なのですね」

「母上に比べれば下手《へた》だな」

「史貴妃《しきひ》さまは、もっとおいしく淹れていらっしゃったのですか」

「唯一の取り柄だとご自分ではおっしゃっていた。太皇太后さまもお茶がお好きだから、よく秋恩宮《しゅうおんきゅう》に出向いていらっしゃったよ」

秋恩宮は班太后《はんたいこう》――現在の太皇太后の住まいである。

（……史貴妃さまは、寵妃《ちょうひ》ではなかった……）

史貴妃が仁啓帝《じんけいてい》に特別に愛されていたという記録はない。皇子を産んでいなかったら、死後、貴妃を追贈されることもなく、史書に名を残すこともなかっただろう。

「史貴妃さまは、どのような御方でしたの？」

「涙雨のような方だった」

氷希は頰杖《ほおづえ》をついて茶杯を傾けた。行儀が悪いのに、妙に絵になる。

「息子の俺から見ても、父上がお好きな明るく華やかな女人ではなかった。しとしとと降る涙雨のように静かな……しめやかな方だった」

母を語る口ぶりには、懐かしさや思慕《しぼ》より、憐情《れんじょう》が感じられた。

「野心のない方だったから、妃嬪《ひひん》たちの争いからは遠ざかっていらっしゃった。だからこそ、寿命をまっとうなさったんだが、幸の多い生涯《しょうがい》だったとはいえないだろうな」

後宮で幸福を得るのは、一握りの美姫《びき》だけだ。

「母上の殿舎を訪ねてくるのは、親族くらいのものだった。もっとも、これでもましなほうさ。賜《たまわ》った殿舎は立派なものだったし、父上はめったにいらっしゃらなかったとはいえ、折に触れて贈り物をくださった。皇子が――つまり、俺がいたから」

氷希は自嘲《じちょう》気味に鼻先で笑った。

「皇子を産んだ妃嬪とそうでない妃嬪とでは、扱いが雲泥《うんでい》の差だ。俺みたいなどら息子でも、それなりに母上の役には立っていたわけだ」

円卓に置かれた手。いつもは琵琶《びわ》の弦を弾く指が紫檀《したん》の天板を軽く叩く。

「おまえも後宮に入ったら、何が何でも皇子を産んでおけよ。皇位からは遠くても、皇子さえいれば優遇される。寵愛《ちょうあい》に頼るしかない儚《はかな》い身の上の皇妃にとっては、生きるよすがだ」

「……殿下は、わたくしが主上のご寵愛を賜るとお思いですか？」

「やけに弱気だな。離縁状《りえんじょう》を書く練習でもしてろとほざいた女はどこへ行った？」

茶化すように笑われると、小腹が立つ。

「わたくしはもちろん主上のご寵愛を受けるつもりですけど……わたくしが後宮に入ったら、殿下はお寂しいのではないかと……」

ばかなことを言っている。氷希には林太医がいるのだ。結婚できなくても、二人は結ばれている。翠蝶と離縁したからといって、氷希が寂しい思いをすることはない。

「おまえがいなくなったら……まあ、少しは物寂しいかもしれないな」

氷希は衝立《ついたて》に咲いた鮮やかな月季花《ばら》を見やった。

「でも、殿下には林太医がいらっしゃるでしょう？」

「林太医？」

「お二人は……かつて結婚を約束した仲だと噂《うわさ》で聞きましたわ」

氷希はぽかんとした。ふっと噴き出し、肩を揺らして笑う。

「林氏とは友だよ。結婚を約束した仲？　全然違う。浪山侯を交えて三人で酒を飲む仲さ。よく飲み比べをするんだが、林氏に勝てたためしがない。林氏はどんな酒も水みたいに飲み干すんだ。酒樽《さかだる》を空けても翌日にはけろりとしているからな、たいしたやつだよ」

感心するような言い方に、なぜか憎らしさを覚えた。

「わたくしだって、お酒は強いほうですわ」

嘘八百である。本当は弱い酒を一口飲んだだけで、ふらふらになってしまう。

「へえ。それじゃあ、近いうちに飲み比べでもするか」

「受けて立ちますわ」

「賭《か》けをしようか。お互い、勝ったほうが負けたほうに一つ要求できるってのはどうだ？」

どうせ口約束だからと、「結構ですわよ」と勝気に同意した。

「おまえの飲みっぷりを拝む日が待ち遠しいな」

茶杯を空にして、氷希は席を立った。

「さて、そろそろ侍女《じじょ》が夕餉《ゆうげ》を運んでくる頃だ。部屋に戻れ」

机上に広げた書物を片付ける彼を見て、翠蝶はそわそわした。

（……もう少し、殿下とお話ししていたいのに）

今もって、食事はそれぞれの部屋でとっている。

「殿下もこれから夕餉をお召し上がりになりますの？」

そうだ、と氷希が言う。翠蝶は懸命に言葉を探した。

「皇族の方はおひとりで召し上がるのが普通なのかもしれませんが、わたくしの実家では父と母が同じ食卓についていましたわ」

だから何だと我ながら思う。結婚当初から夫を避けてきたのは、翠蝶ではないか。今更、食事をともにしたいとは言い出せなくて、もごもごと口ごもるしかない。

「この近くに奏雨亭《そううてい》という建物がある」

分厚い書物を閉じて、氷希は翠蝶に視線を投げた。

「先代の呂守王が建てたものだが、軒《のき》から滴《したた》る雨の音が琴瑟《きんしつ》を奏でるように美しく響くんだ。今日は雨が降っているから、あちらで食事をとればさぞかし風雅《ふうが》な食卓になるだろうな」

「まあ、素敵ですわね。わたくしも雨が奏でる琴瑟の音色を聴いてみたいですわ」

「決まりだな。すぐに支度《したく》をさせよう」

氷希は侍従《じじゅう》を呼んで、奏雨亭に二人分の食膳を運ぶよう命じた。

（わたくしの気持ちをくんでくださったんだわ）

翠蝶が食事をともにしたいと言い出せずにいたので、奏雨亭の話題を持ち出したのだ。彼の心遣いが嬉しくて、つい口元がほころんでしまう。

「あっ、大変。急がなくちゃ」

「急ぐ？」

「身なりを整えなくてはなりません。居眠りをしていたのでお化粧《けしょう》が崩れているし、結い髪もほつれていますもの。殿下のお相伴《しょうばん》にあずかるのなら、きちんとした恰好《かっこう》ではなくては」

「じゃあ俺も、髪を結い直して着替えてくるか」

氷希は冠を外して、髻《もとどり》をほどいた。長い黒髪が滝のようにさらりと流れ落ちる。逞《たくま》しい背中に広がった艶《つや》やかな色彩にどきっとした。

「仮にも夫婦になって初めて同席する夕餉だ。婚礼の夜と同等の礼儀《れいぎ》が要るな」

「婚礼の夜……」

そう考えると、にわかに緊張してきた。

「何を想像しているのか知らないが、臥室《しんしつ》には行かないぞ。今日は政務がごたごたしていて疲れた。おまえを襲ってやる気力はないよ」

「お、襲っていただきたいなんて思っていませんわ！」

声高に言い返して勢いよく立ち上がった。氷希は柱にもたれて笑っている。

「襲って欲しいときは遠慮《えんりょ》せずに言えよ」

「ご心配なく。そんな機会は一生ありませんから」

ぷりぷりしながら部屋を出ていく。大股《おおまた》で回廊《かいろう》を歩いていると、氷希が追いかけてきた。

「大事なものを忘れているぞ」

氷希は露露を差し出した。史料を見ている最中、椅子《いす》の上に置いていたのだ。露露を受け取る際、ほんの少しだけ指が触れ合った。ささやかなぬくもりを感じて、頬に朱がのぼる。

（……どうして、こんなに胸が高鳴るのかしら）

氷希を見ていると、自分が自分ではなくなるような感情に襲われ、心許《こころもと》なくなる。遠ざかっていく彼の後ろ姿をまじまじと観察して、その原因に思い至った。

「殿下、わたくしの前で御髪《おぐし》をおろさないでください」

翠蝶は追いかけていって、真正面から氷希を睨《にら》んだ。黒漆《くろうるし》で染めたような髪が垂れているせいで、整いすぎた容貌《ようぼう》がいっそう艶《つや》っぽく見える。

「め、目のやり場に困りますわ」

「は？　どういう意味だ？」

氷希が小首をかしげる。黒髪が一房、首筋を滑った。ますます胸がどきどきする。

「そのように御髪をおろしていらっしゃると、とても……とても……わ、猥褻《わいせつ》なのです……！」

「猥褻⁉」

「と、とにかく、やめてくださいっ！　ちゃんと結い直してから奏雨亭に来てくださいね！」

速くなる鼓動を抑えるように露露を抱きしめて、翠蝶はくるりと踵《きびす》を返した。


後日、氷希は所用で呂守王府を訪ねてきた浪山侯に問うた。

「率直《そっちょく》に答えてくれ。俺は猥褻か」

「ワイセツ？」

侍女が運んできた茶を飲み、浪山侯はいぶかしそうに目を細めた。

「尹氏に言われたんだ。俺は猥褻だって」

「おまえ、何やらかしたんだよ？　あー、無理やり閨《ねや》に連れこもうとしたんだな」

「してない。そもそも、尹氏には触れてもいないんだ」

「触ってないなら、あれだろ。昼間から素っ裸でその辺をうろうろしてたんだろ」

「するか。昼間じゃなくてもしないぞ」

「じゃあ、夜中に素っ裸で卑猥な踊りをしながら尹氏の部屋の周りを徘徊《はいかい》してたな」

「おまえの中で俺はどういう人間になっているんだよ」

「ああ、なるほど。朝っぱらから素っ裸で逆立ちして内院《なかにわ》を一周していたのか」

「素っ裸から離れろ」

「だったら何したんだよ。面と向かって『ワイセツ』って言われるって、よっぽどだぞ」

氷希は事のしだいを包み隠さず話した。

「自分の髪をほどいただけで、猥褻《わいせつ》だって言われたのか。そりゃ意味不明だな」

「さっぱり分からない。詳しく訊いてみても、言葉を濁してばかりで要領を得ないんだ」

どこがどう猥褻なのかと尋ねてみたが、翠蝶は「とにかく猥褻です」と言うだけだ。

「髪をほどくのがまずいなら、ほどかなきゃいいんじゃないか」

「それはそうだが、納得できないだろ」

正直言って、かなりまいっている。翠蝶に猥褻と言われるのは、思った以上にこたえた。

（髪を結っていれば、猥褻ではないらしいが……）

奏雨亭で夕餉をともにしたときは、髪をきちんと結っていたので、翠蝶に不快な思いをさせずに済んだらしい。彼女は終始にこやかで、楽しい夕餉になった。

「頑張って機嫌を取っておけよ。嫁さんに嫌われると悲しいぞ」

「別に嫌われたってかまわないが」

「強がるなって。嫌われたくないから俺に相談してるんだろ」

なんとなく釈然としなくて黙りこむと、浪山侯に肩を叩かれた。

「大親友の俺が有益な助言をしてやる。いいか、嫁さんの機嫌を取りたきゃ、歌を歌え」

「……歌？」

「緋雪《ひせつ》がへそを曲げたとき、俺は歌を歌った。俺が歌うと、緋雪は笑ってくれたんだ」

「おまえの歌が殺人的に下手《へた》だから、笑うしかなかったんだろ」

「まあ、それもあるだろうけどさ、とにかく、機嫌を直してほしいんだって気持ちを前面に押し出すことだな。頑張れよ。男なら当たって砕けろだ」

浪山侯がぞんざいな助言をして帰った後、氷希は『心緒』の部屋に向かった。

猥褻の件は置いておくとして、兄帝から言い渡された件を調べなくてはならない。

庭木を濡らす涙雨の音色を聴きながら回廊を歩いていると、突然、女の悲鳴が響き渡った。書斎の隣室からだ。何事かと、氷希は駆け出した。勢いよく扉を開けて室内に飛びこむ。

「尹氏！　どうしたんだ⁉」

翠蝶は衝立《ついたて》の陰にうずくまっていた。なおも悲鳴を上げ続けているので、近づいてなだめようとすると、いっそう怯《おび》えて泣き叫んでしまう。

「落ちついてくれ。何もしないから」

「……殿下」

翠蝶が顔を上げた。白百合《しらゆり》のような顔には血の気がなく、歯の根が合わないほど震えている。

「いったい何があった？　賊《ぞく》でも現れたんじゃ……」

甘やかな香りが抱きついてきて、氷希は息をのんだ。信じられない。まるで他に安全な場所はないというように、翠蝶が自分にしがみついている。

「見たのです、わたくし……」

「やはり、賊か？　どこに行った？」

翠蝶を抱き寄せて、周囲に視線を巡らせる。室内は静まり返っていて、人の気配はない。

「ん？　何だ？」

翠蝶が震える指で『心緒』を指し示した。むろん、誰もいない。秋の美貌《びぼう》を精巧に織り出した緙絲《こくし》の掛け軸がひっそりとたたずんでいるだけだ。

「あちらに、いました……」

頼りなく語尾がかすれる。翠蝶は氷希の胸に顔を埋めた。

「……く、首のない、女の、人が……」

「首のない女……？」

はらりはらりと舞い落ちる深紅の楓《かえで》、清らかに花開いた玉簪花《ぎょくしんか》、色鮮やかな枝を張る丹桂《きんもくせい》、高貴な風格の大輪《たいりん》の菊、夕日に照り映える金色の銀杏《いちょう》。

綺羅《きら》をまとったような絶佳《ぜっか》なる秋景は、何かを押し隠すように沈黙を守っている。


「少しは落ちついたか」

「はい……。お騒がせして申し訳ありません、殿下」

翠蝶は居心地が悪そうに頭を下げた。

取り乱した翠蝶を書斎に連れてきて、どれくらい経っただろうか。長椅子に座らせ、温かい茶を飲ませて、彼女が落ちつくのを根気強く待った。

「おまえは、あの部屋で首から上がない女の幽霊を見たんだな？」

翠蝶はこくこくとうなずいた。

「『心緒』をじっくり眺めていたのです。楓の葉に使われている木梳戧《もくそそう》を細かく調べてみたくて。何しろ見事なものですから、後学のためになればと。夢中になって観察していたら、隣にひんやりとした気配を感じて……それで、そちらを見たら……」

「首なし女がいた？」

「……近づいてきましたの。明らかに人ではないから、わたくし、恐ろしくなって……」

「最近疲れていたようだし、ぼんやりして白昼夢《はくちゅうむ》でも見たんじゃないのか」

「違いますわ！　この目ではっきりと見たのです。あれは……人ではありませんでした」

恐怖がよみがえったのか、両腕で自分を抱くようにして縮こまる。

「……後宮書庫に出るという首なし女の幽霊も、あんな感じなのかしら……」

「後宮書庫にも幽霊が出るのか？」

「蘇婉容さまがおっしゃっていましたわ。後宮書庫に首なし女の幽霊が出たと」

「どちらも首なし女か」

氷希は『心緒』の参考になりそうな古い琴譜《きんぷ》をぱらぱらと眺めた。

幽霊や妖怪の類《たぐい》はまるきり信じていないが、皇宮にその手の話が絶えないのは事実である。たいていは見間違いだったり、誰かが何らかの目的で故意に流した噂《うわさ》だったりするのだが、翠蝶のひどく怯えた様子を目の当《ま》たりにしたので、一笑《いっしょう》にふすことはできない。

「『心緒』が飾られていたのも後宮書庫だったな。怪談ものの本が並ぶ書棚《しょだな》のそばだった」

「怪談もの……」

「首なし女はどんな外見だった？」

「身なりは後宮の妃嬪《ひひん》のようでしたわ。裙《くん》は薄紫色で、裾《すそ》には優美な玉簪花が縫《ぬ》い取られていました。披帛《ひはく》は丹桂が細やかに刺繍《ししゅう》されたもので、柳腰には菊の形をした金の帯飾りをつけていましたの。上襦《じゅうじゅ》は紅蓮《ぐれん》の楓と黄金の銀杏が流れるように織り表されていて……」

幽霊の装いを下から上へ観察していった結果、首のない頭部を見て仰天《ぎょうてん》したようだ。

「首なし女の服装は、『心緒』にそっくりだな」

「あっ……そういえば、すべての模様が『心緒』に織り表されているものと同じですわ」

「首なし女は『心緒』と関係がある人物なんじゃないか？　例えば、憂妃自身とか」

憂妃は『心緒』の最初の持ち主。しかも、冤罪《えんざい》で斬首《ざんしゅ》されている。

「恨みを残して刑死したから、『心緒』に憑《と》りついているのでしょうか……」

無実の罪で一族が誅殺《ちゅうさつ》されたのだ。憎悪が亡霊の形で残っていても不思議はない。

「今夜にも道士を呼んで邪気を祓《はら》わせよう。後宮の噂の件は俺が調べてみる。隠された琴譜は首なし女の幽霊と関係が深い可能性もあるから、憂妃についてもっと調査が必要だな」

氷希は膝の上でかすかに震えている翠蝶の手をやんわりと握った。

「今日のようなことがまたあってはいけない。今後は『心緒』に近づくな」

「ですが……琴譜を見つけ出すお手伝いをしなくては」

「もともと俺が仰《おお》せつかった仕事だ。おまえを危険な目に遭《あ》わせたくない。手伝ってくれと言ったのは俺だが、もう十分だ。『心緒』のことは忘れてくれ」

物言いたげに目を見開き、翠蝶は睫毛《まつげ》を伏せた。

「わたくしは殿下に助けていただいてばかりで、少しもお役に立てませんわね」

「俺の役に立つ必要があるか？　どうせ仮の夫婦だぞ。互いに助け合わなくても問題ない」

そうだ、仮の夫婦だ。兄帝の寵愛《ちょうあい》を受ければ、翠蝶は皇妃になってしまう。

「俺のことはいいから、主上のことを考えていろ。どうやったら主上の気をひけるか、おまえが考えなくてはならないのはそれだけだ」

名残《なごり》惜しさを感じつつも、彼女の手を離す。

「怖い目に遭って疲れただろう。今日は早く休めよ。夕餉を済ませたら、すぐに——」

「いやですわ」

翠蝶は眦《まなじり》をつり上げて氷希を睨《にら》んだ。

「わたくしは殿下のお手伝いをすると決めました。一度決めたことは最後までやり通します」

「また幽霊が出るかもしれないぞ」

「道士が邪気払いをするなら、二度と出ないはずですわ。……ま、万一、出たとしても、護符を身につけていれば大丈夫です」

「なんでそんなにむきになるんだよ。怖いなら『心緒』に近づかなきゃいいじゃないか」

「こ、怖くありませんわ。先程は突然のことでしたので取り乱してしまいましたが、よく考えてみれば、怯えるほどのことではありません。あ、あんなもの、首がないというだけですもの。別に血まみれだったわけでも、武器を持っていたわけでもないですし……」

ぶつぶつ言い訳しているのがおかしい。ひとつ、からかってやろう。

「おい見ろ！　あそこに首なし女がいるぞ！」

「きゃ————っ！」

翠蝶が抱きついてきてふるふる震えるので、氷希は思わず噴き出した。

「怖くないだと？　嘘つきめ」

「なっ……だ、騙したのですね⁉　嘘つきは殿下ではありませんか！」

「先に嘘をついたのはおまえだ。本当は怖くてたまらないくせに」

翠蝶は口をパクパクさせた。言い返す代わりに小さな拳で氷希の肩を叩く。

「……わたくし、殿下のことが嫌いですわ。こんなふうに、意地悪をなさるから……」

紅葉を貼りつけたように赤らんだ頰《ほお》。唇を寄せたら、もっと赤くなるだろうか。

「俺も、おまえが嫌いだよ」

氷希は白絹を丸めたような拳を掌《てのひら》で包んだ。

「こんなに可愛《かわい》いのに、俺のものにはなってくれないから」

音を立てて胸がきしんだ。毎日顔を合わせて、言葉を交わしていても、名目上は妻であっても、翠蝶は氷希のものではない。こうしてたおやかなぬくもりを腕の中に感じていても、彼女の心は遠く隔《へだ》たったところにいるのだ。皇宮の奥深く――三千の花が咲く後宮に。

「殿下……今日は、右目にお痛みはありませんか」

氷希に身を寄せたまま、翠蝶は花びらのような唇を開いた。

「お痛みがあるときはおっしゃってくださいませ。わたくしが御手を握って差し上げます」

愛らしい声音《こわね》が胸にしみると同時に、焼けるような激情に襲われた。怒りにも似たその感情を彼女にぶつけようとして、何とか踏みとどまる。

「手を握るより効く方法があるんだが」

「まあ、それはどのような？」

氷希は小首をかしげた翠蝶の頰に触れた。

「おまえに触れることだ。どうやらおまえのぬくもりは、痛みに効くらしいからな」

そろそろと頰を撫《な》でても、翠蝶は逃げようとしない。恥ずかしそうに瞬きをしている。

（逃げてくれればいいのに）

悲鳴を上げて、突き放してくれ。受け入れるようなそぶりを見せないでくれ。気を許しているようなふりはしないでくれ。頼むから、はっきりと拒絶しろ。

これ以上、惹《ひ》かれたくないのだ。彼女に心を奪われたくないのだ。

月に焦がれたところで、虚しいだけだから。


八月初旬。栄皇貴妃のご機嫌伺《うかが》いのため、翠蝶は後宮を訪ねた。

流蛍池《りゅうけいち》と呼ばれる清らかな池に屋根付きの小舟が浮かんでいる。水底を覆《おお》う水草が日差しを浴びると翡翠《ひすい》を散らしたように輝くことから、そう名づけられた美しい池だ。

小舟の心地よい揺れに身を任せていると、翠蝶はしだいにうとうとしてきた。栄皇貴妃と、その女官を務める恵兆王妃《けいちょうおうひ》の軽やかな笑い声がすっと遠ざかっていく。

「呂守王妃は眠そうね」

涼やかな声音が響いて、翠蝶はびくっとして瞼《まぶた》を上げた。

「申し訳ございません、栄皇貴妃さま」

恐縮して頭《こうべ》を垂れる。ほのかな金風《きんぷう》に睡魔を呼び覚まされ、居眠りしていたようだ。

「いいのよ、謝らないで。過ごしやすい午後だもの、眠くなるわよね」

葡萄酒《ぶどうしゅ》の杯を傾けて、栄皇貴妃は傍らの恵兆王妃に視線を向けた。

恵兆王妃は氷希の伯父《おじ》である恵兆王の正妻だ。五十路《いそじ》に差しかかる頃と聞いているが、おっとりと微笑《ほほえ》む奥ゆかしい美貌は、四十手前にしか見えないほど若々しい。

上品な光沢のある花青色《かせいしょく》の上襦に縫い取られた模様は蜻蛉《とんぼ》と秋海棠《しゅうかいどう》。袖に舞う蜻蛉の翅《はね》は金《きん》糸《し》で縁取られ、恵兆王妃がゆるりと絹団扇《きぬうちわ》を動かすたび、星が瞬くように光る。

「ねえ、呂守王妃はもしかして……」

「ご懐妊《かいにん》かしら？」

「えっ⁉」

栄皇貴妃と恵兆王妃が微笑みを交し合うので、翠蝶はぎょっとした。

「だって、とてもだるそうにしているもの。私が身籠《みごも》ったときもそうだったわ」

「体調に変化がおありなら、早めに太医の診察をお受けになるほうがよいですわよ」

本来、太医は皇帝と后妃のみを診察するものだが、近年では皇族と夫人も診察を受けられる。

「い、いえ……懐妊ではありませんわ。少し、寝不足で……」

翠蝶は桔梗《ききょう》文様の絹団扇で口元を隠した。

「まあ、寝不足なの。それは……大変ね」

栄皇貴妃は瞳を三日月の形に細め、ふふふと意味ありげに笑う。

「私から呂守王に言ってあげましょうか。あなたにあまり無理をさせないでって」

「はしたないですわよ、栄皇貴妃さま」

恵兆王妃まで目を細めて笑っている。何のことだかさっぱり分からなかった翠蝶も、「呂守王は尹氏に夢中みたいね」「この様子なら近々、懐妊の知らせを聞けるかもしれませんわ」と笑い合う二人を見ていると、ようやく誤解されていることに気づいた。

「ち、違いますの。そ、そうではなくて……」

思い当たる事実などないのに、頬に赤みが差してしまう。

（……本当にただの寝不足なのよ）

首なし女の幽霊を見てからというもの、毎晩眠りが浅い。夜中はずっと目が冴えていて、朝方になってから睡魔が訪れる。侍女《じじょ》に起こされたときには寝ぼけ眼《まなこ》だ。

「恥ずかしがらないで。私たちは家族なんだから、遠慮《えんりょ》せずに話して」

栄皇貴妃は興味津々《しんしん》といったふうに身を乗り出してくる。

「お、お話しできるようなことは……」

「何でもいいわ。例えば、夫に関して困っていることは？　私たちが力になれるかも」

正直に話そうかどうか迷いつつも、翠蝶は口を開いた。

「実は……夫が猥褻《わいせつ》で困っています」

「……うぐ……っ⁉」

「栄皇貴妃さま！　大丈夫ですか⁉」

干し棗《なつめ》をかじっていた栄皇貴妃が苦しそうに咳《せ》きこんだ。毒が盛られていたのかと冷や汗をかいたが、干し棗を喉《のど》に詰まらせただけのようだ。

恵兆王妃に背中を叩いてもらって棗を吐き出すと、栄皇貴妃はふうと一息ついた。

「はあー、びっくりしたわー。呂守王妃がいきなり変なことを言うから」

申し訳ございません、と翠蝶は肩をすぼめた。変なことを言ったわけではないのだが。

「困っているあなたを突き放すつもりはないけど、夫は猥褻なのが普通よ。ねえ、恵兆王妃」

「ええ、まあ……左様《さよう》ですわね。健康な殿方《とのがた》は、得てして……精力的かと」

恵兆王妃は絹団扇の陰でかすかな笑い声をもらした。

「……ですが、わたくし、とてもたえられませんの。体が、壊れそうで……」

昨夜、夕涼みに回廊《かいろう》を歩いていたら、夜着をまとって髪をおろした氷希と出くわした。吊り灯籠《どうろう》の明かりの下に立つ彼は、ひどく色めいていた。湯上がりの濡れ髪がくつろげた胸元にかかっていたせいだ。右目は眼帯で隠されていたが、あらわになっている左目は灯を受けて蠱惑《こわく》的な色彩を帯びており、視線が交わった瞬間、心臓が止まりそうになった。

『そ、そのような猥褻な恰好《かっこう》で回廊を徘徊しないでくださいませ！』

複雑な表情をした氷希を置き去りにして、翠蝶は脱兎《だっと》のごとく逃げ出した。

(御髪《おぐし》をおろしていらっしゃる殿下は……見るにたえないわ)

胸がどきどきしすぎて、体が壊れるのではないかと不安になってしまうのだ。

「昨夜だって、回廊で……」

「回廊で⁉　ちょっ、ちょっとそれは……うーん、でも、私にも身に覚えがあるような……」

「えっ、主上も回廊で猥褻なことを⁉」

「回廊じゃないけど……離宮に行ったときにね、その……それらしいことが」

栄皇貴妃は恥ずかしそうに絹団扇で面《おもて》を隠した。

「誰にだって一度くらいあるんじゃないかしら？　恵兆王妃も、ね？」

「わ、私は……ど、どうかしら……。若い頃のことは、どうも記憶があやふやで……」

恵兆王妃はどぎまぎと答え、干し棗をかじった。そして、むせる。

「えーと、つまり、呂守王妃の悩みは幸せな妻の共通の悩みということよ。慣れないうちは大変だろうけど、愛されている証拠だと思って、好意的に受け止めてあげてね」

ごほごほと咳きこむ恵兆王妃の背中を叩きながら、栄皇貴妃が笑顔で励《はげ》ましてくれた。

流蛍池からの帰り道、翠蝶は安敬妃を見かけた。大きな珊瑚《さんご》樹の木陰にある四阿《あずまや》で読書している。妃嬪《ひひん》としてはあり得ないことに、侍女や宦官《かんがん》がそばにいない。

「安敬妃さまにご挨拶《あいさつ》いたします」

翠蝶は四阿に入って挨拶をしたが、安敬妃は書物に視線を落としたままだ。

「……あっ、呂守王妃。ご、ごめんなさい。私、気づかなくて……」

安敬妃は慌てて本を閉じた。後宮儀礼にのっとり、立ち上がって礼を返す。

「読書のお邪魔をしてしまいましたわね」

「い、いえ……邪魔だなんて……」

頭頂部に蝶結びのような髷《まげ》を作る元宝髻《げんぽうけい》には、芙蓉石《ふようせき》がちりばめられた金歩揺《きんほよう》が挿され、造花の秋明菊《しゅうめいぎく》が飾られている。雪灰色《せっかいしょく》の上襦《じょうじゅ》は可憐《かれん》な紫苑《しおん》が縫い取られており、足元に流れる裙《くん》はうっすらと蜉蝣《かげろう》が織り出されたものだ。

栄皇貴妃が今を盛りと咲き匂《にお》う紅牡丹《べにぼたん》なら、安敬妃は物陰でひっそりと花開く銀蘭《ぎんらん》である。曇り空のような雰囲気が瑞々《みずみず》しい花顔に影を落としているのが、いささか残念だ。

「……それでは、失礼いたしますわ」

会話が続かないので四阿を出ていこうとすると、意外にも安敬妃に呼び止められた。

「呂守王は……後宮書庫に飾られていた掛け軸を調べていらっしゃるそうですね」

「ええ、主上のご命令ですの」

「何か分かりましたか」

翠蝶が首を横に振ると、安敬妃は落胆《らくたん》したように「そうですか」とつぶやいた。

（安敬妃の愛読書は怪談ものだって話だったわね……）

『心緒』が見つかったのは、怪談ものの本が並ぶ書棚《しょだな》だった。

「安敬妃さまはあの掛け軸をご覧になったことがありますか？」

「はい……。書棚の近くに、飾られていましたから」

「例の掛け軸についてご存じのことがあったら、教えていただけないでしょうか」

安敬妃ははたと顔を上げた。金歩揺の垂れ飾りがしゃらしゃらとざわめく。

「……わ、私……その……」

視線が泳ぎ、粒琥珀の耳飾りがせわしなく揺れた。

「何も……存じません」

翠蝶の眼差《まなざ》しから逃れるように、安敬妃は面《おもて》を伏せた。

不審に思ったものの、後宮警吏《けいり》のように無理やり聞き出すことはできない。

「思い出すことがあれば、教えてくださいませ。助かりますわ」

では、と一礼して踵《きびす》を返そうとしたとき。

「き、錦秋香《きんしゅうこう》はよい香りですね」

「錦秋香？」

翠蝶が聞き返すと、安敬妃は本を持って四阿から駆け出していった。

「おかしいわ。確か、この楓だったはずだけど……」

翠蝶は『心緒』の楓の部分を凝視して、首をかしげた。

「何か、変わったところがあるのか？」

隣に立つ氷希がこちらに体を傾けてくる。彼がまとう柔らかな白檀《びゃくだん》の香りにどきりとした。

幽霊事件があってから、氷希がそばにいないときは『心緒』に近づかないことにしている。

彼がいれば幽霊のことは気にならないけれども、別のことが気になって仕方ない。

（……殿下って、御髪《おぐし》をおろしていらっしゃらなくても、不埒《ふらち》な感じがするわ）

今、氷希は髪を結って冠をつけている。きちんと衣服を整えているし、決してみだりがましい恰好をしているわけではないのだが、そばにいると、鼓動が乱れてしまう。

「ん？　首なし女の幽霊を思い出したのか？」

「い、いいえっ！」

「怖いなら、手を握っていてやろうか」

結構ですわ、と断る前に左手をつかまれる。彼の手にはもう何度も触れたし、触れられてもいるけれど、大きな掌《てのひら》に包まれると、いまだにどぎまぎする。

「で、どこがどうおかしいんだ？」

「ここですわ……」

左手を氷希に握られたまま、翠蝶は舞い散る楓の葉の一枚を指さした。

「この葉には、木梳戧《もくそそう》という技術が使われています。木梳戧は右から左、あるいは左から右の横方向に濃淡を変化させていくものですの。ここは左が薄く、右が濃くなっていますでしょう？　でも、あの日……首なし女の幽霊が出た日は、左の薄い部分がやや黒ずんでいました」

「黒なんて見当たらないな。色の濃淡はあるが、織りこまれた糸の基本は赤だ」

「見間違いではないと思うのです。何度も目を凝《こ》らしてみましたから……」

だけど、こうして見ていると、勘違いではという気がする。

はらはらと散る楓の葉は、どれも赤を基調としていて、黒ずんで見える部分はない。

「主上は楓の葉や菊の花びらの数に意味があるのかもしれないとおっしゃっていたが、何の規則性も見出《みいだ》せないんだ。第一、楓や銀杏、玉簪花《ぎょくしんか》の数ならともかく、菊の花びらや丹桂《きんもくせい》の花の数はあまりにも多すぎて、琴譜《きんぷ》に使われている数字とはかけ離れている」

「描かれている植物ではなく、動物や虫ではいかがです？」

「白鷺《しろわし》は一羽、蛍《ほたる》は七匹、鹿は二頭、蟋蟀《こおろぎ》は三匹、雁《かり》は五羽。一、七、二、三、五。こちらは琴譜にも使われる数字だが、今度は数が少なすぎて琴譜にならない」

琴譜は数字と簡略化された文字で記される。これを減字譜《げんじふ》という。数字は弦名と徽《き》（勘所《かんどころ》）を表し、文字は左右の手の運指法を表す。数字だけでも、文字だけでもだめだ。

「あるいは花びらの数をいくつかに区切って解釈するのかと考えてみた。例えば、この菊。ここからここまでを三、ここからここまでを六というように」

「けれど、何の目印もありませんわ」

「だろ？　琴譜が花びらの数に隠されているなら、必ず目印があるはずだ。しかし、何もない。おまけにこの織地には文字がないし、琴譜に使われる文字を連想させる文様もない」

　お手上げだよ、と氷希は溜息をもらした。

　翠蝶も『心緒』を睨《にら》んで知恵を絞《しぼ》ってみたが、まさに五里《ごり》霧中《むちゅう》である。

「眠そうだな」

　我知らず、あくびが出ていた。氷希に見られたことが恥ずかしい。

「侍女から聞いたぞ。幽霊が怖くて眠れないんだって？」

「……べ、別に怖いわけではありませんわ。考え事をして眠れないだけで……」

「添い寝してやろうか」

「えっ、そ、添い寝……!?」

　翠蝶はぱっと顔を上げた。氷希は面白がるように目を細めている。

「添い寝以上をお望みなら、ご期待にそうが」

「そ、そんなこと望んでいませんわ！」

「独り寝は怖いぞ。夜中に首なし女の幽霊がおまえの閨《ねや》に現れたら……」

「脅かさないでくださいませ！　わ、わたくしには露露がいますから大丈夫です！」

露露を抱いていても眠れないのだが、氷希に添い寝をしてもらうなんてもってのほかだ。

（……御髪《おぐし》をほどいていらっしゃる殿下と一晩過ごすなんて……たえられるはずがないわ）

きっと心臓がもたない。


その夜、翠蝶は例によって眠れなかった。目が冴えて仕方ないので、牀榻《しんだい》から出て書物を広げる。どうせ眠れないのだから、読書でもしようと思ったのだ。

机に開いたのは、染織の本だ。古い染織の技術や伝説を記したもので、光る蚕《かいこ》でつむいだ糸や香を聞く染料、呼びかけに応じて飛び出す文様やひとりでに動く仙人の針など、眉唾《まゆつば》物の記述も多いから、『心緒』の調査には使えないだろうが、単純に読み物として面白い。

「まだ起きているのか」

「で、殿下……⁉」

いきなり氷希に手元をのぞきこまれ、翠蝶は飛び上がった。

「なっ、なぜ臥室《しんしつ》にいらっしゃったのです⁉」

「ばかなことを訊くな。夫が妻の閨を訪ねて何が悪い」

氷希は机にもたれて翠蝶を見下ろした。髪はおろしていないが、冠はつけていない。外衣《うわぎ》は羽織《はお》らず、清涼感のある縹《はなだ》色の生地に団龍文《だんりゅうもん》を織り表した長衣《ちょうい》姿だ。右目に眼帯をつけた端麗《たんれい》な面差《おもざ》しは艶《つや》やかな燭火《しょっか》に濡れ、見惚《みと》れずにはいられないような色香をまとっていた。

「い、いけませんわ……。わたくし、今夜は……」

翠蝶は椅子《いす》から立ち上がって後ずさった。

以前、内院《なかにわ》で氷希に迫られたときもこんなふうに後ずさったけれど、あのときとは少し違う気がする。恐ろしさよりも恥じらいが勝るのは、なぜだろうか。寝化粧《ねげしょう》をしていない。髪を梳《くしけず》っていない。お気に入りの夜着を着ていない。考えるのはそんなことばかり。

（……お父さまとお母さまのために、主上のご寵愛《ちょうあい》を受けなくてはならないのに）

氷希と親しくなってはいけない。彼に心を許してはいけない。これ以上、距離を縮めてはいけない。翠蝶が結ばれるべき相手は、皇帝なのだから……。

「おまえを抱きたいと言ったら、どうする？」

氷希は二人の間に横たわった隔《へだ》たりを一歩一歩つぶしていく。

「大声で叫んで助けを呼ぶか」

彼が近づいてくると、視界を染める暗がりが重量を増すようだ。

「それとも、諦めて身を任せるか」

牀榻の柱まで追いつめられて、呼吸が止まりそうになる。

「前者なら、手遅れになる前に叫んでおけ。後者なら、このままおとなしくしてろ」

逃げ場を奪われ、翠蝶は声もなく氷希を見上げた。彼は笑っていないし、怒ってもいない。

毒の発作《ほっさ》に襲われているときのように苦しげで、何かを失ったかのように切なげだった。

「お痛みが……あるのですか」

翠蝶はおずおずと手を伸ばした。氷希の頬《ほお》に触れ、眼帯で隠された右目に触れる。

右目に残った傷痕とは、どのようなものだろうか。好奇心とは異なる感情を覚え、同時に困惑した。しばらく前まではこうして眼帯越しに触れることなど、おぞましくて考えられなかった彼の右目。今は眼帯を外して、彼の秘密を暴いてしまいたい衝動に駆られている。

「もう治ったよ」

氷希は翠蝶の手を握り、かすかに微苦笑した。

「おまえが触れてくれたから」

寂しげに響く声音《こわね》に、胸が締めつけられた。彼は偽ったのだと直感した。本当は少しも癒《い》やされていないのに、翠蝶を安心させるために嘘をついたのだと。

「さて、眠れない織女《しょくじょ》を寝かしつけてやるか」

翠蝶は抱き上げられ、牀榻におろされた。彼が覆《おお》いかぶさってくるのかと身構えたけれど、氷希はいったん牀榻を離れる。数秒後、戻ってきた彼の手には、二胡《にこ》が握られていた。

「何だ、誘っているのか？」

氷希が眉をはね上げる。彼の視線の先を見て、あっと声を上げた。夜着の裾《すそ》が大胆《だいたん》にめくれて膝から下があらわになっている。翠蝶は大慌てで夜着の裾をもとに戻した。

「……何をなさるのです？」

「二胡を聴かせてやるんだよ」

氷希は牀榻のそばに椅子を持ってきて腰をおろした。

「さっさと衾褥《ふとん》をかぶれよ。もたもたしてると襲うぞ」

荒っぽく綾錦《あやにしき》の衾褥をかぶせられる。翠蝶は衾褥の端からそろりと頭を出した。

「どうして二胡を……？」

「幽霊が怖くて眠れないんだろ。眠くなるような曲を弾いてやるよ」

氷希は枕元に置いてあった露露をつかんで、こちらに差し出した。

「こいつを抱いてろ。宗室に古くからある言い伝えでは、熊猫《パンダ》は魔よけになる」

「まあ、そうなのですか？」

「嘘だよ。とにかく、そいつを抱いて二胡を聴け。そして寝ろ。いいな？」

「ひどいですわ、騙すなんて……」

翠蝶はぶつぶつ文句を言いつつ、露露を抱いて衾褥にもぐった。

やがて、しなやかな二胡の音色が牀榻に満ちた。緩《ゆる》やかな川をたゆたう小舟の揺れのような調べに耳を傾けていると、徐々に瞼《まぶた》が重くなってくる。

「……素敵な曲ですわね。何という名前、かしら……」

音楽は一通り習ったが、聞き覚えがない曲だ。蕩《とろ》けるように優しくて、心地いい。

「朝になったら教えてやる」

眠れ、と囁《ささや》きが落ちる。その言葉に従うように、翠蝶は意識を手放した。


午前の政務を片付けた後、氷希はあくびを噛《か》み殺しつつ、古書をめくっていた。

昨夜、翠蝶を寝かしつけてから自室に戻ったが、ろくに眠れずに朝方になってしまった。

(たとえ賭《か》けに勝っても、尹氏を手に入れることはできないだろう……)

翠蝶は眼帯の上から右目に触れてくれた。発作は起きていなかったが、彼女のぬくもりが古傷をうずかせた。愛《いと》おしい気持ちを胸の奥に隠しておくことが難しくなっている。彼女を見れば欲しくなるのに、手を伸ばせない。拒絶されるのが怖いのかもしれないし、翠蝶を怯《おび》えさせたくないのかもしれない。もしくは、歯止めがきかなくなることを恐れているのか。

賭けの期限が来たとき、翠蝶が相変わらず兄帝の寝所に近づけていなかったとしても、氷希は彼女を妻にすることをためらうだろう。腕ずくで手に入れることは容易《たやす》いが、この心が欲しているのは、甘い柔肌《やわはだ》ではない。もっと温かく、得難いものだ。

(離縁《りえん》するなら、来春か)

兄帝と結ばれないからといって、翠蝶が氷希の妻になることを望むとは思えない。

賭けの結果がどうであれ、彼女を解放してやるべきだ。氷希に男として問題があるということにすれば、翠蝶の名誉は保たれる。実家に戻って再嫁先を探せばいい。氷希が裏から手を回して良縁を見つけてやってもいい。翠蝶を可愛《かわい》がって、大事にしてくれるような男を。

――大切なのは自分がその方のそばにいることではなくて、その方が幸福かどうかですわ。

林氏の助言を反芻《はんすう》した。自分の心を満たすより、翠蝶の幸せを願わなければ。

「……憂妃は歌舞音曲《かぶおんぎょく》に長《た》けていた」

昨夜見た翠蝶の可愛い寝顔を忘れようと、氷希は古書の記述を読み上げた。

「憂妃の歌声を聴いた人は感涙にむせび、憂妃の舞を見た人は仙境で遊ぶかのごとく浮かれ、憂妃の琴音を耳にした人は魂を抜かれたように放心した。古今東西の詩文に通じ、香のたしなみもあったが、聖楽帝が香を好まなかったので、御前では香を控えた」

聖楽帝の香嫌いは語り草だ。何でも、不遇だった皇子時代に猛毒入りの香で暗殺されそうになった経験から、極端に香を忌《い》み嫌っていたという。

「……香のたしなみもあったが」

香という単語が頭の奥を引っかく。沈思したが、深い霧の中にいるようで考えが晴れない。

古書を閉じて、氷希は隣室に足を運んだ。

「白鷺は一羽、蛍は七匹、鹿は二頭、蟋蟀《こおろぎ》は三匹、雁は五羽……」

『心緒』の前に立ち、花木とともに織り表された動物と虫を数える。

「一、七、二、三、五……」

はたとひらめいて、氷希は書斎に駆け戻った。書棚《しょだな》から香芸《こうげい》の本を引っ張り出す。

「丁子《ちょうじ》一両、沈《じん》四両——違う、これじゃない。……あった、これだ。甘松《かんしょう》一分、沈七両、丁子《ちょうじ》二両、甲香《こうこう》三両、華寝《かしん》五朱。〈錦秋香〉凱《がい》王朝・聖楽時代——松月王の調合法……」

偶然だろうか。『心緒』に織られている動物と虫の数と、松月王が好んだ錦秋香の調合法に記されている香料の分量が一致する。

物寂しさ漂う金風を想起させる香り——錦秋香。

秋の絶美なるものを織り表した緙絲《こくし》の傑作《けっさく》と関係があるのだろうか。


「錦秋香を焚《た》いているのね」

織室《しょくしつ》から自室に戻り、翠蝶は思わず顔をしかめた。

色づいた林を駆け抜ける秋風のようなすっきりとした芳《こうば》しさの中に、蕭々《しょうしょう》とした詩情豊かな味わいを感じさせる雅《みやび》やかな香り。古くから貴人に愛されてきた格調高い香気を、今日はなぜか不快に思った。昨年の今頃は、錦秋香を焚いて刺繍《ししゅう》をするのが好きだったのに。

（……首なし女の幽霊のせいだわ）

『心緒』のそばに現れた首なし女の幽霊からも、錦秋香に似た匂《にお》いがしたのだ。一般的な調合法の錦秋香より、やや物悲しさが強くて、胸に迫るような香りが……。

――錦秋香はよい香りですわね。

別れ際、安敬妃はそう言っていた。ひどく意味ありげに。

（『心緒』に関係あることかしら？　どちらも秋に関連しているけれど……）

記憶がうずき出し、翠蝶は書棚に飛びついた。氷希が二胡の音色で寝かしつけてくれた夜に読んでいた染織の本を引っ張り出して、慌《あわただ》しく頁《ページ》をめくる。

「香を聞く染料――酔文彩《すいぶんさい》」

千年前のこと、染織に長けた女が後宮にいた。政《まつりごと》の実権を握っていた皇太后は女にさまざまな染料を作らせた。それらは皇太后に愛され、珍重されたが、とりわけ喜ばれたのが香を聞く染料である。これで染めた絹は焚きしめられた香の種類によって色を変え、香が薄れてくると元に戻る。例えば、爽《さわ》やかな露草色の衣は白檀《びゃくだん》を焚きしめることで華やかな紅梅色になり、白檀が薄れてくると露草色を取り戻す。さながら人が酒に酔って頰を赤らめ、酔いがさめて本来の顔色を取り戻すかのようだということで酔文彩と名付けられた。

酔文彩に使われた植物は三百年前に絶えており、その技術も時とともに忘れられた。しかし、人里離れた山中で暮らす仙女の孫を祖とする一族はいまだに酔文彩の技術を受け継いでおり、彼らの山里だけには酔文彩に使われる植物が雑草のように茂っているという。

「……古詩には『酔文彩の衣が黒く染まる』と詠《よ》まれていることがあるが、これは雨の日には酔文彩で染めた絹が黒ずんでしまうことから来た表現で、『酔文彩の衣が黒くなってしまうほど、私は涙にくれている』という意味に……」

首なし女の幽霊が出た日、しとしとと憂鬱《ゆううつ》な雨が降っていた。

（『心緒』を織ったのは、聖楽帝が召し上げるほどの腕利《うでき》きの工匠《こうしょう》だったわね）

聖楽帝は虹衣仙女とあだ名される優秀な女工匠を重用していた。彼女の腕前が素晴らしいことは語り尽くされているが、彼女がいつ頃から聖楽帝に仕え始めたのかは分かっていない。

もし、松月王の命令で『心緒』を織った腕利きの工匠と、虹衣仙女が同一人物だったとしたら。虹衣仙女が仙女の孫を祖とする一族の出身だったとしたら――。

証拠はないから、憶測にすぎない。とにかく氷希に相談してみようと、翠蝶は本を持って彼の部屋へ急いだ。近道をするため、いったん内院におりる。薄紫の花をつけた萩が風にそよぐ小道を駆け足で進んでいると、向こうから氷希がやってきた。

「おまえの部屋に行くところだったんだ」

翠蝶の姿を見るなり、氷希はこちらに駆けてきた。

「訊きたいことがあるんだが、香と緯絲に何か関係があるか？　例えば、特定の香を焚くことで緯絲の模様が変わる……ということはないだろうか」

「特定の香って、錦秋香のことですか？」

「なぜ錦秋香だと？」

氷希が軽く目を見開く。翠蝶は持ってきた本を開いて、該当箇所《がいとうかしょ》を指し示した。

首なし女の幽霊から錦秋香に似た匂いがしたこと、事情を知っているらしい安敬妃が『心緒』の話をしているときに錦秋香の名を出したことも伝える。氷希からは『心緒』に表された動物と虫の数が錦秋香の調合法に記された香料の分量と一致することを聞いた。

「もしかしたら、『心緒』には酔文彩が使われているかもしれません」

雨の日に一部の糸が黒ずんでいたことも気になる。

「ちょうど部屋で錦秋香を焚いていますわ。香炉《こうろ》を持ってまいりますわね」

「待て。錦秋香は時代によって調合法がかなり違う。『心緒』の模様の数と香料の分量が一致するのは、百年前――聖楽時代に生きた松月王の調合法だけだ」

氷希は翠蝶の手を握った。

「松月王式の錦秋香を手に入れてきたばかりだ。早速、試してみよう」

『心緒』の部屋に入り、氷希は龍が透かし彫りされた青玉《せいぎょく》の香炉で錦秋香を焚いた。ふたの透かし文様から香が立ちのぼり、夕映え色の室内は秋風のような香りに染められていく。

胸を締めつけるような切なげな香気が部屋を満たす間、翠蝶は氷希のそばで『心緒』を見つめていた。体を強張《こわば》らせていると、隣から笑い声が聞こえてくる。

「そんなに緊張するな。幽霊を呼び出すわけじゃないんだぞ」

「わ、分かっていますわ……。でも、もし、幽霊が出たら……」

「不安なら、俺に抱きついていろ」

半ば強引に抱き寄せられた。衣服越しに逞《たくま》しい腕や頼もしげな胸板を感じると、心臓がせわしなく暴れ出す。離れなくちゃと思うのに、なぜか体が動かない。

「おまえは幽霊をいたく怖がっているが、幽霊より警戒するべき相手がいるんじゃないか?」

翠蝶はこんなにもどきどきしているのに、氷希は平然としている。何とも腹立たしい。

「殿下のことは、全然怖くありませんわ」

「強がるなよ。本当は怖いくせに」

「本当に怖くないのです。こうしていても、殿下は」

何気なく視線を上げ、翠蝶は絶句した。

「……み、見てくださいませ! 『心緒』に文字が……!」

楓《かえで》と白鷺《しろわし》、玉簪花《ぎょくしんか》と蛍、丹桂《きんもくせい》と鹿、菊と蟋蟀《こおろぎ》、銀杏《いちょう》と雁《かり》。その葉や花びら、枝や幹、もしくは翼や翅《はね》、胴や首など、ありとあらゆる部分に紫色の数字と文字が表れていく。数字は今と変わらないが、文字は簡略化されたもので、当世では使われない古めかしい字体である。

琴《こと》に親しむ者なら必ず学ばねばならない記譜法――減字譜。

時代によって多少意味が変わる部分はあるが、基本的に数字が示すのは弦名と徽《き》(勘所《かんどころ》)、記号めいた文字は左右の手の演奏方法を示している。

「これが『心緒』の由来か……」

氷希はあらわになった琴譜《きんぷ》を食い入るように見ていた。

「古曲のようですけれど、わたくしは存じ上げない曲ですわ」

「弾いてやる。書斎から琴を持ってきてくれ」

翠蝶は隣室に駆けていき、琴を持って戻ってきた。氷希は黄花梨《おうかりん》の琴案《つくえ》に琴を置いて、椅子《いす》に座る。『心緒』を一通り眺め、呼吸を整えて弦を爪弾《つまび》いた。

彼の指先から感傷的な音色が生まれ出る。一音一音が愁《うれ》いを帯び、それらが結ばれることによって哀切を募らせて、聴く者の心を掻《か》き乱していく。

（……な、なに……？）

強烈なめまいに襲われた。何かが——何ものかが翠蝶の体に流れこんでくる。

『ともに逃げよう、紫媚《しび》』

すらりとした長身の青年が翠蝶の手を握った。いや、違う。翠蝶はこんなふうに爪を伸ばしていないし、牡丹《ぼたん》のような色に染めていない。それに手の甲に梅花のような痣《あざ》はない。

『君と添い遂《と》げたいんだ。何もかも捨てて、西の地で暮らそう。心配はいらない。僕は西方の言語を話せるし、絵を売れば金になる。君には不自由をさせないから、僕の妻になって』

青年は整った容貌《ようぼう》をしていた。氷希に似ているような気もする。高貴な生まれであることを匂わせる切れ長の目元には、愛《いと》おしげな笑みが浮かび、形のよい唇は甘い言葉を吐く。

『死ぬまで君だけを愛すると誓うよ。僕の妻は、僕が妻にしたい人は、君しかいない』

唐突《とうとつ》に、青年の微笑がかげった。彼は戸惑いを隠せない。

『なぜ……。僕のことが嫌いになったのかい？　違うのなら、どうして……』

翠蝶は――翠蝶の中に入ってきた全《ぜん》紫媚は、辛そうに首を横に振った。

「逃げられないわ。だって、わたくしが逃げたら家族が無事ではいられないもの」

自分の喉《のど》から出た声なのに、自分の声とはまるきり異なる響きだ。

「わたくしは後宮に入らなければならない。主上から直々にお声がかかったのよ。家族はとても喜んでいるし、もう入宮の支度《したく》も調えられているの。だから……ごめんなさい」

はらはらと目尻から涙がこぼれた。翠蝶は困惑するが、涙はとめどなくあふれてくる。

「あなたのことが好きだけど……一緒には行けないわ」

青年の面《おもて》に失意が広がった。胸を引き裂かれたかのように唇を嚙《か》み、紫媚の手を撫《な》でる。

『君は、兄上の花嫁になってしまうんだね』

ごめんなさい、と翠蝶の唇から翠蝶のものではない涙声がもれる。

紫媚は青年の求めに応じたくてたまらない。彼女の望みは彼と結ばれることだけなのだ。

しかし、熱情のままにすべてを捨てることなど不可能だ。紫媚には優しい両親がいる。幼い弟妹がいる。子どもの頃から何くれと世話を焼いてくれた叔父《おじ》や叔母《おば》がいる。彼らを捨てて恋を追いかけられようか。自分が幸せになれば、家族が不幸になると分かっているのに。

『泣かないで、僕の恋しい人』

紫媚の手を引き寄せて、青年は手の甲にある梅花のような痣に口づけした。

『これが最後の逢瀬《おうせ》なら、君の笑顔を目に焼きつけておきたい』

青年は一目で偽りだと分かる笑みを見せた。暴れる感情を抑えこんで、紫媚を力ずくで連れ去りたい衝動をこらえて、最後に美しい思い出を残そうとする、悲痛な微笑だった。

『君はきっと兄上に寵愛《ちょうあい》されるよ。他の誰よりも大事にされて、幸せに暮らすだろう』

紫媚は青年に抱きしめられた。彼の衣から香るのは、うら寂しい金風《きんぷう》のような錦秋香。

「どれほど主上のご寵愛を受けようと、わたくしが愛おしく思うのはあなただけ」

絶えず頰《ほお》を流れる涙が青年の衣に染みを作った。

「いつか、命が尽きたら、あなたに会いにいくわ」

放したくないというようにきつく抱きしめられると、焼けるように胸が熱くなる。

「あなたがくださった紅をさして、髪に月季花《ばら》の簪《かんざし》を飾って、会いにいくから……」

紫媚の切々とした恋情がまるで自分のもののように感じられた。

「そのときまで……どうか、待っていて」

青年が何事か答えるが、もはや聞こえない。急速に彼のぬくもりが消えていく。

「尹氏！　しっかりしろ！」

気づくと、翠蝶は氷希に抱かれていた。氷希が心配そうに顔をのぞきこんでくる。

「なぜ泣いている？　奇妙なことを口走っていたが、いったい何が……」

「……ではありませんわ、殿下」

翠蝶は氷希の袖《そで》をつかんだ。彼にすがらないと、悲しみの波にのまれてしまいそうだ。

「泣いているのはわたくしではなく、全氏です」

「憂妃と松月王が恋仲だったという記録はない」

白磁《はくじ》の茶杯《ゆのみ》を傾けて、氷希がぽつりと言った。

「少なくとも俺は見たことがない。だが、おまえの話を聞くと、いろいろと合点《がてん》がいく」

「隠されていた琴譜はどのようなものでしたの？　わたくしは途中までしか聴けませんでした」

翠蝶は氷希が淹《い》れてくれた甘味のある茶で温まり、ほっと一息ついた。

「悲恋の曲だよ。天女に心を奪われた男の片恋をつづった古曲だ。決して有名な曲じゃない。昨今では、暇つぶしに琴譜の研究でもしているやつしか読めないだろうな」

氷希はすらすらと読み解いていたから、琴譜の研究をしているのだろうか。

「松月王は後宮入りする全紫媚と別れ、恋慕《れんぼ》を断ち切ったつもりでいた。しかし、全氏が憂妃と呼ばれるようになってからも彼女を恋う気持ちは衰えず、緋絲に自らの想いを封じこめ、憂

妃に贈った。そのとき、酔文彩《すいぶんさい》の仕掛けを教えたかどうかは分からない」

「あえて伝えなかったのかもしれません。錦秋香が二人の恋の思い出をひもとく鍵なら、何も言われなくても、憂妃は『心緒』を見て松月王が調合した錦秋香を思い出したでしょう」

憂妃は香嫌いの聖楽帝に気づかれないよう、こっそり錦秋香を焚いたのだろう。

「松月王が自害したのは、憂妃が刑死した後だ。二人が恋仲だったなら、松月王は絵が描けなくなったことに絶望して命を絶ったのではないな」

「憂妃の訃報《ふほう》を耳にしたのでしょうね……」

愛する人がこの世にいないことを知り、生きる目的を失ったのだ。

（『心緒』は盗難に遭《あ》ったのではなく、憂妃が持ち出したんだわ）

どこへ運ぶつもりだったのか、今となっては永遠に謎だけれど、彼女の心情は理解できる。

「幽霊になって現れるくらいだから、憂妃はまだ松月王と再会できていないのかしら……」

松月王から贈られた紅をつけようにも、顔がない。月季花《ばら》の簪を結い髪に飾ろうにも、頭がない。

身支度を整えられないから、愛しい男に会いにいけないのでは？

「憂妃は廃位されて処刑された上、亡骸《なきがら》は庶人《しょじん》として埋葬された。一説によれば、首と体は別々に葬《ほうむ》られたそうだ。聖楽帝は皇后と皇太子の暗殺に憤《いきどお》って残忍な命令を下したのだろうと思っていたが、むごい仕打ちの理由は、別のところにあるのかもしれない」

聖楽帝は、寵姫《ちょうき》の心が自分のものではないことを知ってしまったのか。

「あれほど愛した松月王の絵を片っ端から燃やしていったのは、もしかしたら……」

聖楽時代末期は、血なまぐさい事件の連続だ。聖楽帝は無鉄砲な勅令《ちょくれい》を乱発して朝政を混乱させ、憂妃に似た美人を後宮に大勢集めて遊興にふけった。皇子たちの妃や側室を取り上げることすらあり、宗室の風紀は大いに乱れた。

朝廷は奸臣《かんしん》が牛耳《ぎゅうじ》り、容赦《ようしゃ》ない粛清《しゅくせい》が繰り返され、後宮では聖楽帝がささいなことで激昂《げっこう》し、命乞《いのちご》いする宮女《きゅうじょ》を残虐《ざんぎゃく》に殺した。

この頃の聖楽帝には、十九で即位したときの輝かしさや崇高《すうこう》な志《こころざし》はなかった。

聖楽三十五年秋、かつて風流天子として典雅《てんが》な文化を花開かせた皇帝は謎の死を遂げる。

『待て！　待ってくれ、憂妃！』

聖楽帝は「憂妃の首が転がっていく」と口走って後宮の階段を駆け降り、足を踏み外してしまう。宦官《かんがん》たちが駆け寄ったときには、首がねじり切れて絶命していた。

「それにしても、『心緒』とはうまく名づけたものだな」

氷希はしみじみと言って、長椅子の背にもたれた。

「心の緒か。琴譜を読み解けばこそ、その真意を理解できる」

「でも、悲しい題名ですわ」

翠蝶は立ち上がって再び『心緒』を眺めた。

錦秋香が薄らいできたせいか、琴譜は徐々に色を奪われていく。消えゆく琴譜の色彩は、二人の儚《はかな》い恋を象徴しているかのようだった。

「松月王と全氏の魂が結ばれるよう、『永結心緒《えいけつ》』と名づけてはどうでしょうか」

心の緒が永遠に結ばれる――二人が別の世では幸福になれるよう、願いをこめて。

「悪くない。魂が結ばれていれば、いつかどこかの時代で、二人は夫婦になるだろう」

氷希も席を立って翠蝶の隣に並ぶ。

しばし無言で『心緒』に見入った。

「どうか、今度こそ幸せに」

翠蝶は目を閉じて手を合わせ、静かに経文《きょうもん》を唱えた。


翌日、翠蝶は後宮の綾風閣《りょうふうかく》を訪ねた。

安敬妃が暮らす綾風閣の内院《なかにわ》には、ぱっと目を惹《ひ》く房藤空木《ふさふじうつぎ》や芙蓉《ふよう》ではなく、控えめな紫苑《しおん》が植えられていた。反対に内装は玉製の屏風《びょうぶ》、螺鈿《らでん》細工の机や椅子、水晶の香炉《こうろ》や珊瑚《さんご》の置物など、きらびやかな調度品でまとめられていて、何ともちぐはぐな印象だった。

「後宮書庫の掛け軸の話をしているときに、なぜ錦秋香のことを持ち出したのですか」

翠蝶が尋ねると、安敬妃はおろおろと視線を泳がせた。

「……た、たまたま、思いついただけです」

「あの掛け軸――『心緒』について何かご存じだったから、わたくしに手掛かりを教えてくださったのではありませんか」

安敬妃は押し黙ってうなだれた。

「詰問《きつもん》しているわけではありませんの。安敬妃さまが助言してくださったおかげで『心緒』の秘密を読み解くことができました。お礼を申し上げます」

皇帝の命令による調査だから、琴譜の詳しい内容については話せない。

「……私、お役に立てたでしょうか」

「ええ、とても助かりましたわ」

翠蝶は返礼として暗花緞《あんかどん》を差し出した。暗花緞は地色が単色の繻子《しゆす》地の緞子《どんす》だ。経糸を表面に浮かせた表繻子地に、緯糸《よこいと》で精緻な文様を織り出している。肌触りが快適で、上品な光沢を帯びているから、ひだをつけて裙《くん》に仕立ててもよいし、外衣《うわぎ》にしてもよい。

地色はこっくりとした深緑。文様は忘憂草《わすれぐさ》。秋が深まる季節に合うだろう。

「こ、こんな立派な織物、いただけません」

安敬妃は金歩揺《きんほよう》をしゃらしゃら鳴らして首を横に振った。

「いただいても、私……衣を仕立てることなんて、できませんし……」

「女官にお命じになればよろしいですわ」

「……女官は私の言うことを聞いてくれませんから」

客間には、安敬妃の女官が控えていない。妃嬪《ひひん》が客をもてなす際には女官がそばに控えて、用事があれば即座に対応するのが常識だというのに。

「先日、四阿《あずまや》で読書なさっているときも、おひとりでしたわね」

「……見苦しいですよね。でも、誰も私のそばにいたがらないので、仕方ありません」

「どうして使用人は安敬妃のおそばに侍《はべ》ることをいやがるのです？」

「私は……暗い性格ですし、気味が悪いと言って皆、いやがります」

「安敬妃さまのことを気味が悪いなんて、わたくしは思ったことがありませんわ。物静かでいらっしゃるとは思いますけれど、それは美点でしょう」

安敬妃はおそるおそる顔を上げた。物言いたげに目を瞬かせる。

翠蝶の傍らに控えた侍女《じじょ》が気になって話せない様子なので、侍女を下がらせた。

「……呂守王妃を脅《おど》かしたいわけではないのですが」

安敬妃は翠蝶の隣の何もない空間を見た。

「私、幽霊が見えるんです」

「えっ⁉　ゆ、幽霊が見える⁉」

「はい……。子どもの頃から、人には見えないものが見えてしまって……。もうすっかり慣れていますから全然怖くないですし、むしろ幽霊と話しているほうが落ちつくんですけど」

生きている人は苦手なんです、と安敬妃は申し訳なさそうにつぶやいた。

「あの掛け軸のことは、幽霊から聞いたんです。それで、錦秋香のことも……」

「ゆ、幽霊って、あっ、あの……首なしの……!?」

「憂妃ですね。ええ、憂妃ともお会いしましたけど、あの方は言葉を話せないんですよ。何しろ首から上がないですから。錦秋香のことは莉玲《りれい》公主に聞きました」

そちらにいらっしゃいます、と翠蝶の隣を指し示す。

「怖がらないでください。莉玲公主は三つの女の子です。聖楽帝の公主で、幼くして母を亡くしてから、憂妃に引き取られたそうです。莉玲公主によれば、あの掛け軸の前で錦秋香を焚くと織地に文字と数字が出てくるらしく、憂妃はそれを見て泣いていたとか」

莉玲公主は憂妃に可愛《かわい》がられていたが、熱病で命を落としたそうだ。

「……すみません。やっぱり、気味が悪いですよね……」

翠蝶が青ざめて硬直していたせいか、安敬妃は後悔したふうにうつむいた。

「実家からは、入宮したら幽霊とは絶対かかわるなって厳命されていたんですが……後宮ってたくさん幽霊がいるから、楽しくてついおしゃべりしたり、友達になったりしてしまって」

「……たくさん、と申しますと、こ、このお部屋には、莉玲公主以外にも……？」

「はい、私の隣に。無雪帝《むせってい》がいらっしゃいます」

無雪帝は聖楽帝の次に即位した皇帝である。聖楽帝の第十六皇子で、暗愚《あんぐ》という評判ゆえ、父帝の崩御《ほうぎょ》後に起こった皇位争いから遠ざけられていた。

兄弟たちが相争って自滅した後、玉座《ぎょくざ》が転がりこんできてからは暗愚の仮面を投げ捨て辣《らつ》腕《わん》を振るったが、性急な改革が反発を招き、即位して三年目に暗殺された。「後宮に通う暇がない」と言って一度も妃嬪のもとに通わなかった変わり者としても知られている。

「無雪帝ったら、何よりも政務がお好きなんですよ。亡霊になってからも働いていらっしゃるんです。今だってほら、書き物をなさっています。——主上、何を書いていらっしゃるんですか？　海賊の首領への書状？　その方を水軍に招きたいと？　まあ、大胆《だいたん》な策ですね」

安敬妃は敬愛の眼差《まなざ》しで何もない空間を見ている。

「莉玲公主、おねむですか？　では、私のお膝の上にいらっしゃい。ああ、だめですよ。呂守王妃のお膝の上で眠っては。呂守王妃がびっくりなさいます」

手招きをして、小さな子どもを抱きかかえる仕草をする。本当に莉玲公主がいるように優しい声で子守唄まで歌うので、翠蝶は話しかけることもできずに固まっていた。

「……あ、ごめんなさい」

安敬妃は顔面蒼白の翠蝶を見てしゅんとなる。

「いつもこういう感じだから、私には……幽霊以外、誰も寄りつかないんです」

幽霊と話しているときはいきいきと輝いていた表情が陰鬱《いんうつ》な影に覆《おお》われた。

（……嘘じゃないみたい。本当に……幽霊と話しているんだわ）

錦秋香を焚くと『心緒』に琴譜《きんぷ》が現れることは口にしなかったのに、安敬妃は言い当てた。

幽霊に聞かなかったら、どうやってそのことを知ったというのか。

「怯《おび》えさせてしまって申し訳ありません。でも、莉玲公主も無雪帝も、悪いことをするような方たちじゃないですから……」

「安敬妃は、ゆ、幽霊の方たちとお友達でいらっしゃるのですか？」

「ええ、友達です。といっても、皆さん私より位の高い方ばかりですし、私が勝手に友人を名乗るのは失礼なことですけど……」

だんだん語尾が小さくなっていく。幽霊が見えることで邪険にされてきたのだろう。妃嬪たちは安敬妃のことを無気味だ、薄気味悪いと言っていた。使用人たちにも遠巻きにされているようだし、家族からも冷たくされてきたのかもしれない。

（幽霊が見えるのは、確かに変わっているけど、悪いことじゃないわ）

現に、安敬妃が錦秋香のことを教えてくれたから、『心緒』の謎を解けたのだ。

「安敬妃さまのお気持ちは分かりますわ。わたくしにも特別な友人がいますから」

「えっ？　まさか、呂守王妃も幽霊が見えるんですか⁉」

「い、いえ、そういうわけでは……」

露露を見せてもよいだろうか。みっともないと思われないだろうか。

——泣くほど大事なものなのに、恥ずかしいとか言うなよ。露露に失礼だぞ。

氷希の言葉を思い出して、翠蝶は絹袋から露露を出した。

「……安敬妃さまがお友達を紹介してくださったので、わたくしもお友達をお見せしますわね」

安敬妃はきょとんとして露露を見た。目をぱちくりさせて、ふわりと笑う。

「とっても可愛い方ですね」

微笑《ほほえ》む安敬妃を見ていると、翠蝶の顔もほころんだ。

誰もが皆、同じである必要はない。少しくらい変わっていても、よいではないか。綺麗《きれい》な織物がいろんな模様で彩られているように、この世界はいろんな人たちで作られている。

「そういう曰《いわ》くがあるなら、軽々しく奏でられないな」

氷希から『心緒』について報告を受け、兄帝は生真面目《きまじめ》な表情でうなずいた。

「琴譜が明らかになったら、『心緒』を栄皇貴妃に贈ろうと思っていたが……事情が事情だからやめたほうがいいだろう」

憂妃の幽霊が出ることもあるが、『心緒』に秘められた皇弟と皇妃の悲恋は道ならぬ恋には違いないから、今を時めく栄皇貴妃にはふさわしくない。

「後宮書庫に戻すわけにはいかないし、宝物庫にしまっておくのも、もったいないな……」

「主上のお手元に置かれてはいかがでしょう。良い戒《いまし》めになるかと存じます」

「戒め？」

兄帝はいぶかしげに片眉《かたまゆ》をはねあげた。

「聖楽帝のように妃嬪に不貞《ふてい》を働かれては恥だということか？」

「いいえ、滅相《めっそう》もない。私が申し上げたいのは、ときおり『心緒』をご覧になって、宮女《きゅうじょ》たちを憐《あわ》れんでいただきたいということです」

秋の絶佳なるものを閉じこめた縑絲《こくし》の神品。その類《たぐい》まれな美しさは、天命に引き裂かれたひとつの恋によって哀切に染め上げられている。

「憂妃は聖楽帝に寵愛《ちょうあい》されて栄華を極めましたが、晩年は悲惨《ひさん》でした。高貴な身分の寵妃《ちょうひ》でさえ、幸いのうちに命をまっとうすることができません。世の無常と一言で片づけてしまえばそれまでですが……主上は慈悲《じひ》深くていらっしゃいますから、風に身を任せるしかない紅葉にも惻隠《そくいん》の情をお与えくださるのではと愚考《ぐこう》いたしました」

ふと、亡き母が思い出された。

父帝が訪ねてくるかもしれないと、毎日欠かさず紅をさし、衣服を整えていた母。

『主上はね、私が淹《い》れるお茶は後宮で一番おいしいとおっしゃったのよ』

父帝が気まぐれに言った賛辞を、母は翡翠《ひすい》や真珠《しんじゅ》のように大事にしていた。

自分は愛されていないと知りながら恨み言を吐くこともなく、父帝が臥《ふ》せっていると聞けば夜通し祈禱《きとう》をし、父帝の寵妃だった呉氏《ごし》が毒で倒れたときは真っ先に見舞いに駆けつけ、今上《きんじょう》帝《てい》が皇太子に立てられたときは、我が事のように喜んでいた。

母は父帝と、父帝に連なる者たちに惜しみなく情を注いだのだ。

『私の生涯《しょうがい》に悔いがあるとするなら、生きているうちに息子の婚儀を見られなかったこと』

晩年、母は病で視力が落ちて、ほとんど物が見えなくなっていた。

『いつか、あなたが花嫁を迎えたら、祭壇《さいだん》の前で言祝《ことほ》ぎの歌を弾いて教えてちょうだいね』

息を引き取る前、母は氷希の琵琶《びわ》を聴きたいと言った。晴れやかな旅立ちの歌を。氷希は震える指で弦を爪弾《つまび》き、黄泉路《よみじ》へと向かう母を見送った。

母は決して不幸ではなかった。憂妃のように廃されて処刑されたわけでもなく、暗殺されたわけでもなく、息子が自分より先に逝《い》くのを見ることもなく、天寿をまっとうし、死後には立派な諡号《しごう》を賜《たまわ》って、貴妃の礼で陵墓《りょうぼ》に埋葬された。

幸福なほうだ。安穏な一生だった。

そう思わなければならない。

後宮では、もっと不運な女たちが紅涙《こうるい》をしぼっているのだから。

「主上は天下を治めるという大役を担《にな》っていらっしゃる。帝業の前には女たちの悲哀など物の数にも入らないかもしれません。それでもどうか、『心緒』をご覧になるときだけは、哀れな一生を送った佳人の嘆《なげ》きに御耳を傾けていただきたく存じます。今もなお、後宮の女人たちは主上におすがりするよりほかにすべがないことを――お忘れなきように」

皇帝に愛されるのは一握りの幸運な女だけ。しかしせめて、その一握りが一人でも多ければと願う。母のように空閨《くうけい》をかこつ皇妃が少しでも減ることを祈りたい。

「奇妙なことになったな。おまえに諫《いさ》められるようになるとは」

十年前は余《よ》がおまえを諫めていたのに、と兄帝は笑った。

「御身をお諫めするほどの才知には恵まれておりませんが……。栄皇貴妃さまへのご寵愛が深いことは喜ばしいことでもあり、心配でもあるのです」

妃嬪《ひひん》たちは十分な恩寵を受けておらず、日々不満を募らせていると聞く。彼女たちの満たされない想いは、やがて朝廷の火種ともなりうる。

「後宮は天下随一《ずいいち》の花園です。栄皇貴妃さまは最も美しい大輪《たいりん》の牡丹《ぼたん》でいらっしゃいますが、他の花々も、主上にご覧になっていただけるよう、装いをこらしております」

さんざん言われてきたであろう諫言《かんげん》を、兄帝は『心緒』を眺めながら聞いている。

「すべての花が天寵《てんちょう》に浴することがかないますよう、祈念してやみません」

もし――翠蝶が後宮に入ることがあったら、彼女も後宮に咲く百花の一輪になる。

兄帝は翠蝶を栄皇貴妃のように愛してくれるだろうか。

何らかの確証を得ようとして異母兄の顔を見たが、そこには君王の仮面があるのみだった。

中秋節《ちゅうしゅうせつ》の宵《よい》の口。夕暮れの明るさが残る後宮を皇帝一行が進んでいく。

「例の件、調べは進んでいるか」

光順帝《こうじゅんてい》・高圭鷹《けいよう》は輿の上から宦官《かんがん》に問いかけた。

栄皇貴妃を迎えに行くため、芳仙宮《ほうせんきゅう》に向かう途中である。

「……に出入りした者を尋問しております。じきに詳しい証言を得られるかと」

さる妃嬪に密通の疑惑がかかっている。疑わしい妃嬪の名を聞いたときにはわずかに驚いたが、不快感は抱かなかった。

圭鷹が愛しているのは、栄皇貴妃ただひとり。愛していない女に裏切られたところで心は痛まない。夫に愛されないことを恨んで、妃嬪たちが慰めに男を引き入れたとしても、同情はするが、腹を立てる気にはなれない。

とはいえ、見過ごすわけにはいかないのだ。

後宮の乱れは朝廷の乱れ。気乗りはしないが、厄介《やっかい》な問題であることは事実なので、皇帝としてしかるべき対処をする必要がある。

(噂《うわさ》好きな蘇婉容《そえんよう》のことだから、どうせ嘘八百だろうと思っていたんだがな)

密通疑惑の出どころは、蘇婉容の寝物語である。

圭鷹にとって、蘇婉容の夜伽《よとぎ》はかなりの忍耐を要求される苦行だ。彼女は文字通り一晩中しゃべっているのである。尽きることのない立て板に水のおしゃべりを延々聞かされ、あくびを噛《か》み殺しながら夜明けを待つ。

むろん、圭鷹は皇帝なのだから命令一つで彼女を黙らせることができる。だが、一度もその特権を使ったことはないし、今後も使う予定はない。

『栄氏《えいし》しか愛せないというなら、妃嬪には愛情の代わりに恩情を与えよ』

即位にあたって、太上皇となった父が圭鷹に助言した。蘇婉容だけでなく、栄皇貴妃以外のすべての妃嬪に愛《いと》しいという感情を抱くことができない。それゆえ、彼女たちには寛大な心で接したいと思う。一晩おしゃべりに付き合ってやるくらい、容易いことだ。たとえ翌日の朝議《ちょうぎ》で死ぬ思いをしながら目を開ける羽目になるとしても。

「あ、圭鷹さま。もういらっしゃったんですか」

芳仙宮では、栄皇貴妃――栄鈴霞《りんか》が月餅《げっぺい》を食べていた。料理人のような簡素な服を着ているのは、さっきまで厨房《ちゅうぼう》にいたからだろう。彼女は暇さえあれば料理をしている。

「『もう』か。歓迎されていないのかな」

圭鷹は笑って、愛妃の隣に腰かけた。鈴霞は花のような笑顔を向けてくれる。

「今日の宴《うたげ》のために昨日作った月餅を味見していたんですよ。圭鷹さまもいかがです？」

「食べたい。できれば、月餅よりも君を」

華奢な肩を抱き寄せると、心を溶かす甘い香りが肺に滑りこんでくる。

「……わ、私はだめですよ？　これから観月《かんげつ》の宴です。着替えないと……」

「宴が始まるまで、少し時間があるよ」

「で、でも……『少し』で済むんですか……？」

鈴霞が恥ずかしそうに見つめてくるので、苦笑まじりに可憐《かれん》な唇をふさいだ。

「済まないな。夜通しでも足りないくらいだから」

今日の夜伽は鈴霞が務めることになっている。宴を早く抜け出せばいいだろう。

「何か、お悩みがあるんですか？」

鈴霞は心配そうに圭鷹の頬《ほお》に触れてきた。

「私がお力になれることがあれば、おっしゃってくださいね」

自分を気遣ってくれる様子がたとえようもなく愛しくて、圭鷹は彼女を抱きしめた。

（……皇位につかなければ、鈴霞以外には妻《めと》を娶らなかったのに）

即位するとき、気がかりだったのは後宮のことだ。十一人の美姫《びき》が入宮することで、鈴霞との間柄にひびが入るのではないかと危惧《きぐ》した。

だが、杞憂《きゆう》だった。少なくとも表向きは。

十一人の妃嬪たちにも夜伽をさせなければならないから、鈴霞を独り寝させる日も多い。彼女は恨み言など口にしないが、無理をしている部分もあるだろう。

「私を癒《い》やせるのは、君だけだ」

口づけしようとすると、鈴霞に鼻をつままれた。

「私だけじゃありませんよ？　皇子だって、圭鷹さまを癒やしてあげられます」

「そうだったな。よし、皇子の顔を見にいこう」

「皇子ったら、日に日に圭鷹さまのお顔立ちに似ていっているんですよ」

「私より君に似ているんじゃないか？　皇子の口元は君のように可愛《かわい》いぞ」

二人寄り添って、皇子が眠っている部屋へ向かう。

愛妃と過ごす幸せなひとときは、千金にも勝る宝だ。


観月の宴は皇宮の湖で行われる。

湖のほとりには錦で飾った櫓《やぐら》が建てられ、柘榴《ざくろ》や花梨《かりん》、瓜《うり》や葡萄《ぶどう》、色づき始めた橘《たちばな》など、季節の果物がそなえられた。食卓には初物の蟹《かに》をふんだんに使った美食とともに、玩月羹《がんげつかん》（月見団子）や月餅など、月にちなんだ菓子が並ぶ。

中秋節のために作られた宮廷秘蔵の桂花酒《けいかしゅ》――丹桂《きんもくせい》の蕾《つぼみ》を白葡萄酒に漬けこんだ美酒は玻《は》璃《り》の杯に注がれた。琥珀《こはく》を溶かしたような透明感が月の光を集めて艶《つや》っぽくきらめき、華やかな香りとまろやかな味わいで、飲む人を月の宮殿へといざなう。

「……おまえはいったいどこまでいざなわれてきたんだよ」

翠蝶を抱きかかえて宴席を離れながら、氷希は独《ひと》り言《ご》ちた。

『約束していた飲み比べをしようか』

ほんの思いつきで勝負を持ちかけたのが大失敗だった。酔っぱらった翠蝶を見たいという欲望に勝てなかったのだ。酒は強いほうだと豪語していた翠蝶は、なみなみと注がれた桂花酒を一杯飲みほすなり、泥酔《でいすい》した。しかも、かなりたちの悪い酔い方だ。

『殿下ったら、どうしてそんなに猥褻《わいせつ》なのですか！』

などと、宴席中に響き渡る大声で言うものだから、たまらない。

『夫は猥褻なのが普通だと申しますけれど、あなたは度が過ぎています』

『いつもああいうことをなさって……わたくしの体が壊れてしまいますわ』

『昨夜は内院《なかにわ》で、わたくしの……を……して、あんな恥ずかしいことを……』

翠蝶が顔を真っ赤にしてまくしたてるので、兄帝は栄皇貴妃と笑い合っていた。肝心《かんじん》な部分で口ごもるせいで誤解を招いていたが、宴席中の誰もが想像したであろう艶めいたことは何もなかった。

昨夜、翠蝶は内院で夕涼みをしながら洗い髪を乾かしていた。長く豊かな髪なので乾かすのが大変だろうと、氷希は団扇《うちわ》であおいでやり、香油をつけて梳《くしけず》ってやったのだ。

たったそれだけのことが翠蝶に言わせれば「あんな恥ずかしいこと」らしい。

『気持ちは分かるが、内院はやめたほうがいいぞ』

寵愛する赤毛の王妃と並んで座っていた長兄・登原王《とうげんおう》――高猟月《りょうげつ》が忠告してきた。

『勢いでその場を乗り切っても、次から誘いづらくなるからな』

耳打ちしてきた口ぶりから察するに、身に覚えがあるのだろう。これも身から出た錆《さび》だろうか。いかにも呂守王がやりそうなことだと言わんばかりで、高官たちは視線を交し合っていた。

（義父上《ちちうえ》に恨まれてしまったな……）

翠蝶の父親である尹家の主人は、管弦の調べを打ち消す勢いでギリギリ歯ぎしりしていた。

『我が娘に格別のご寵愛を賜り、恐悦至極《きょうえつしごく》に存じます』

尹家の主人は恐ろしいほど血走った目で氷希を睨《にら》み、心にもないことを言った。

……きわめつけは父、太上皇が翠蝶に語りかけた一言である。

『氷希がどのような無理をさせているのか、余に話してみなさい。義父として相談に乗ろう』

すっかり出来上がっている翠蝶は、うさんくさい心配顔をした父の口車に乗せられ、例によって重要な箇所《かしょ》をぼかした思わせぶりな口調で、ぺらぺらと氷希のことをしゃべった。

笑みをこらえきれていない父が神妙にうなずいて彼女の話に聞き入っているから、さすがにいたたまれなくなって、氷希は翠蝶を抱えて宴席を中座したのだった。

抱き上げると、翠蝶はことんと眠りに落ちた。

すやすやと寝息を立てる様子は無邪気だ。公衆の面前で爆弾発言を連発して夫を窮地《きゅうち》に陥《おとしい》れた悪妻とは思えぬ、愛らしさである。

（……尹氏を酔わせるのは、二人きりのときにしよう）

天頂で煌々《こうこう》と輝く満月を振り仰《あお》ぎ、氷希はひそかに誓った。

今夜は皇宮内に泊まることになっている。部屋に連れていこうかとも思ったが、もうしばらく月を眺めるのもいいだろうと、眠る翠蝶を伴《ともな》って四阿《あずまや》に入った。

近くで丹桂が枝を張っているせいだろう。濃艶《のうえん》な香りが夜風に運ばれてくる。

「……ねえ露露、どこにいるの……」

長椅子《ながいす》に寝かせると、翠蝶は寝言をつぶやいた。氷希は絹袋から露露を出して、両手に握らせてやる。すると、瑞々《みずみず》しい枸杞《くこ》の実のような唇は三日月の形になった。

「主上のことは諦めて、俺の妻になれ」

翠蝶が寝入っているのをいいことに、胸にしまいこんでいる本音をもらす。

「〈五爪《ごそう》の龍の父〉を産ませてやることはできないが、一生涯《いっしょうがい》、大切にする」

金屋《きんおく》に住まわせ、七重宝樹《しちじゅうほうじゅ》の香を焚《た》き、明珠《めいしゅ》の帳《とばり》で隠された錦繍《きんしゅう》の褥《しとね》に寝かせよう。

「おまえだけを愛すと誓う。命が尽きて、黄泉の住人となっても……おまえだけを」

頰にかかった黒髪をそっと払い、柔らかな輪郭《りんかく》をなぞる。

「決して泣かせはしない。この美しい顔を喜ばせることしかしないから……」

続きを言えなかった。彼女を一番喜ばせることができるのは、兄帝だ。氷希がどれほど力を尽くしても、兄帝ほどは翠蝶を喜ばせてやることができない。

「……俺が皇位についていたら、おまえは俺の妻になってくれたか？」

戯言《ざれごと》だ。氷希が皇位につく見込みはなかった。素行の悪い第三皇子に父は期待していなかったし、鍾愛《しょうあい》されない三男をわざわざ担ぎ上げる愚かな臣下もいなかった。

皇帝でなければ翠蝶の心を得られないというなら、氷希の望みは所詮《しょせん》、かなわぬ夢だ。さながら月を求めて手を伸ばすように、うつろな恋なのだ。

「……殿下……？」

露露を抱いて眠っていた翠蝶が億劫《おっくう》そうに瞼《まぶた》を上げ、寝ぼけ眼《まなこ》に氷希を映した。

「宴は、終わってしまったのでしょうか」

「まだ続いている。おまえが悪酔いしたから、中座してきたんだよ」

氷希が頬に触れているのに、翠蝶は撫《な》でられて喜ぶ猫みたいに目を細めている。

「酒に強いんじゃなかったのか？」

「強いですわよ。さあ、お酒をください。もっともっと飲みますわ」

「たった一杯であの有様だぞ。これ以上、飲ませたらどうなるか……」

「飲まなくては勝負になならないではありませんか。さては、殿下が負けそうなので、わたくしが酔ったことにしようとしているのですね？　卑怯《ひきょう》なまねはやめてくださいませ」

柳眉《りゅうび》を逆立て、翠蝶は白魚のような指を突き出した。

「正々堂々、勝負をいたしましょう。勝者が敗者に一つ要求をしてよいのでしたわね？　わたくしが勝ったら、殿下には露露の夫にふさわしい雄熊猫《おすパンダ》を作っていただきます」

「俺が作るのか?」

「はい。だって殿下が針と糸を持って奮闘なさっているところを見たいのですもの」

その様子を思い浮かべているのか、翠蝶は枸杞のような唇から笑い声をもらした。

「自慢じゃないが針なんか持ったことがない。どうせろくなものはできないぞ」

「どのようなものでも大事にしますわ。殿下が作ってくださった熊猫なら」

楽しそうに笑う翠蝶を見ていると、こちらまで頬が緩《ゆる》んでくる。

「分かったよ。俺が露露の花婿を作ってやる」

「まだ勝敗が決まっていませんわ」

「決まった。俺の負けだ」

そういうことにしておこう。

「わたくしの勝ち。殿下の負け。わたくしの勝ち。殿下の負け。わたくしの勝ち」

「何だよ、それは」

「とても嬉しいことなので、胸に刻んでおこうと思って」

翠蝶はころころ笑っている。こんなに可愛い笑い声を聞けるとは、桂花酒さまさまだ。

「殿下が勝っていたら、わたくしにどんなことを要求なさいましたか?」

俺の妻になれと言っていただろうか。

「瑞々しい枸杞の実をひとつ寄越せと言っただろうな」

「枸杞の実？　殿下は枸杞がお好きなのですか？」

「好きかどうかは分からない。まだ口にしたことがないから」

「枸杞を召し上がったことがない？」

「くるおしいほど焦がれている。丹桂の香りがする枸杞に」

「丹桂の香りがする枸杞は、わたくしも味わったことがありませんわ」

おいしいのかしら、と翠蝶は眠そうに瞬きをする。

「おまえは一生味わえないだろうな」

氷希は絹のような頬《ほお》を撫でた。彼女の夢がかなったら、こうして触れることすらできない。

「俺も……その甘さを知ることはないだろう」

白い花びらにも似た瞼がゆっくりとおろされる。

「安敬妃さまからうかがったのですが、無雪帝がおっしゃっているのですって。わたくしの顔立ちは、憂妃にそっくりだって……」

変わり者の妃嬪《ひひん》が幽霊を見る目を持っていることは、翠蝶から聞いている。

「でも、憂妃は無実の罪で処刑されたのですから、あまりいい気分ではありませんわ。まるで、わたくしも憂妃のようになると、言われているようで……」

「心配するな。絶対にそんなことにはならない」

　氷希は子守唄を歌うみたいに優しく語りかけた。

「憂妃は入宮前から松月王と恋仲だった。だが、おまえは、俺と心が結ばれているわけじゃない。いくら顔立ちが似ていても、境遇は全然違う」

　翠蝶はひどく切なげに眉を引き絞《しぼ》った。

「殿下の御心は……どなたと結ばれているのでしょうか」

「誰とも結ばれていないよ。これまでも、これからも」

　声に出すと、何かが胸に突き刺さった。母の祭壇《さいだん》に言祝《ことほ》ぎの歌を捧げる日は永遠に来ない。

「もし……わたくしと、……たら……殿下は……」

　途切れ途切れの言葉は睡魔に阻《はば》まれて消えた。氷希は外衣《うわぎ》を脱いで、彼女に着せてやった。

四阿の円柱にもたれかかり、満月を仰ぐ。

　いかな名月といえども、ともに愛《め》でる人がいなければ——昨日の月と少しも変わらない。


　観月の宴《うたげ》で醜態《しゅうたい》をさらしたことを、翠蝶はしっかり記憶していた。

「……殿下、平にご容赦《ようしゃ》くださいませ」

　翌日、記憶の洪水に襲われた翠蝶は跪《ひざまず》いて氷希に謝罪した。宴席で失言を連発したせいで、彼に恥をかかせてしまった。氷希はさぞかし怒っているだろうと思ったが、

「床に這いつくばっている暇があったら、俺に裁縫《さいほう》を教えろよ」

侍女《じじょ》から借りてきたらしい裁縫道具を広げて、むすっとしていた。

「昨夜のことを覚えているなら、俺に露露の花婿を作れと命じたことも忘れていないんだろ」

「め、命じたわけでは……」

「嘘をつくな。ふてぶてしい態度で命令しただろうが」

腹を立てているのかと思えば、氷希は面白そうに笑っていた。

「俺が針と糸を持っておろおろしているところを見たいんだろう？　見せてやるよ」


百の楽器を自在に操る指は、小さな針を持たせると、たちまち不器用になった。一針縫《ぬ》うごとに指を突き刺すし、縫わなくていい部分に糸を通すし、縫い目は幅がまちまちで可哀そうなほどガタガタで、不慣れであることを差し引いても、ひどい出来だった。

「殿下、もっと細かく縫わなくては、綿を詰めたときに出てきてしまいますわよ」

翠蝶は熊猫《パンダ》の胴体にできたみょうちくりんな縫い目を指さした。

「出てきたら、また詰め直せばいいだろ」

「ぬいぐるみの綿は、人の体でいう臓腑《ぞうふ》です。殿下はお腹に穴が開いて、中のものが出てきても平気なのですか？　詰め直せばいいと、のんきに構えていられますの？」

「……妙なたとえをするなよ」

「同じことですもの。作るからには、心をこめて作ってくださいませ。臓腑がもれてこないよう、細やかに縫ってあげることですわ」

最初はあまり乗り気でなかった氷希も、翠蝶が丁寧《ていねい》に指導していくと、しだいに意欲的に針を動かすようになってきた。何事も一朝一夕《いっちょういっせき》に上達はしない。努力の継続あるのみだ。

（でも、指が傷だらけだし、しばらくはお休みなさったほうがいいかも）

別件で後宮に出向いたので、翠蝶は林太医を訪ねて刺し傷に効く薬をもらってきた。

指が痛くて琵琶《びわ》が弾けないと氷希がぼやいていた。これで少しでもよくなればと思う。

（おかしいわね。露露がいないわ）

芳仙宮をあとにしたときだ。露露が入っている絹袋がやけに軽いことに気づいた。

開けてみると、さっきまで入っていたはずの露露の姿がない。

どこかに落としたのだろうかと芳仙宮に戻り、栄皇貴妃に断って探し回った。あちこち回っても見つからずに焦っていると、内院《なかにわ》の酔芙蓉《すいふよう》の茂みで白いものを見つけた。

「……嘘……どうして、こんな……」

拾い上げようとして伸ばした手が凍りつく。

それは、頭や腹から綿が飛び出した露露だった。

第三章　玉女《ぎょくじょ》　心緒をして　錦繍を織る

「お嬢さま、夕餉《ゆうげ》の支度《したく》が整いましたわ」

牡丹《ぼたん》と白頭翁《ひよどり》が刺繍《ししゅう》された模様の帳《とばり》の向こうから、侍女《じじょ》が声をかけてきた。

「いらないわ」

翠蝶《すいちょう》は衾褥《ふとん》にもぐりこんで返事をした。

「お腹が減っていないの。わたくしのことはいいから、あなたたちは夕餉になさい」

臥室《しんしつ》の扉が閉められると、翠蝶は枕元の絹袋を抱きしめた。絹袋には頭や腹から綿が飛び出した露露《ろろ》がそのまま入っている。鋭利なもので執拗《しつよう》に突き刺されたのだろう。修理してあげようとしたが、針を持つたびに悲しみに胸を引き裂かれ、視界が涙で覆《おお》われてしまう。

（……ごめんね、露露）

たかがぬいぐるみではないかと、人は笑うかもしれない。だが、翠蝶にとっては子どもの頃から大事にしてきた親友だ。変わり果てた姿になってしまったことがとても心苦しい。

（……いったい誰がこんなことを）

九月九日の重陽節《ちょうようせつ》のために、棗栗糕《そうりつこう》を作る練習をしようと言い出したのは向麗妃《しょうれいひ》だった。

『栄皇貴妃《えいこうきひ》さまはお料理がお上手ですもの。ぜひ教えていただきたいですわ』

もち米やもち粟《あわ》の粉に棗《なつめ》と栗を加え、蜂蜜で味つけして蒸した棗栗糕は、古くから重陽節で食べられる蒸し菓子だ。菊花酒《きっかしゅ》とともに食せば長寿を得られるという縁起物《えんぎもの》である。

重陽節では、后妃たちが手作りの棗栗糕を太皇太后《たいこうたいごう》や皇太后に献上することになっている。おいしくできていれば褒美《ほうび》を下賜《かし》されるし、まずい出来だと小言をもらう。

昨年は、栄皇貴妃が太皇太后から髪飾りを賜《たまわ》っていた。後宮一の料理の腕前を持つ栄皇貴妃が相手では勝ち目がないとはいえ、それなりのものを作らないと妃嬪《ひひん》たちの顔が立たない。

『呂守王妃《ろしゅおうひ》も、ご一緒なさってはいかがかしら？』

向麗妃に誘われて、翠蝶も参加することにした。氷希《ひょうき》に作ってあげようと思ったのだ。第四子を懐妊《かいにん》中の登原《とうげん》王妃と、料理が大の苦手だという恵兆《けいちょう》王妃、同じく料理下手《へた》な明杏長《めいあんちょう》公主《こうしゅ》も加わり、芳仙宮《ほうせんきゅう》の厨房《ちゅうぼう》で棗栗糕を作ることになった。

調理している間、露露の入った絹袋は侍女に持たせていた。ところが、芳仙宮から帰るとき、侍女から受け取った絹袋はやけに軽かった。

翠蝶が「中身を出したの？」と尋ねると、二人の侍女は首を横に振った。かといって、ずっと持っていたわけでもなく、そろって厠《かわや》へ行く際は庭石の上に置いていたという。

厨房内にいたのは十二人の妃嬪と、明杏長公主と、三人の王妃のみ。各自の女官と侍女は厨房の外に控えていたから、彼女たちの誰かが、露露を盗んだのだろうか。

(厨房内にいた人も、何人か途中で抜けていたわよね)

身重の登原王妃は気分を悪くして席を外したし、恵兆王妃は包丁で怪我《けが》をしたので、太医《たいい》の手当てを受けるために別室に下がった。二人が戻ってくる頃、向麗妃ははばかりに行き、おしゃべりに夢中になって手を火傷《やけど》した蘇婉容《そえんよう》は、段昭儀《だんしょうぎ》に付き添われて別室へ向かった。

明杏長公主は厨房の外には出なかったが、女官に何事か命じていた。

(安敬妃《あんけいひ》さまも席を外していたみたい)

棗栗糕を蒸している際、安敬妃が厨房にいないことに気づいた。蒸し上がる頃には戻ってきて、安敬妃は翠蝶に奇妙なことを耳打ちした。

『ここには十七人の女がいるって、無雪帝《むせってい》がおっしゃっています』

ちょうど、そのときは全員がそろっていた。長公主が一人、王妃が三人、妃嬪が十二人、全員合わせて十六人。もう一人は幽霊なのかと尋ねると、違うという。

『無雪帝によれば、幽霊よりも邪悪で厄介《やっかい》なもの……人の心に巣食う悪鬼だと』

十六人のうちの誰かが、心に悪鬼を住まわせている。

(……前からいやがらせはされてきたけれど)

裁縫道具がなくなっていたり、刺繍の図案が破られていたり……。

後宮入りを目指す以上、仕方ないと割り切っていたが、栄皇貴妃の呪詛《じゅそ》事件では翠蝶が贈った絹団扇《きぬうちわ》に呪詛文様が刺され、栄皇貴妃を呪詛したのではないかと皇帝に疑われた。

(結局、あれは誰の仕業《しわざ》だったのか、分かっていないのよね)

女道士《おんなどうし》の調べで、あの絹団扇には呪詛がこめられていないことが判明した。無害ならばと栄皇貴妃は手元に置こうとしたが、皇帝は縁起《えんぎ》が悪いと言って処分させた。

分からないといえば、なぜ露露を狙ったのかも不明だ。絹袋には露露以外に裁縫道具も入っていた。そちらには手をつけていない。最初から露露が狙いだったみたいだ。

露露が翠蝶の大親友だということを知る人は少ない。侍女たちだって絹袋には裁縫道具しか入っていないと思っているし、後宮内で露露のことを知っているのは……。

(……安敬妃さまはご存じだけど)

互いの秘密を打ち明けてからというもの、安敬妃とは親しくしている。

幽霊と話している安敬妃に最初は慣れなくていちいちぎょっとしていたが、慣れてしまえば恐ろしくはないし、彼女を通して幽霊と話すことができるのは面白い。

安敬妃の人柄には好感を抱いているから、疑いたくないけれど……。

(後宮は怖いところだわ)

にこやかに微笑《ほほえ》み合った女性たちの誰かが、露露を傷つけたかもしれないのだ。

(殿下が早くお帰りになればいいのに)

傷ついた露露を連れて帰った夕べ、氷希は急きょ王府から旅立っていた。翠蝶にあてた置き手紙には、異国の要人をもてなすため、恵兆王に伴《ともな》われて離宮へ赴《おもむ》くと記されていた。帰りは明日になる予定だ。彼がそばにいてくれれば、気持ちも慰められるのに……。

（……わたくし、殿下のことを好きになっているわけじゃないわよね……？）

観月《かんげつ》の宴《うたげ》の翌日、両親が呂守王府を訪ねてきた。

『翠蝶や、まさかとは思うが、呂守王に情が移ったのではないだろうな？』

父に詰め寄られて、翠蝶は言葉に詰まってしまった。

『違うわよね？　呂守王が無理やり臥室に入ってきたのでしょう？』

母は蒼白だった。心配そうに何度も顔に触れてくるので、翠蝶は氷希の手に触れても傷痕はうつらなかったこと、彼とはいまだ枕を交わしていないことを懸命に説明した。

『呂守王とずいぶん打ち解けているようだが……予言を忘れてはいけないぞ』

『あなたが結ばれる相手は主上なの。呂守王に貞操《ていそう》を奪われてはだめよ』

両親は「呂守王を臥室に立ち入らせてはいけない」と強く言った。眠れない夜に氷希が臥室に入ってきたことを侍女たちから聞いたらしい。

（殿下は、わたくしがいやがることはなさらないわ）

両親が氷希を誤解していることにもやもやする。彼は臥室に入ってきても不埒《ふらち》なことなんてしなかった。二胡《にこ》を奏でて翠蝶を寝かしつけてくれただけだ。

（……眠れないと言ったら、また弾いてくださるかしら）

こんなことを考えてはいけない。氷希を臥室に入れてはならないと両親に言いつけられているのだ。両親の言うことには、素直に従わないと……。

「お嬢さまはお休みになっています。お引き取りください」

臥室の外で、年嵩《としかさ》の侍女の堅苦しい声が響いた。

「主人が馬を飛ばして帰ってきたんだぞ。夕餉の席くらい顔を出すように言え」

苛立《いらだ》たしげな声音《こわね》は、氷希のものだ。翠蝶は思わず飛び起きた。

「申し訳ございませんが、お嬢さまは臥《ふ》せっていらっしゃるのです。お加減が――」

「殿下！　おかえりなさいませ！」

翠蝶は夜着のままで臥室を飛び出した。侍女に行く手をふさがれて渋面《じゅうめん》になっていた氷希は旅装を解いていない。毛皮で裏打ちされた外套《がいとう》を羽織《はお》って、手袋をつけている。

「顔色が悪いな。医者には診《み》せたのか」

「体がだるかったので休んでいたのです。病気ではありませんわ」

翠蝶は涙の痕をごまかすように髪をいじった。

「ご帰還は明日だったのでは？　何事かございましたか」

「単に予定を早めて帰ってきたんだ。おまえにこれを渡そうと思ってな」

氷希が小ぶりの絹包みを差し出すので、受け取る。

「ああ、ここで開くな。一人になってから開けろ」

まるで二人だけの秘密みたいだ。侍女たちは不審そうにしていたが、翠蝶は微笑んだ。

「夕餉は済ませたのか」

「いいえ……。ええと、これから身支度《みじたく》をするところですの」

「待ってる。早く来いよ」

氷希が出ていくので、翠蝶は臥室に駆け戻った。侍女たちを閉め出して一人きりになり、絹包みを開く。包まれていたのは、でこぼこした布の塊《かたまり》だった。白と黒の布でできていて、黒い目と鼻らしきものがついていて、ぎっしりと綿が詰められている。

かろうじて熊猫《パンダ》に見えなくもないそれは、氷希が作ると言っていた露露の花婿だ。

手足や耳の形は不格好だし、綿を詰めすぎているせいで感触が硬くて全体的にずっしりしているけれど、縫《ぬ》い目はつたないなりに細かく、綿が飛び出してきそうな部分はない。

「殿下ったら、離宮にお持ちになって作ってくださったのね……」

制作過程を途中まで見ているので、手足や胴体がおおかた出来上がっていたのは知っていた。それらを縫いつける作業は旅先で行ったのだろう。

「なんて、素敵な……花婿かしら」

涙で言葉が詰まって、途切れ途切れになる。

「……きっと、露露が……一目惚《ひとめぼ》れするわ……」

温かい気持ちで胸がいっぱいになり、武骨な熊猫のぬいぐるみをぎゅっと抱きしめた。

「目が赤いぞ。どうしたんだ？」

食堂に行くと、慌てたふうに氷希が駆け寄ってきた。

「素敵な贈り物をいただいたので、嬉しくて泣いてしまいました」

翠蝶は笑みを浮かべれば、氷希は得意そうな笑顔になる。

「我ながら、なかなかの出来映えだと思ったな。雄《おす》だから綿をしっかり詰めて雄々《おお》しくしたんだ。おまえが言った通り、臓腑《ぞうふ》が出てこないように縫い目を細かくしたし」

「ええ、とても逞《たくま》しい熊猫で、露露が見たら……まあ」

氷希の両手を見て、眉《まゆ》をひそめた。すべての指先に包帯が巻かれている。

「林太医《りんたいい》の膏薬《こうやく》をいただいてきたのです。塗って差し上げますわ。すぐに……」

「あとでいい。それより、留守の間に何かあったのか？」

氷希は手の甲で翠蝶の頬《ほお》に触れてきた。

「臥室から出てきたとき、顔色が青かった。本当に病じゃないのか」

気遣わしげな眼差《まなざ》しを受けると、落ちついたはずの涙がよみがえってしまう。

翠蝶はいったん臥室に戻り、露露が入っている絹袋を持ってきた。変わり果てた姿になった露露を見せて、事情を話す。

「侍女たちがはばかりに行ったのは、いつ頃か分かるか」

「ええと、いつだったかしら……確か、登原王妃と恵兆王妃が厨房にお戻りになった後とか」

「おまえは棗栗糕《そうりつこう》に触ったばかりの手でこいつを拾ったのか？」

氷希は痛ましい露露の頭に鼻先を近づけた。

「いえ、芳仙宮を一度出て、露露がいないことに気づいて引き返してきましたから、棗栗糕を作ってからだいぶ時間が経っていますわ」

「じゃあ、露露をこんな目に遭《あ》わせたのは、向麗妃、蘇婉容、段昭儀、安敬妃の誰かだな」

「なぜそうお考えになるのです？　各自の女官たちや侍女たちは、厨房の外にいたのですが」

「わずかだが、露露から栗の甘煮の匂《にお》いがする。犯人は女官でも侍女でもない。厨房を出なかった明杏も違う。厨房で棗栗糕を作っていた妃嬪《ひひん》たちの誰かが、自分の手でやったんだ」

翠蝶は露露の匂いを確かめて愕然《がくぜん》とした。

『栗の蜜煮は細かく刻んだほうがいいわよ。太皇太后さまは歯が弱くていらっしゃるから』

本来なら、栗の蜜煮はそのまま生地に埋めこんで蒸すが、高齢の太皇太后が食べやすいように小さく刻んだほうがいいと栄皇貴妃が言っていた。

栄皇貴妃の教えに従って、妃嬪たちは栗の甘煮を包丁で刻んでいた……。

「……露露のことをご存じなのは、安敬妃さまだけなのです」

翠蝶は力なくうなだれた。最も疑いたくない人を疑わなければならなくなった。

「おまえが露露を大事にしていることを知らないとしても、他の三人だって怪しいことに変わりはないぞ。『露露を』というより、単におまえのものを傷つけたかったのかもしれない」

氷希がやんわりと抱き寄せてくれる。

「例の四人には警戒しろ。露露の傷口から想像するに、相手はおまえをひどく恨んでいるようだ。次はもっと乱暴なことをしてくる恐れがある」

はい、と答えて両手を握りしめた。かたかたと震える拳を大きな掌《てのひら》に包まれる。

「何かあったら俺に言え。力になるから」

頼もしいぬくもりが胸にしみて、涙がこぼれてしまった。

「泣くなよ。綺麗《きれい》な化粧《けしよう》が落ちるぞ」

「あなたのせいですわ。殿下が、お優しいから……」

「優しくすると文句を言われるのか。だったら、おまえを奴婢《ぬひ》のようにこき使ってやろうか」

氷希は凄《すご》むような顔つきをして、翠蝶の手をぽんぽんと叩いた。

「腹が減った。俺と一緒に夕餉を食え」

「奴婢のようにこき使うのでは？」

「こき使うぞ。料理が残らないようにするため、すべての料理に手をつけさせる。ただし、どうしても食べられないものは、俺に寄越せ。俺が食べてやる」

「まあ、それでは、こき使われるのは殿下ではありませんか」

翠蝶はころころと笑った。先程までの暗い気持ちが吹き飛んでしまった。

「殿下をこき使ってばかりでは気が咎《とが》めますので、わたくしはお酌《しゃく》をいたしますわね」

「おまえも飲むか？」

「いいえ、結構ですわ。また恥をかいてはいけませんから」

「二人きりのときは、いくらでも恥をかいてもらってかまわないんだがな」

からかうように頬をつねられる。翠蝶は恥ずかしさをごまかそうとして眉を吊り上げた。

「金輪際《こんりんざい》、殿下の御前ではお酒をいただきませんわ」

「飲んでくれと、俺が頼んでも？」

氷希はどこか物欲しそうに目を細めた。

「酔ったおまえは、とても可愛《かわい》かった。また見せてくれないか」

熱っぽい眼差《まなざ》しに鼓動が高鳴り、睫毛《まつげ》がざわめいた。顔を上げていられなくなる。

氷希から目をそらすことはできても、自分の心から目をそらすことはできない。

「……ほんの少しでよろしければ、お付き合いいたします」

とうとう限界が来てしまった。ずっと気づかないふりをしていたかったのに。

氷希が——結婚当初は恐れていた男が、今は、こんなにも……恋しいのだ。


「麟寿節《りんじゅせつ》で剣舞を披露してくれ」

多種多様な菊が咲き乱れる皇宮《こうぐう》の園林で、兄帝が氷希を振り返った。

視界の端では、翠蝶が栄皇貴妃に案内されて新種の菊を見にいっている。

「皇子が生まれてから半年、無事に過ごせたことは幸運だった。これからも天恩《てんおん》が続くよう、皇子が健《すこ》やかに成長していくように願いをこめて『紅獅西征《こうしせいせい》』を演じてほしい」

皇子の降誕から半年の節目を麟寿節という。麟寿節では、縁起《えんぎ》を担いだ歌舞音曲《かぶおんぎょく》が披露される。英雄の武勇を称える『紅獅西征』は、このような席に好まれる演目だ。

「『紅獅西征』は難しい演目ですから、稽古《けいこ》には時間がかかります。麟寿節まで日がなく……」

「言い訳をするな。おまえが王府で『紅獅西征』の稽古をしていることは知っているんだぞ」

自分の周りに兄帝の密偵がいるのは承知しているので、驚きはない。

「十年前までは、宴席で舞を披露していただろう」

「しかし今は、ご覧の通り、見苦しい面相ですから」

「見苦しい？　そう思っているのは、おまえだけじゃないのか」

氷希が言い返そうとしたとき、翠蝶と栄皇貴妃がこちらにやってきた。

（……この美人がしゃべる衣服に見えるとは、兄上はどうかしていらっしゃるな）

いきいきとした金紅色《きんこうしょく》の上襦《じょうじゅ》には、可憐《かれん》な撫子《なでしこ》の刺繍《ししゅう》が花開き、五彩《ごさい》の胡蝶《こちょう》がひらひらと優雅に翅《はね》をひらめかせている。足元まで流れ落ちる裙《くん》は精緻な銀糸《ぎんし》で織り表された花卉文《かきもん》に飾られており、秋風と戯《たわむ》れるたび、星の小川で染めたかのようなきらめきを放つ。

衣装が秀美なのは当然のことだ。翠蝶が自ら仕立てたものだから。

それ以上に、月季花《ばら》を思わせる面差《おもざ》しが氷希の視線を惹《ひ》きつける。盛りを迎えた三千の名花がどれほど匂いやかであろうと、尹《いん》翠蝶の微笑《ほほえ》みには到底かなわない。

「あちらに花火のような菊が咲いていますわ。殿下もご覧になりませんか」

「いや、いい」

他のものが目に入らなくなり、氷希は翠蝶を見つめた。

「どんな菊よりも美しい花を見たから」

澄んだ瞳に映る自分はどういう顔をしているだろうか。冷ややかな顔つき、とはかけ離れているだろう。彼女を前にすると、微笑まずにいることのほうが難しい。

「呂守王妃にぜひ尋ねてみたい」

兄帝は含み笑いをしながら翠蝶に問いかけた。

「我が弟の顔は見苦しいか？」

「……見苦しい？」

翠蝶はけぶるような睫毛に縁取られた瞳を瞬かせた。

「いいえ、見苦しいなんて思いませんわ」

「では、どのように見える？」

「わ、わたくしは……その……」

翠蝶が恥ずかしそうに氷希を見上げてくる。頬が赤いのは兄帝がそばにいるせいだろうか。

「……とても、素敵だと、思いますわ」

「尹氏、無理して褒《ほ》めなくていいんだぞ」

「無理なんてしていませんわ。本当のことを申したのです」

「よく言う。つい最近まで俺を見ると怯《おび》えていたくせに」

「あっ、あなたに対して怯えたことは一度もありません」

翠蝶は思いっきり嘘をついた。氷希に怯えていたことを認めるのは沽券《こけん》にかかわるらしい。

「幽霊に対しては可哀そうなくらいびくついていたな。俺に抱きついてかたかた震えていた」

「もう怖くありませんわ。幽霊なんて平気です」

翠蝶がつんと顎《あご》をそらすので、氷希は深刻そうな顔つきを作った。

「おい、おまえの後ろに何かいるぞ。血まみれの……」

「えっ⁉　ど、どこですか⁉」

翠蝶は血相を変えて氷希にしがみついてきた。思わず笑い声がもれる。

「ほら見ろ。やっぱり怖いんだな。安敬妃と付き合って慣れてきたんじゃないのか」

「な、慣れてきましたけど、急に言われると……」

もごもごと口ごもり、この場に兄帝がいることを思い出したのか、ぱっと氷希から離れた。

「仲睦《なかむつ》まじい弟夫婦を見るのは、快《こころよ》いものだな」

兄帝は栄皇貴妃と笑みを交し合った。

「さて、麟寿節で氷希に『紅獅西征』を披露させたいのだが、呂守王妃はどう思う？」

「素晴らしいお考えですわ。殿下はよく王府で『紅獅西征』を舞っていらっしゃるのですが、前王朝の英雄がよみがえったかのような完璧《かんぺき》な剣舞なのです」

翠蝶は瞳をきらきらさせて、ぽんと手を叩く。

「殿下が宴《うたげ》で剣舞を披露なさるなら、わたくしが舞台に映える衣装を仕立てますわ」

「いいわね。呂守王妃が仕立てた衣をまとって舞えば、いっそう美しい剣舞になるでしょう」

栄皇貴妃が笑顔を向けると、兄帝は上機嫌になる。

「よかったじゃないか。最高の衣装で舞えそうだぞ」

あれよあれよという間に退路をふさがれ、氷希は複雑な心境だった。奇異の目で見られたくないから、公《おおやけ》の場では舞わないことにしているのだが。

「……わたくしが仕立てた衣装は、お召しになっていただけませんか？」

黙っていたせいか、翠蝶がおそるおそる見上げてくる。

（……主上のご命令なら、お断りすることもできるんだがな）

翠蝶の心許《こころもと》なげな表情を見ると、断る気力がくじかれてしまう。

「衣装はおまえに任せるよ」

氷希が降参したとたん、翠蝶は花の顔を明るく輝かせた。

この笑顔は危険だ。どんな要求にも喜んで応じてしまいかねない。

翠蝶は十一人の妃嬪《ひひん》たちに伴われて、栄皇貴妃が住まう芳仙宮を訪ねた。

「どれも鮮やかで綺麗ねえ」

栄皇貴妃はずらりと並べられた目も綾な皇子のおくるみを一枚一枚見ていった。

「これは安敬妃が刺したもの？　小さくて可愛い蝙蝠《こうもり》だわ。安敬妃は刺繍が得意なのね」

「い、いえっ、私は刺繍なんて全然得意じゃありません」

安敬妃はぶんぶんと首を横に振った。

「呂守王妃に指導していただいたんです。最初はまったく分からなくて失敗ばかりしていたんですけど、呂守王妃が根気強く教えてくださったので、仕上げることができました」

向麗妃の殿舎で安敬妃が刺繍に手をつけていなかったのは、刺繍が苦手だからだそうだ。姉妹たちからよく刺繍をからかわれていたので、人前では針を刺せなかったという。

『代わりに刺繍してほしいって、女官に頼んでみたんですけど……』

女官は「皇子さまのおくるみは妃嬪の方が作るものです」と突っぱねたらしい。

憂妃《ゆうひ》に頼んでみたが、憂妃の刺繍は独創的すぎるので困ってしまったとつぶやいていた。

翠蝶は針の持ち方すら怪しかった安敬妃に刺繍の手ほどきをした。始めはぎこちなかったけれど、安敬妃は真面目《まじめ》にこつこつ練習を重ねて、少しずつ上達していった。

「わたくしがお教えしたことなんて、ほんの少しです。安敬妃さまの努力の賜物《たまもの》ですわ」

「いいえ、そんな……！　呂守王妃の教え方が上手なんです」

翠蝶が微笑みかけると、安敬妃ははにかんでみせた。

（……やっぱり信じられないわ。安敬妃さまが露露に乱暴したなんて）

安敬妃は幼い幽霊公主を妹のように慈《いつく》しむ人だ。露露を気に入ってくれたし、可愛いと言ってくれた。それに、安敬妃は寵愛《ちょうあい》を貪欲《どんよく》に求める出世欲の強い妃ではない。むしろ、皇帝より無雪帝を慕《した》っているようだ。嫉妬《しっと》心ゆえに翠蝶を敵視するとは、思えないのだが。

「私も呂守王妃に教えてもらうかな」

安敬妃のおくるみを手に取り、栄皇貴妃はきらりと瞳を光らせた。

「私が何か刺繍するたび、主上にからかわれるのよ。毎回、下絵とはまるきり違うものになってしまうから、『君には下絵が必要ないみたいだな』ですって。もう腹が立ったら。私だって一度くらい完璧な刺繍をして、主上を見返してやりたいわ」

栄皇貴妃はいそいそと翠蝶に歩み寄った。がっと両手を握ってくる。

「呂守王妃、私にも教えて。あなたを刺繍の師匠《ししょう》と崇《あが》めて、必死でついていくから」

「師匠だなんて、恐れ多いことですわ」

翠蝶は慎《つつ》ましく面《おもて》を伏せた。

「栄皇貴妃さまのお役に立つことがあれば、何なりとお申しつけくださいませ」

「じゃあ、明日から教えてくれる？　主上の手巾《しゅきん》に刺繍したいの」

おくるみを一通り眺め終わると、栄皇貴妃は皆に手作りの菓子をふるまってくれた。

もち米粉に蜜漬けの丹桂《きんもくせい》と枸杞《くこ》の実を混ぜこんで蒸した桂花糕《けいかこう》は、口当たりがなめらかで、一口食べるごとに丹桂の豊かな香りがふんわりと広がる。

（殿下が食べたいとおっしゃっていた丹桂の香りのする枸杞の実って、これかしら）

翠蝶は桂花糕からぽろりとこぼれ出た赤い粒を見つめた。

「呂守王妃は枸杞が嫌いなの？」

枸杞の実を食べずにじーっと見ていたせいか、栄皇貴妃が声をかけてきた。

「いいえ、大好きですわ。ただ、呂守王殿下がおっしゃっていたことを思い出して……」

翠蝶は氷希が言っていたことを話した。

「それなら、桂花糕を持たせてあげるわよ。たくさんあるから……って、ああ、そうだわ。呂守王は私が作ったものでは喜ばないでしょうね。あなたが作ったものでなくちゃ」

「わたくしが作った桂花糕は、こんなにおいしくありませんわ」

「作り方を書いてあげる。呂守王に作って差し上げなさいな。きっと喜ぶわよ」

栄皇貴妃の食譜《レシピ》なら、おいしくできるだろう。ありがたく兄嫁の厚意を受けることにした。

（早く帰って、桂花糕を作りましょう）

急いでいたせいか、殿舎を出るとき、裾《すそ》を踏んで転びそうになった。その拍子に落とした絹袋から熊猫《パンダ》のぬいぐるみが飛び出してしまう。

「まあ、呂守王妃ったら、可愛《かわい》らしいものを持っているのね」

段昭儀が拾ってくれた。蘇婉容は興味深そうにじろじろ見る。

「でも、ちょっと不格好ですね。呂守王妃が作ったものにしては」

「失礼なことを言わないの。なかなか……の出来映えよ。しっかりした作りで」

蘇婉容がずけずけと物を言うので、段昭儀は艶《つや》っぽい唇から苦笑をこぼした。

「可愛いぬいぐるみを作っていらっしゃるということは、ご懐妊《かいにん》でしょうか」

「ご懐妊！　羨《うらや》ましいわぁ。あ、分かった。この熊猫、身重なんですね！　だから重いんだ。なるほど、納得しました。じゃあ、この熊猫にいっぱい触れば、私にも福が来るかも」

「あなたは夜伽《よとぎ》中のおしゃべりを控えることから始めなさい」

「段昭儀の言う通りよ。主上にきちんとお仕えしていれば、いずれ福を授かるわ」

でたらめな経文《きょうもん》を唱える蘇婉容から熊猫を取り上げ、向麗妃が翠蝶に返してくれた。

「懐妊おめでとう。いつ頃、分かったの？」

「い、いいえ、懐妊ではなくて……。これは呂守王殿下が作ってくださったものなのです」

翠蝶が答えると、妃嬪たちが目を丸くした。

「呂守王がぬいぐるみを？　あなたのために？」

「どうりでごつごつしてるはずですねー！　男の人が作ったんだ」

「殿方《とのがた》がお作りになったにしては、よくできていますわ」

「……呂守王って、私より裁縫《さいほう》がお上手なんですね」

段昭儀は感心したふうに微笑み、安敬妃はぼそりとつぶやいた。

「針を持ったことがないとおっしゃって、苦戦していらっしゃいましたわ。でも、一針一針、真心をこめて縫《ぬ》ってくださいました。わたくしの宝物ですの」

武骨な熊猫を抱いていると、くるくる回りたいような気分になる。

「この熊猫、なんだか呂守王に似てるわね」

栄皇貴妃が熊猫の顔をのぞきこんで笑った。

「右目に眼帯をつけてみたらどうかしら。本人とそっくりになるんじゃない？」

「まあ、素敵ですわ。早速試してみますわね」

うきうきしながら帰ろうとしたとき、栄皇貴妃に呼び止められた。

「呂守王妃は残って」

十一人の妃嬪たちが芳仙宮を出ていった後、翠蝶は栄皇貴妃の私室に案内された。

「この絹団扇《きぬうちわ》をあなたに調べてもらいたいの」

栄皇貴妃はつがいの胡蝶《こちょう》が刺繍《ししゅう》された絹団扇を差し出した。翠蝶が七夕節《たなばたせつ》の宴《うたげ》で彼女に贈ったものだ。呪詛《じゅそ》事件で翠蝶に濡れ衣を着せようとした、偽の証拠でもある。

「これは、処分されたのではなかったのですか……？」

「主上には処分したと報告したんだけど、あなたが苦労して作ってくれたものだから捨てるのは忍びなくて……。もともと呪詛はこめられていないらしいし、この不吉な模様を刺したのが誰なのか分かりさえすれば、模様に手を加えて、また使えるようにならない？」

「片翼の綬帯鳥《じゅたいちょう》……」

翠蝶は冴え冴えとした青い糸で縫い取られた呪詛文様を指でなぞった。

（これを刺した人と、露露を壊した人が同じなら、犯人は安敬妃さまじゃないわ）

鳥の羽根の質感を巧みに出す刺繍にはかなりの技術がいる。安敬妃の腕前では難しいだろう。


翌日、皇宮から帰ってきた氷希はすこぶる不機嫌だった。

「……熊猫のことを後宮で言いふらしたな」

「ええ、妃嬪の方々に将風《しょうふう》をお見せしましたわ」

将風とは、氷希作の雄熊猫《おすパンダ》の名前である。

「おまえのおかげで、主上にさんざんからかわれたぞ」

氷希はむすっとして長椅子《ながいす》に体を投げ出した。

『栄皇貴妃にぬいぐるみを作ってくれとねだられて困っているんだ』

皇帝はいたく愉快そうに笑っていたという。

「だって、お気に入りのぬいぐるみなんですもの。自慢したくなりますわ」

「自慢するな。だいたい、将風を後宮に持っていくこと自体……何だ、それは」

「将風に眼帯をつけてみました。殿下に似ているでしょう？」

翠蝶は黒い眼帯をつけた将風を氷希に見せびらかした。

「俺に似てるか……？」

「はい。目つきが鋭いところや、体つきが逞《たくま》しいところがそっくりです」

惚《ほ》れ惚《ぼ》れと将風を見つめ、作り直した露露の隣に並べた。大きさの違う熊猫のぬいぐるみが寄り添っていると仲の良い夫婦のようで、なんとも微笑《ほほえ》ましい。

「熊猫夫妻だけでは物足りないな」

氷希は翠蝶の隣に並んだ。棚《たな》の上に飾った二匹のぬいぐるみ熊猫を見やる。

「子どもも必要じゃないか？　二、三匹くらいいたほうが賑《にぎ》やかになるぞ」

「そうですわね。では、わたくしが二匹作りますので、殿下は……あっ」

翠蝶は氷希の手をそっと握った。包帯は取れているが、指先にわずかな傷痕が残っている。

「やっぱりわたくしが三匹作りますわ。殿下の御手が傷ついてはいけませんから」

「針を持つのにもだいぶ慣れたし、今度は満身創痍《まんしんそうい》にはならないと自負しているんだが」

「ですが、怪我《けが》をなさると楽器を弾けなくなりますわ」

氷希が奏でる琵琶《びわ》や琴《こと》の音色が好きだ。演奏が聞けなくなるのは寂しい。

「じゃあ、子熊猫《こパンダ》作りはおまえに任せるよ。俺が作ると大熊猫になりそうだしな」

氷希が相好《そうごう》を崩すと、翠蝶は胸の辺りが温かくなってくる。

（来年も、こんなふうに過ごせたら……）

心に芽生《めば》えた想いが罪悪感を呼び覚ました。

この頃は氷希との賭《か》けのことを忘れて呂守王府での平穏な生活を楽しんでいる。それどころか、賭けに負けてもいいとさえ思い始めている。このまま、氷希のそばにいたいと……。

（殿下のことを……好きになってしまったから）

氷希に触れられることを恐れていたことが、はるか昔の出来事のように思える。彼の手に触れると、胸がどきどきするけれど、怖くはない。むしろ、安堵《あんど》することも少なくない。

いけないことだと分かっている。これ以上、彼に惹《ひ》かれるべきではないと。

けれど、もし、妻になってほしいと氷希に求められたら、翠蝶はたぶん……拒《こば》めない。

「絹団扇の件、何か分かったか」

琴音《きんおん》のような美声が翠蝶の物想いを打ち切った。

栄皇貴妃は絹団扇の他に、妃嬪たちが作った皇子のおくるみを持たせてくれた。

『疑いたくないけれど、後宮では何でも疑わないといけないのよね』

栄皇貴妃も十一人の妃嬪の中に翠蝶を陥《おとしい》れようとした者がいると疑っているらしい。

「十一枚のおくるみの中に、絹団扇の刺繍と特徴が一致するものはありませんでしたわ」

翠蝶は棚にしまっていた絹団扇とおくるみを取り出して、机に広げた。

綬帯鳥の刺繍には鱗繍《りんしゅう》という技法が使われている。鱗繍は主に鱗片《りんぺん》を縫い取るための手法だ。繍糸《ぬいいと》を密に平行に並べて文様を表す平繍《ひらぬい》で鱗片を縫い取っていき、鱗片と鱗片の間に細い半円の隙間《すきま》を作っていく。鱗片に似た鳥の羽根の模様を表現するのにも用いられる。

十一枚のおくるみの中にも鳥や魚を刺繍したものがあったので、念入りに調べてみたが、片翼の綬帯鳥を刺した人物が刺繍したと思われる模様はなかった。

「刺繍部分がやけに厚いな」

氷希は問題の絹団扇を手に取り、片翼の綬帯鳥を指で触った。

「刺繍の周りに、縁取りのようなものがあるが」

「これは貼繍《ちょうしゅう》というものです。別の布の刺繍を切り取って、縫いつけてあるのですわ。綬帯鳥の輪郭《りんかく》は纏繍《まつりぬい》で縁取られていますの。纏繍は刺し目と刺し目を斜めに少しずつ重ねながら縫っていくもので、貼繍に用いる技法としては一般的です」

「珍しいものだったら調べやすいんだけどな」

「ええ……。わたくしが貼繍するなら、纏繍ではなく、鎖繍《くさりぬい》で縁取りをするのですけど」

「鎖繍とは何だ？」

翠蝶は刺繍針に色糸を通した。練習用の絹に、分かりやすいよう大きな鎖繍をしてみせる。

「まず、裏から針を刺して表に刺繍糸を出します。次に針穴のすぐ隣に針を刺して、刺繍糸を裏に出します。そのとき、裏に出した糸を引っ張ってしまわないで、少し残しておくのです」

「糸の輪ができるな」

「今度はその輪の中に裏から針を刺し、同じ要領で輪を作ります」

「輪を連ねていくのか」

「はい、このように。糸が鎖のように連なっていきますの。鎖繍《いと》はとても歴史の古い刺し方ですわ。一説によれば、とある村娘が許嫁《いいなずけ》を戦場へ送り出す際、愛しい人の命をこの世につなぎとめてほしいという願いをこめて、鎖繍で戦袍《せんぽう》に刺繍したのが始まりとか」

時代が下るにつれて、鎖繍は恋しい人の心を自分につなぎとめるという意味を持ち始める。

「昔の女性たちは鎖繍で模様を刺して、恋人や夫に贈ったそうです。今では古風な技法になっていてあまり用いられませんが、わたくしは貼繍をするとき、鎖繍を使いますの」

「主上を想って？」

咎《とが》めるような問いかけだ。見上げると、氷希は何かをごまかすように微笑んだ。

「腹が減ったが、夕餉《ゆうげ》まで時間がある。昨日の桂花糕《けいかこう》はまだ残っているか？」

「いくつか残っていましたわ」

昨日、翠蝶が作った桂花糕を、氷希はうまいと言って食べてくれた。

『あなたが食べたいとおっしゃっていた丹桂《きんもくせい》の香りのする枸杞《くこ》の実とは、これでしょうか』

翠蝶が尋ねると、氷希は困ったような微笑を浮かべて返答を濁した。

（……殿下は、わたくしのことをどう思っていらっしゃるのかしら）

嫌悪されてはいないはずだ。いつも親しげに接してくれるから。だが、彼が自分に抱いている感情が親愛なのか、違うものなのか、分からない。いつの間にか、親しみ以上の感情であればと期待している。彼も翠蝶と同じ気持ちを抱いてくれていればと……。

――俺が寝所に連れこんだ女は傷物になったよ。

あのときは切っ先のように翠蝶をすくみ上がらせた声音《こわね》が、別の響きで心を揺さぶる。

（殿下と同じ傷痕ができたら……）

翠蝶は刺繍道具を机に置き、自分の右目に掌《てのひら》をあてがった。氷希と同じ傷痕を得られれば、彼の苦痛を理解できる。火箸《ひばし》で突き刺されるような激痛は怖いけれど、でも……。

「尹氏、どうした？　右目が痛いのか？」

うつむいた翠蝶の顔を、氷希が慌ててのぞきこんでくる。

むしょうに泣きたくなった。自分に向けられた彼の眼差《まなざ》しが優しすぎるから。

（……殿下のことが、好き）

胸をきゅっと締めつけるような恋しさに襲われて、翠蝶は氷希に抱きついた。

「殿下……わたくしを……」

あなたの妻にしてくださいませ、と喉《のど》まで出かかった言葉がつかえる。

両親の顔がちらついた。いくら氷希に惹かれても、親不孝なことはしてはいけない。

「わたくしを名前で呼んでくださいませ」

心を焼き尽くすような恋情を、懸命に覆《おお》い隠す。

「尹氏なんて、味気ないですわ。わたくしには翠蝶という名前があるのに……」

せめて名前で呼んでほしい。彼の妻になったような気持ちを味わってみたいから。

「分かったよ」

氷希がいたわるように背中を撫《な》でてくれた。

「翠蝶」

甘く囁《ささや》かれた名が切なく体に染みこんでいく。その響きに酔うように、翠蝶は目を閉じた。


例年、九月半ばになると、皇帝は后妃を連れて紅葉《もみじ》狩りのため、離宮に赴く。大勢の皇族や高官も同行するので、宮廷がまるごと移動するような一大行事だ。皇族用の狩猟場では鹿狩りが行われることになっており、氷希も参加する予定だった。

狩装束《かりしょうぞく》に着替え、翠蝶を伴って部屋を出ようとしたときだ。突然、右目が痛み出した。

「殿下……今日はお休みになったほうがよろしいですわ」

旅装に身を包んだ翠蝶が柳眉《りゅうび》を曇らせた。

「大丈夫だ。おまえが手を握ってくれていれば、すぐに痛みが引く」

そう言った矢先、真っ赤に焼けた火箸に刺し貫かれるような激痛に襲われる。

強烈な痛みの反動で、翠蝶の手を強く握ってしまった。

「ああ、すまない。痛かったか」

「わたくしは平気です。でも、殿下には安静が必要ですわ」

立っているのがやっとだ。長時間の軒車《くるま》での移動に耐えられるとは思えない。

やむを得ず、ひどく体調が悪いので出席できないと兄帝宛《あ》てに書状をしたためることにした。

「俺のことは気にせず、紅葉狩りを楽しんでくるといい」

「いいえ、わたくしも残りますわ。殿下のお世話をしなければなりませんもの」

「主上の御宴に呂守王府の人間が誰も出席しないのはまずい。下手《へた》をすれば、呂守王には叛意《はんい》があると噂《うわさ》が立ってしまう。俺の顔を立てると思って出かけてくれ」

「……分かりました。わたくしが殿下の書状を主上に差し上げます」

外套《がいとう》を脱いだ翠蝶は泣きそうな顔で書簡を受け取った。

「そんな顔をするなよ。おまえが織る綾錦のような錦繡《きんしゅう》の山々を楽しんでこい」

「あなたがいらっしゃらないなら、紅葉に彩られた山裾《やますそ》も墨絵《すみえ》と変わらないでしょう」

翠蝶がしょんぼりするので、群青《ぐんじょう》色の上襦《じょうじゅ》に咲く蠟梅《ろうばい》すら元気がないように見える。

「俺の代わりに、こいつを連れていけ」

氷希は将風を彼女に持たせた。

「では、露露は殿下のおそばに置いていきますわね」

露露を受け取り、手荷物の中から黒漆塗《くろうるし》りの小箱を取り出す。

「あちらで渡すつもりだったんだが、俺は留守番だからここで渡しておく」

ふたを開けて、大ぶりの金歩揺《きんほよう》を手に取った。黄金で月季花《ばら》をかたどった金歩揺だ。銀漢《あまのがわ》のような垂れ飾りには小粒の夜明珠《やめいしゅ》がちりばめられ、朝日をきらきらと弾いている。

「明日はおまえの誕生日だろう。一日早いが、俺からの贈り物だ」

できれば今夜、月と紅葉を眺めながら贈りたかったのだが。

「なんて綺麗《きれい》なのかしら。まるで天女の髪飾りですわ」

金歩揺を手に取ると、翠蝶の白い面《おもて》に華やぎが戻ってきた。

「挿していただいてもよいでしょうか」

「かまわないが、挿せそうなところがないぞ」

芙蓉《ふよう》の香油で整えた黒髪は、渦《うず》巻《ま》き状の髷《まげ》を額の斜め上に作り、頭頂にもねじった髷で複雑な形をこしらえた回心髻《かいしんけい》に結われており、碧玉《へきぎょく》の簪《かんざし》と鮮やかな造花で飾られている。

翠蝶は侍女《じじょ》を呼んで鏡を持って来させた。玉飾りのついた大きな簪を引き抜く。

「さあ、挿してくださいませ」

彼女がこちらを向くので、氷希は慎重な手つきで頭頂部の髻に金歩揺を挿す。

小さな銀漢を従えて金色に輝く月季花が翠蝶の黒髪に咲いた。

「錦上に花を添えるとは、まさに今のおまえのことだな」

右目がうずくことも忘れ、天女のような眼前の美姫に見惚《みと》れる。

「ありがとうございます、殿下。美しい金歩揺のおかげで、いずれも傾国《けいこく》の美女でいらっしゃる皇妃さまたちのおそばに侍《はべ》っても、気後れせずに済みますわ」

翠蝶ははにかんだ。皇位につかなくてよかったと氷希はしみじみ思った。もし自分が玉座《ぎょくざ》にのぼっていたら、尹翠蝶に溺《おぼ》れて、この歴史ある大国を傾けていただろうから。

「あなたを苦しめる痛みが早く去りますように」

淑《しと》やかに袖を押さえ、氷希の右目に優しく触れてくる。まろやかなぬくもりが痛みを消してくれた。しかし翠蝶が部屋を出ていったとたん、脈打つような疼痛が右目を貫いた。

氷希は長椅子《ながいす》に寝転がった。右目に手をあてて深呼吸をする。

（……こんな有様で、来年からどうやって生きていくつもりだ？）

翠蝶がいないと痛みが治まらない。来年の今頃には、彼女はいないというのに。

宮廷の紅葉狩りは素王山《そおうざん》のふもとで行われる。遠い昔、多くの聖人たちがここから登仙《とうせん》して仙境の人になったという言い伝えがある山裾は、錦繍《きんしゅう》の秋真っ盛りだった。

「……殿下にも見ていただきたかったわ」

将風を胸に抱いて、翠蝶は楓林《ふうりん》を歩いていた。

皇帝は太上皇と呉太后、伯父《おじ》の恵兆王、皇兄の登原王、妃嬪《ひひん》らを連れて狩猟場へ鹿狩りに出かけている。翠蝶はいまだ到着していない栄皇貴妃を待つと言ってふもとに残った。

視界を埋め尽くすのは、燃えるような紅の楓。瞬きする時間さえ惜しく思われる濃艶《のうえん》な美景も、氷希が隣にいなければ味気ない。安敬妃は政務の次に鹿狩りが好きだという無雪帝を連れて狩猟場へ行ってしまったので話し相手もいなくて、暇を持て余していた。

「呂守王妃、ここにいたのね」

後ろから衣擦《きぬず》れの音が近づいてきて、翠蝶はびくっとした。ふり返ると、孔雀緑《くじゃくみどり》の衣装をまとった向麗妃がゆったりとした足取りで近づいてくる。思わず、視界の端に侍女と侍従《じじゅう》がいることを確認した。向麗妃は警戒するべき四人の妃嬪のうちの一人だ。

「鹿狩りにいらっしゃったのでは？」

「疲れたから帰ってきたの。馬に乗るのは苦手で……。はあ、ぐったりしたわ」

きらきらしい銀杏《いちよう》が刺繡《ししゆう》された絹団扇《きぬうちわ》の陰で、向麗妃は眠そうにあくびをした。

（向麗妃さまは栄皇貴妃さまの次に高位で、昨年は公主さまをお産みになったのよ）

彼女は栄皇貴妃よりも早く御子を産んだ。残念ながら皇子ではなかったが、これから身籠《みごも》る機会はいくらでもある。皇帝の寵愛《ちようあい》すら受けていない翠蝶に嫉妬《しつと》する理由はないはずだ。

「あら、その金歩揺、初めて見るわね。素敵だわ」

結い髪に挿した月季花の金歩揺を褒《ほ》められて、翠蝶は笑顔をこぼした。

「殿下からの誕生日の贈り物ですの。今朝、殿下に挿していただきました」

「羨《うらや》ましいわ。呂守王に愛されているのね」

向麗妃は絹団扇をゆるりと動かして艶然《えんぜん》と微笑《ほほえ》んだ。

「ああ、そうそう。栄皇貴妃さまはいらっしゃらないらしいわよ」

狩猟場に皇宮から遣いが来たという。

「出がけにおみ足をくじいてお怪我《けが》なさったとか。大事を取って、後宮でお休みになるそうよ」

「残念ですわね。主上は獲物を栄皇貴妃さまに調理してもらうとおっしゃっていたのに」

皇帝は栄皇貴妃と紅葉狩りをするのを楽しみにしていたので、気落ちしているだろう。

「栄皇貴妃さまがお怪我をなさったと聞いて、主上は馬首を翻《ひるがえ》して皇宮へ帰ろうとなさったの」

向麗妃はたおやかな目元を細め、秋の空を見上げた。

「太上皇さまがお止めにならなかったら、馬を走らせて皇宮へ戻られていたでしょうね」

その様子が目に浮かぶようだった。皇帝は栄皇貴妃を自分の命よりも大事にしている。

「もし怪我をしたのが私だったら、主上は何事もなく狩りをお続けになったでしょう」

向麗妃は物憂《ものう》げに溜息をついた。

（……向麗妃さまは主上をお慕《した》いするあまり婚期を逃したと聞いたわ）

あまたの縁談が舞いこんできたが、皇帝――当時は皇太子――以外には嫁《とつ》がないと言って尽《ことごと》く断っていたと。しかし、皇太子時代に今上帝《きんじようてい》は側室を娶《めと》らなかった。

新帝即位に際し、ようやく念願かなって入宮したものの、皇帝の寵愛は栄皇貴妃が独占している。恋しい人に嫁いでも振り向いてもらえないのなら、嫁がなかったのと変わらない。

「恋なんかしなければよかったって思うことがあるの」

はらりはらりと舞い落ちてきた楓の葉を、向麗妃は掌《てのひら》で受けた。

「始めから好きにならなければ、今こうして苦しむこともなかったって」

「……辛い恋ですわね」

「ええ、毒のような恋よ。ときどき、嫉妬で体が灰になってしまいそうになるの。あの方さえいなければ、いなくなってくれれば……って。醜《みにく》い感情が湧き出てきて止まらなくなるわ」

向麗妃は溜息をついて掌を傾けた。真っ赤な楓がひらりと秋風にさらわれる。

「でも、それでも……好きなのよ。どうしようもなく。私を愛してくれない人のことが」

向麗妃が黙るので、翠蝶も沈黙をまとった。

物寂しげな風が楓林を駆け抜けていく。ざわめく楓の音色で心の隙間《すきま》を埋めようとした。

（すべての恋がかなうわけではないと、分かっているけれど……）

願わずにはいられない。恋する人が何らかの形で幸せな結末を迎えられるようにと。

（……わたくしの恋も、いつか）

かなうはずがないと思いながら、胸に抱いた願いを声には出さずにそっと唱えた。

夜、離宮の園林では宴《うたげ》が催《もよお》される。皇帝一行が仕留めた獲物は宮廷料理人たちの手で美食に生まれ変わって紅葉の下の食卓を彩った。翠蝶は早めに宴席を辞して、呂守王夫妻にあてがわれた客室で寝支度《ねじたく》をした。髪を梳《くしけず》り、将風と一緒に寝床に入ろうとしたときだ。

皇帝つきの宦官《かんがん》が訪ねてきた。

「主上がお召しです」

すでに夜が更けている。皇帝の寝所には妃嬪の誰かが侍っているのでは……。

「妃嬪は侍っておりません。お召しかえは結構ですので、どうぞお早く」

当惑したが、皇帝の命令と言われれば逆らえない。翠蝶は夜着の上に厚手の外衣《うわぎ》を羽織《はお》り、将風を絹袋に入れて宦官についていった。

かつての翠蝶だったら、いよいよ皇帝の寵愛を受けられるかもしれないと胸を躍らせただろう。けれども今は、部屋に駆け戻りたい気持ちでいっぱいだ。不安を引きずりながら連れていかれた先は、皇帝の書斎だった。臥室《しんしつ》ではなかったことに、心から安堵《あんど》する。

「夜更けに呼びつけてすまなかったな」

皇帝は衣服を改めていたが、髪は結い上げたままだ。

机の上には書物が数冊広げられていた。そしてなぜか、裁縫《さいほう》道具が並べられている。

「氷希が来ていたら、あいつを呼んだんだが、氷希がいないので呂守王妃に来てもらった」

皇帝は糸切鋏《いときりばさみ》を机に置いた。楓の木を模した燭台《しょくだい》に無数の火が灯され、室内は昼間のように明るい。皇帝の手元に端切《はぎ》れや針山があるのも見て取れた。

「裁縫をなさっているのですか？」

「そうだ。栄皇貴妃のためにぬいぐるみを作っている」

「まあ、主上がぬいぐるみを……」

「氷希だっておまえにぬいぐるみを作ったそうじゃないか。あいつのまねだよ」

皇帝は手前に横たわっているやたらと長い管のようなものを持ち上げてみせた。

「裁縫が得意な呂守王妃に助言を求めたい。どうだろうか。まだ制作途中なんだが」

「……これは、何のぬいぐるみでしょうか」

深緑色の生地に綿が詰められているようだ。とにかく長い。両端が広い机からはみ出していて、だらんと垂れている。生地の表面には鱗《うろこ》のような模様が織り出されていた。

「暗くてよく見えないかな。ほら、こちらが頭だ」

皇帝が管の右端を持って、翠蝶に向けた。縦長の頭部には鹿のような角と、ぎょろりとした目玉がついている。まだ口は開いていないし、牙もひげもないが、なんとなく分かった。

「……龍ですか？」

それらしく見えるようだな、と皇帝は嬉しそうに笑う。

「今、牙を作っているんだ。細かい作業だから、なかなか根気が要る」

よく見ると、針山のそばには白い三角のものが五、六個並んでいた。

「何か改善点があれば言ってくれ。忌憚《きたん》なき意見が聞きたい」

改善点しかないのだが、どう言ったものか。

「大変……素晴らしい作品ですが……ちょっと、大きすぎないでしょうか……？」

「余《よ》は小さすぎると思うんだが。実際の龍と比べると」

実際の龍とやらを見たことはないけれども、と皇帝は思案顔である。

「栄皇貴妃さまへの贈り物でしたら、もう少し……可愛《かわい》らしい大きさのほうが良いかもしれませんわ。たとえば、このような」

翠蝶は絹袋から将風を出した。

「ああ、それか。氷希が作ったという身重の熊猫《パンダ》は」

「み、身重ではありませんわ。雄《おす》ですから」

皇帝は興味深そうに将風を手に取り、いろんな角度からじっくり観察した。

「思ったより、しっかりした作りだ。しかも自分に似せて作るとは、かなりの上級者だな」

弟の思わぬ才能に感心しているふうである。

「これくらいの大きさは持ち運びに便利ですわ。栄皇貴妃さまはきっと主上からの贈り物を常にお持ちになりたいでしょうから、小さめにお作りになるほうがよろしいかと」

「なるほど。有益な諫言《かんげん》に感謝する。では、下がってよいぞ」

「お手伝いいたしましょうか」

「ありがたいが、自分でやりたいんだ。栄皇貴妃への贈り物だからな」

皇帝が龍の尻尾《しっぽ》を豪快に切り落とそうとするので、翠蝶は慌てて止めた。

「そちらの作品は別に制作なさって、皇子さまのお部屋に飾ってはいかがでしょう」

手間暇かけて作ったのだから、ばらばらに解体してしまうのはもったいない。

「そうだな、これは皇子に贈ろう。栄皇貴妃のぬいぐるみは他の布で新しく作るか」

皇帝は真新しい布を引っ張り出して下絵を描き始めた。

「今夜のことは他言無用だぞ。特に栄皇貴妃には知られないように」

栄皇貴妃を驚かせたいのだろう。微笑ましく思いつつ、翠蝶は御前を辞した。


紅葉狩りから数日後、両親が呂守王府を訪れた。

「翠蝶、翠蝶！　私の可愛《かわい》い孝行娘や！」

「よかったわねえ！　お母さまは鼻高々よ！」

父と母は文字通り小躍りしながら翠蝶に駆け寄ってきた。なんだかよく分からないが、両親はご機嫌らしい。二人がにこにこしているので、翠蝶まで嬉しくなった。

「で、入宮はいつなんだ⁉」

「入宮？」

両親につられて微笑んでいると、思いもよらない単語が飛び出した。

「主上のご寵愛を受けたんでしょ？」

「皇宮ではその話で持ち切りだぞ。紅葉狩りの夜、おまえが主上の閨《ねや》に侍《はべ》ったと」

「えっ……⁉」

思い当たる節がある。あの日、夜遅くにぬいぐるみの件で皇帝の書斎を訪ねたことだ。

皇帝は他言無用と言っていたし、皇帝つきの宦官は口が堅いので秘密は守るはず。翠蝶はもちろん誰にも――氷希にさえ――話していない。噂《うわさ》になるとしたら、誰かに見られていた場合だ。たとえば、蘇婉容のようなおしゃべりな人に見られていたのなら……。

ここ数日、王府にこもって氷希の剣舞用の衣装を縫《ぬ》っていたので、皇宮の様子は分からない。

事実とまったく違う噂を耳にして、栄皇貴妃は心を痛めていないだろうか。

「誤解ですわ。わたくしは主上のご寵愛を受けていません」

「夜遅く主上の部屋に呼ばれたんだろう？」

「主上のお部屋にはうかがいましたわ。臥室ではなく、書斎に」

「なんで書斎なんだ？」

返答に詰まった。龍のぬいぐるみのことは話せない。

「やあねえ、あなた。場所なんかどうでもいいじゃないの。ご寵愛《ちょうあい》を受けられれば十分よ」

「そうだな！　翠蝶が主上のお目にとまったのだ！　入宮の日は近い！」

「急いで支度《したく》を調えなくちゃ。翠蝶の身の回りのものを新調しないとね。大忙しよ」

「ま、待ってくださいませ！　わたくしは、本当に寵愛なんて――」

「可愛い可愛い孝行娘や。とびっきりの嫁入り支度を調えて後宮に送り出すぞ！」

有頂天《うちょうてん》になった両親はろくに翠蝶の話を聞かず、大慌てで帰っていった。

（……大変なことになったわ。殿下も噂を耳になさったかも……）

氷希は昨日まで大事をとって安静にしていたが、今日は呂守国について皇帝に報告することがあると言って皇宮に出かけていった。夕方には帰ると言っていたので翠蝶は食事もせずに待っていたが、呂守王府の大門が開いたのは真夜中を過ぎてからだった。

「まだ起きていたのか」

垂花門《すいかもん》で翠蝶が出迎えると、氷希はそっけなく一瞥《いちべつ》を投げた。

「殿下をお待ちしていましたの。すぐに夕餉を温め直しますわね」

「夕餉はいらない。済ませてきた」

「そんな……。今夜はわたくしの料理を召し上がっていただく約束でしたのに」

誕生日の贈り物への返礼として、手料理をふるまうつもりだった。出がけに、氷希は楽しみだと言ってくれたのに。朝方から下ごしらえをした料理を食べてもらえないなんて。

「ご機嫌が悪いのですか？　皇宮で何か……」

氷希の手に触れようと伸ばした手は、虚《むな》しく空をかすめた。

「金輪際《こんりんざい》、俺とはかかわりを持つな。出迎えなくていいし、料理なんか作らなくていい。俺と親しくしていると、身籠《みごも》った子が兄弟どちらの子か分からないと言われるからな」

左目で鋭く睨《にら》まれ、翠蝶は息をのんだ。

「……噂をお聞きになったのですね」

「ああ、聞いたよ。よかったじゃないか。夢がかなったな」

氷希は大きな歩幅で内院《なかにわ》を横切っていく。翠蝶は裙《くん》の裾《すそ》をつまみ、小走りでついていった。

冬のようにしんしんと冷える夜だった。天頂ではわびしげな片割れ月が輝いている。

「噂は誤解なのです。わたくし、主上のご寵愛は受けていませんし、あの夜は……」

「なんで嘘をつくんだよ」

溜息まじりに言い捨て、氷希は銀桂《ぎんもくせい》の木のそばで立ち止まった。

「おまえは賭《か》けに勝ったんだ。素直に喜べばいいだろ」

突き放すような言い方が胸を貫いた。

「本当に、主上とは何もなかったのです……」

初めて知る感情が声をかすれさせた。彼の広い背中がいびつに歪む。

信じてほしい。両親や皇宮の人たちが分かってくれなくても、氷希だけは翠蝶の言葉を聞いてほしい。彼が耳を傾けてくれるなら、他の誰にも理解されなくてもかまわない。

「わたくしは主上の書斎にうかがって、ご下問を受けました。それが噂の真相です」

「夜中に二人きりで何を話したというんだ？」

「ご下問の内容は、主上に他言無用と命じられていますのでお話しできません。ですが、主上はわたくしに指一本触れていらっしゃいませんし、わたくしは机越しにご挨拶《あいさつ》を申し上げただけなのです。噂になるようなことは一切……」

「なぜ俺に対して弁明するんだ？　そんな必要はないだろ。もともとおまえが今年中に寵愛を受けたら俺の過失で離縁《りえん》するという約束だった。その通りにしてやるよ」

氷希が歩き出すので、翠蝶は慌てて追いかけて彼の手をつかんだ。

「もし仮に……龍床《りゅうしょう》にお召しがあったとしても、お断りしていましたわ」

いつも翠蝶を包んでくれるぬくもり。この手に触れることで彼の心にまで触れているつもりでいた。けれど今夜は、触れているのに触れられない。近いはずなのに、遠い。

「主上に逆らえば厳罰を受けることは、重々承知しています。それでも、お断りしていたと思います。だって、わたくしがお慕《した》いしているのは……」

あなただから、と言えなかったのは、手を振り払われたからだ。

「早く入宮してくれ」

氷希は振り返らない。冷然とした声音《こわね》が耳をつんざいた。

「一日も早く、ここから出ていってくれ」

背中から夜風が吹き抜け、銀桂の白い花びらが吹雪《ふぶき》のように散った。

「おまえの顔を見たくないんだ」

氷希が立ち去った後も、翠蝶はその場から動けなかった。結い髪に挿した月季花《ばら》の金歩揺《きんほよう》。夜明珠《やめいしゅ》をちりばめた垂れ飾りがしゃらしゃらしゃらと風になぶられている。

「……殿下」

何を言いたかったのか分からない。やり場のない恋しさが涙になって頰《ほお》を伝った。


麟寿節《りんじゅせつ》は丸三日続く。皇宮の広場には文武百官が集《つど》い、兄帝は宗室の先祖が祀《まつ》られた太廟《たいびょう》で皇子の健《すこ》やかな成長を願う。荘厳な儀式と華やかな祝宴が三日三晩繰り返される。

最終日である今日は、爽快《そうかい》な秋晴れだった。

「しけた面《つら》してるなあ」

剣舞『紅獅西征』の衣装に着替えて部屋を出たとき、氷希は浪山侯《ろうざんこう》に肩を叩かれた。

「嫁さんが作ってくれた衣装だろ。もっと嬉しそうな顔をしろよ」

「作ったのは俺の妻じゃない。近々、主上の後宮に入る女だ」

氷希は視界の端に映る薄絹をかぶった翠蝶を見ないように努めた。

あの夜から、翠蝶は見るたびに薄絹をかぶって顔を隠している。

（……俺が顔を見たくないと言ったからか？）

いや、違うと即座に否定する。翠蝶は念願かなって兄帝の寵愛を受けた。今頃、笑いが止まらないのではないか？　現に尹家は娘の入宮のために嬉々として支度《したく》をしていると聞いている。入宮の日が待ち遠しくてたまらないはずだ。氷希のことで思い悩む暇などないだろう。

――紅葉狩りの夜、呂守王妃は主上の寝所に侍ったらしい。

皇宮でそんな噂を聞いたとき、始めは耳を疑った。名残惜《なごり》しそうに氷希と別れた翠蝶が離宮で兄帝を誘惑するわけがない、きっと何かの間違いだと。だが、すぐに思い返した。間違っているのは自分だと。彼女はかねてから兄帝に嫁《とつ》ぐことを夢見ていたのだから。

何もかも承知していたはずだ。今年中に寵愛を受けたら離縁すると約束していたし、たとえ寵愛を受けなくても彼女を手放すべきだと考えていた。それなのに、実際にそのときが来ると動揺《どうよう》した。裏切られたとさえ感じた。まるで翠蝶が自分の妻であるかのように。

（あいつは、俺の妻じゃない）

兄帝の妃嬪《ひひん》になるはずだった女だ。彼女が結ばれるべき相手と結ばれたことを祝ってやるべきだ。頭ではそう考えるのに、心が言うことを聞いてくれない。

罵声《ばせい》を吐きたくなる。怒りをぶつけて、めちゃくちゃに傷つけてやりたくなる。感情が暴れ出すのを止められないから、翠蝶とは二人きりにならないようにしていた。彼女を傷つけたいが、傷つけたくない。相反する想いが煮えたぎって、骨まで焼き尽くしそうだ。

　片恋を貫くのは、口で言うほど容易《たやす》いものではないらしい。翠蝶の幸せが憎らしい。彼女を見るたび、毒のように苦い激情があふれてくる。こんなことなら手に入れておけばよかった。力ずくで妻にしてしまえばよかった。心が手に入らないなら、せめて……。

「噂なんか気にするなって」

　浪山侯は励《はげ》ますように氷希を小突いた。

「呂守王妃はおまえに惚《ほ》れてるよ。その衣装は好きな男のために仕立てたものだ」

「でたらめなことを言うな」

「でたらめじゃない。その衣は、緋雪《ひせつ》が俺に作ってくれた服とそっくりだからな」

　勇ましい獅子文《ししもん》が織り表された織金緞《しょっきんどん》（繻子地金襴《きんらん》）の長袍《ちょうほう》は、紅《ぐ》蓮《れん》の獅子にたとえられた英雄に合わせて深緋《こきひ》だ。襟《えり》は通常の服のように前で重ね合わせるものではなく、胡服《こふく》のような円領《まるえり》である。袖《そで》はゆったりとしていて、身動きすると裏地の黒紅がちらちらとのぞく。

　仕立ての美しさ、精巧さは言うまでもないが、剣舞の動きにも耐えられる細やかな縫い目や、舞っているときに翻《ひるがえ》って日差しにきらめくであろう、左右の裾の切れこみにほどこされた孔雀《くじゃく》羽糸《はねいと》の刺繍《ししゅう》などには、作り手の心遣いがこめられているようだった。

「緋雪は裁縫《さいほう》が下手《へた》だったぞ。あいつが作った衣は不格好で……」

「気持ちがこもっていたよ。俺を想って一針一針縫う様子が目に浮かぶような衣だった」

浪山侯は内院《なかにわ》の柿の木を見やった。柿は緋雪が生前、最も好んだ果実だ。

「大親友の俺がありがたい助言をしてやる。つまらない意地を張って言葉を惜しむな。話せるうちに話しておけ。妻の声が聞けなくなってから後悔しても遅いんだぞ」

ふと、結婚したばかりの友人夫妻が柿の木の下で笑い合っていたことを思い出した。

柿を採りたいという緋雪を担いでいた浪山侯が毛虫に驚いて女のような悲鳴を上げたからだ。

緋雪は柿の実を両手に握って大笑いし、浪山侯はどこか決まり悪そうに笑っていた。

氷希はそんな二人を眺めてからかい、一緒になって笑ったものだ。いつまでもそうやって、仲睦《なかむつ》まじい従姉《いとこ》と友人にあてられながら、暮らしていくのだろうと思っていたのに。

「永《なが》の別れは必ずやってくる。それが十年後なのか、五年後なのか、来年なのか、誰も知らない」

遠く離れた宴席から百戯《ひやくぎ》を楽しむ人々の歓声が聞こえてきた。

「どうあがいても悔いは残る。大切な人を亡くしてから、ああすればよかった、こうすればよかったと思い悩むのが人情というものだ。だが、人の情とは誰かを失ってから知るものではないだろう。情なき人生は色なき何とかだって、何とかっていう偉いおっさんも言ってるし」

「色なき墨《すみ》だよ。書聖《しよせい》、呂安居《りよあんきよ》の至言だ」

真面目《まじめ》な話をしているらしいのに、肝心《かんじん》なところで締まらない男である。

「まあとにかく、明日死ぬと思って今日を生きろってことだよ。やけを起こせって言ってるんじゃないぞ。妻に話したいことがあれば、今日のうちに済ませておけってことさ」

明日が来るとは限らないんだから、と結婚後一年で愛妻を亡くした友人は語った。

視界の端にいた翠蝶は、いつの間にかいなくなっていた。

広場に向かおうとしたときだ。左の袖口にわずかなほつれがあるのに気づいた。

翠蝶を呼ぼうとして、やめる。着付けすら女官にさせた。気になったのか、翠蝶は控えの部屋に入ろうとしたが、氷希は彼女を追い出した。

恐ろしいのだ。翠蝶を前にすると、衝動に任せて取り返しのつかないことをしそうで。

ささいなほつれなど、放っておけばいい。しばらくは、彼女と距離を置くべきなのだ。


晴れ晴れとした秋空の下、宮廷楽師たちが奏でる管弦が音色の錦を織り上げていく。

翠蝶は皇族夫人の座席から、剣舞『紅獅西征』を見ていた。

深緋の長袍をまとい、宝珠《ほうじゅ》の垂れ飾りのついた冠をかぶった氷希が、鞘《さや》を払って一歩踏み出す。日差しを跳ね返す刀身、織地を彩る金糸《きんし》のきらめき、腰回りを飾る玉帯《ぎょくたい》の輝き。それらが氷希の動きに合わせて重なり、互いを引き立てて、勇壮な英雄の舞を盛り上げていく。

（……もう、おそばに侍ることすら、許してくださらないのね）

頭からすっぽりかぶった薄絹越しに、慕わしい男の姿を追いかける。

氷希が見たくないと言ったから、薄絹で顔を隠すようにした。

忙しそうなときは話しかけないし、拒絶されたらおとなしく引き下がって、それ以上、彼をわずらわせたりしない。じっと彼の怒りが解けるのを待っている。いつかきっと分かってくれると思うから……。淡い期待を打ち砕くように、氷希との距離は日に日に開いている。

（……いつまで呂守王府に置いていただけるのかしら）

毎朝、目覚めるたび、今日こそは追い出されるのではないかと生きた心地もしない。出ていきたくない。ずっと彼のそばにいたい。近くにいられるなら、言葉を交わせなくてもいい。ときどき、姿を垣間見《かいまみ》られたら、それだけでいいから……。

あふれてきた涙を手巾で拭《ぬぐ》う。彼の舞を目に焼きつけておかなければならない。もう二度と見られないかもしれないのだから。

戦場に響く馬蹄《ばてい》のように琵琶《びわ》が荒々しく歌い、氷希が剣を振るう。袖が風をとらえ、冠の垂れ飾りが日の光を集めて揺れた。一瞬一瞬が切なくなるほどに美しい。見惚《みと》れていると、涙を流す暇さえなかった。目を奪われすぎて、剣舞が終わったことに気づかなかったほどだ。

氷希は皇帝や高官たちから賛辞を浴び、下賜《かし》品を受け取った。深々と玉座《ぎょくざ》に拝礼し、御前を辞す。着替えるためだろう、こちらの席へは戻らずに宴席を離れていく。

再び管弦が奏でられ、明杏長公主が仙女のような歌声を披露する。

翠蝶は静かに席を立って氷希を追いかけた。無視されるかもしれないけれど、先程の剣舞が素晴らしかったことを彼に伝えたい。

「殿下……お待ちくださいませ」

小走りで追いかけて、回廊《かいろう》で氷希を呼び止めた。

「美しい舞でしたわ。戦場を駆ける赤鳳《せきほう》皇子がよみがえったようで……」

突然、深緋の長袍をまとった広い背中が大きく傾《かし》いだ。

「……殿下？　いかがなさったのですか？」

「来るな！」

吐き捨てて、氷希は円柱に寄りかかった。体が小刻みに震えている。

「右目が痛むのですか？」

慌てて駆け寄ったとき、氷希がその場にくずおれた。翠蝶は彼の顔をのぞきこんだ。全身の血を失ったみたいに青ざめている。かばうように握った左手はどす黒く変色していた。

「腕をどうなさったのです？　もしかして、舞の最中にお怪我《けが》を……」

「……おまえか」

氷希は眦《まなじり》が裂けんばかりに目を見開き、翠蝶を睨《にら》みつけた。

「おまえが衣に何か仕込んだんだな⁉」

「えっ……。わ、わたくしは、何も……」

ぞっとするような力で肩をつかまれ、鼓動が止まる。

「そんなに俺が邪魔か⁉　離縁してやると言ったのに、殺さなければ気が済まないのか⁉」

「わ、わたくし、殿下を害するつもりなんて……」

「黙れ！　殊勝《しゅしょう》な顔をして龍床にもぐりこんだ女狐《めぎつね》が！　夫を殺して入宮するつもりだったんだろう⁉　俺が死ねば入宮が早まると考えたか⁉　俺がおまえをどれほど――」

「いったい何事ですか！」

近くを通りかかった林太医が血相を変えて駆けてきた。氷希は血を吐くようにうめき、翠蝶の肩から手を放す。翠蝶が床にへたりこむと同時に、氷希の体がいっそう大きく傾いだ。支えなければと思ったときには、林太医が彼を支えていた。

「……殿下が、お怪我をなさって……いるのです。どうか、治療を……」

やっとのことで声を絞《しぼ》り出した。氷希は林太医に寄りかかって、目を閉じている。

「お怪我ではありませんわ」

林太医は氷希の左腕を見るなり、色を失くした。

「……これは、毒です」

氷希はただちに部屋に運ばれ、林太医の治療を受けた。

「強力な毒ですが、全身に回る前でしたので、お命に別状はありません」

見舞いに来た皇帝に、林太医は深刻な面持《おもも》ちで言った。

「ただ……左腕の症状がひどく……最悪の場合、切り落とすことになるかもしれません」

「そうならないように手を尽くしてくれ」

皇帝は綾錦の帳《とばり》が降ろされた牀榻《しんだい》を見やった。

「十年前の事件で氷希は右目の視力をほとんど失くしている。また、失ってほしくない」

御意《ぎょい》、と答えて、林太医は治療に戻った。

「呂守王妃」

平伏していた翠蝶は沈黙をまとったまま、綸言《りんげん》を待った。

「長袍の袖口《そでぐち》に毒針が仕込まれていた。そこだけほつれやすくなっており、舞っている間に毒針が露出して左腕を刺したようだ」

「……長袍を仕立てたのはわたくしです。いかような罰もお受けいたします」

「すでに着付けをした女官が毒針を仕込んだと自白した。おまえを疑ってはいない」

「いいえ、わたくしに罪がございます。お召しかえのお世話をするべきでした」

「氷希に追い出されたのだろう。おまえに罪はない」

恩情に満ちた声音《こわね》がかえって胸をうずかせた。

（……わたくしが剣舞の衣装を仕立てるなんて言い出したから）

今回の事件は、翠蝶が受けてきたいやがらせの延長だという気がしていた。

いつだって、裁縫《さいほう》や織物にからんだいやがらせだった。披帛《ひはく》を引き裂かれたことも、栄皇貴妃の絹団扇《きぬうちわ》のことも、露露のことも。犯人が憎んでいるのは翠蝶だ。しかし、今回は氷希を狙った。そうすれば翠蝶が最も苦しむことを知っているからだろう。

悔しくてたまらなくて、きつく唇を嚙《か》んだ。注意しろと氷希が警告していたではないか。次はもっと乱暴なことをしてくるかもしれないと。危険があることを承知していたはずなのに、自分で仕立てた衣服で舞う氷希を見たいばかりに、剣舞の衣装を仕立てると申し出た。翠蝶のせいだ。翠蝶のせいで氷希は激痛に見舞われ、左腕を失うかもしれないのだ。

（わたくしに何ができるの？）

林太医のように医術で彼の苦痛を和《やわ》らげることはできない。看病をする人手は足りているし、意識を失う前、あれほど激怒していた氷希が翠蝶を帳の中に入れてくれるとは思えない。

何もせずに待つのはいやだ。めそめそしていても、何の役にも立たない。

「主上にお願いがございます」

翠蝶は一度、皇帝を振り仰《あお》いで、再度、平伏した。

「宮中の織室《しょくしつ》を使わせていただけないでしょうか」

「織室？　こんなときに何か織るのか？」

「経文《きょうもん》を織りますわ。殿下が一日も早く快復なさるように、左腕を失わずに済むように、心からの祈りをこめて、経文を織らせてくださいませ」

経文を織った布を二枚用意し、片方を神仙にそなえ、片方を病人の体にかけるという古い祈《き》禱法《とうほう》がある。経文の布が病を吸い取ってくれるというのだ。気休めかもしれないし、無益なことかもしれない。けれど、翠蝶が氷希のためにできることは、それくらいしかない。

「織室を使うのはかまわないが、ときおり氷希の様子を見に来なさい。おまえが顔を見せてくれれば、弟は喜ぶだろうから」

はい、と答えつつ、もう戻らないつもりだった。

（わたくしがおそばにいれば、殿下が危険な目に遭《あ》うわ）

後宮の何者かに翠蝶は憎悪されている。自分に危害が及ぶのはかまわない。恨まれるようなことをしたのなら自業自得《じごうじとく》だ。だが、悪意の矛先《ほこさき》を氷希に向けられるのは我慢ならない。自分のせいで氷希を危険な目に遭わせたくない。だから、彼のもとを去るよりほかないのだ。

経文を織ったら、ひそかに皇宮を出よう。家族に迷惑がかかるから実家には帰れない。どこかの道観《どうかん》に駆けこむつもりだ。髪を切り、灰色の衣に袖を通して、女道士《おんなどうし》になる。俗世から離れ、自分自身の願いは捨て去って、心静かに愛《いと》しい人の幸福を祈ろう。

（……それで償《つぐな》いになるでしょうか）

閉ざされた帳の向こうで、うなされている氷希に林太医が声をかけている。

引き裂かれたように胸がうずく。この悪感情の名前を翠蝶はとうに知っていた。

氷希は暗がりを一人でさまよっていた。

(翠蝶！　翠蝶！　どこにいるんだ⁉)

さっきからしきりに呼んでいるのに、翠蝶は出てこない。きっと怒っているに違いない。氷希が激情に任せて暴言を吐いてしまったから、愛想をつかして出ていったのかも。

(翠蝶が毒針を仕込んだはずがない)

冷静になって考えれば分かることだ。氷希以外で長袍に触ったのは女官たちだ。翠蝶はまったく触れていないのだ。それなのにかっとなって、彼女を怒鳴りつけてしまった。

最後に見た翠蝶は打ちひしがれた面持ちをしていた。胸を裂かれ、心臓をえぐられたかのように苦悶《くもん》の表情を浮かべていた。氷希のせいだ。氷希が彼女の心を引き裂いたのだ。

早く弁解しなければ。許しを請わなければ。嫉妬《しっと》心ゆえに分別を失っていたのだと。翠蝶を兄帝に奪われたのが悔しくて、やけになっていたのだと。疑ったことを謝りたい。傷つけたことを詫《わ》びたい。戻ってきてくれと懇願《こんがん》したい。兄帝のところへは行かないでくれと。

「……蝶……翠蝶……！」

長い眠りから覚めて氷希は瞼《まぶた》を上げた。右手で誰かの袖をつかんでいる。

「すまないが、余《よ》は呂守王妃じゃないぞ」

低く穏やかな声音《こわね》は父のものだった。

「父上……。わざわざお見舞いにいらっしゃったのですか」

「圭鷹《けいよう》が朝議に出ているから、代わりに様子を見にきたんだ。先程までは兄上がいらっしゃっていたぞ。あいにく、おまえは目を覚まさなかったが」

「伯父上《おじうえ》まで……。ご心配をおかけして……っ」

起き上がろうとしたが、左腕に骨を焼くような痛みが走って起き上がれない。

「無理をするな。左腕を失わずに済むよう林太医が手を尽くしている。おとなしくしていろ」

左腕には包帯が巻かれていた。皮膚《ひふ》を切って毒を吸い出したのだろうか。

「翠蝶はどこですか？　まさか、毒針の件で尋問されているのでは……」

「尋問されたのは着付けをした女官だ。安敬妃に買収されて毒針を仕込んだと言っている」

「安敬妃……？」

幽霊好きの皇妃がなにゆえ氷希を狙ったというのか。

「後宮警吏《けいり》が綾風閣《りょうふうかく》を調べ、毒針に使われた毒と同じ毒物を見つけた。着付けの女官によれば、安敬妃は呂守王妃が紅葉《もみじ》狩りの夜に寵愛《ちょうあい》を受けたと聞いて嫉妬し、呂守王妃を陥《おとし》れようと企《たくら》んだそうだ。しかし、当の安敬妃は毒にも着付けの女官にも見覚えがないと話している」

父は牀榻の天蓋《てんがい》を見上げて溜息をついた。

「女官の自白から証拠が見つかるまで、いやに手際が良すぎる。これではまるで……」

「始めから筋書きがあったかのようです」

父はうなずいて、疲れたように首を叩いた。

「どうやら事件には後宮がからんでいるな。おそらく、そこが黒幕のねぐらだ」

　翠蝶が疑われていないことに、ひとまず安堵《あんど》した。

「ところで、翠蝶はどこにいるんです？　会いたいのですが」

「呂守王妃は織室にこもって経文を織っているぞ」

「経文？　いったい何のために？」

「ばか者。おまえのために決まっているじゃないか」

　父は呆《あき》れ顔で氷希を見下ろした。

「じきに呂守王妃が織り上げた布を持ってくるだろうから、妙なごまかしをせずに、素直な気持ちを話せ。愛しい女はいつまでもそばにいてくれるわけじゃないんだ。与えられた時間は限られている。いつ別れが来るか分からないのだから、時を無駄にするな」

　三十年ほど前、父は最愛の寵妃《ちょうひ》を亡くした。それ以来、愛妃の忘れ形見だった四男を母親の代わりに溺愛《できあい》していたものの、そのいとし子も十年前に世を去った。氷希は鍾愛《しょうあい》される異母弟をねたみ、憎んできた。自分に目を向けてくれない父を恨んできた。異母弟が夭折《ようせつ》した後も、恨みを忘れられなかった。関係を修復しようとする父に苛立《いらだ》つことさえあった。

（……父上のお気持ちを考えもせずに）

　最愛の寵妃を喪《うしな》ったとき、彼女が遺《のこ》したいとし子を亡くしたとき、父はどれほど悲嘆《ひたん》に暮れ、天を呪ったのだろうか。いったいどれほどの失意と断腸《だんちょう》の念を味わってきたのだろうか。

今日の今日まで思い至らなかった。我が身を哀れむばかりで、父の苦悩を察しようともしなかった。だからこそ、父に近づけなかったのだ。父の心に触れられなかったのだ。

やっと気づいた。今更かもしれないが、遅すぎるということはないはずだ。少なくとも氷希は生きていて、父も壮健だ。互いに命があるうちに、わだかまりをほどくことができる。

「父上」

氷希は右手で父の手を握った。

「感謝しています」

何に対してか、言い尽くせないほどだ。見舞いに来てくれたことも、気遣ってくれることも、温かい言葉をかけてくれたことも、助言してくれたことも……翠蝶を娶《めと》らせてくれたことも、さらには自分が父の子としてこの世に生を享《う》けたことにも、心から感謝したい。

生まれてこなければ、翠蝶と出会うこともなかったのだから。

「男に手を握られるとは、気色悪い」

父は心底いやそうに顔をしかめた。そして、氷希の手を力強く握り返す。

「感謝しているなら、早く孫の顔を見せろ。ぼやぼやしていると余には迎えが来てしまうぞ」

「父上は長生きなさいますよ。腹黒い人間は命の色も濃いと申しますから」

軽く笑って、目を閉じる。瞼の向こうで父が笑っているのを感じた。

翠蝶は一心不乱に経文を織っていた。病気平癒《へいゆ》の経文を意匠図《いしょうず》に書き写し、それを頼りに紋織《もんおり》していく。地の部分の色は邪気払いの効果があるといわれる月季紅《げっきこう》で、文字は金色。根気と集中力が物を言う作業だ。暗くなれば明かりを灯し、明るくなれば窓を開け、寝食を忘れて織っていると、織室にこもってから何度目かの朝が来た。

「翠蝶や、もう朝だぞ」

「お腹がすいたでしょう。食事を持ってきたわよ」

父と母が朝餉《あさげ》を持ってきてくれた。空腹は感じないが、昨日は丸一日何も食べていない。体調を崩して織れなくなったら元も子もないので、無理にでも食べることにした。

別室に移動して、菊花粥《きっかがゆ》を食べる。鮮やかな菊の色に枸杞《くこ》の赤が映える菊花粥は、この時期に食べられる料理の中で特に好きなものだったが、今日はまったく味を感じなかった。

「昨夜も休まなかったんですってね」

母が一口大に切り分けた梨を小皿に盛って、翠蝶の前に置いた。

「食事もとらなかったって聞いたわ。ちゃんと食事をして休まなければだめよ」

「殿下が苦しんでいらっしゃると思うと、休む気になれないのですわ」

翠蝶は菊花粥を申し訳程度に食べて、匙《さじ》を置いた。氷希の具合はよくなっただろうか。侍女《じじょ》をやって様子を見てこさせようかとも思ったが、迷惑になってはいけないのでやめた。

林太医は優秀だと聞いている。きっと氷希を助けてくれるはずだ。

（……こんなときに嫉妬している場合じゃないわ）

頭では分かっているのだが、ねたましさを抑えられない。氷希の看病をするのは妻である翠蝶でなければならないのに、どうして林太医が……。的外《まとはず》れな恨みが心を濁らせる。

医術のことなど何も知らない翠蝶が世話をするより、林太医がそばについているほうがよいに決まっているではないか。何より、氷希が翠蝶に看病されることを望まないだろう。着付けもさせてくれなかったのに、毒で苦しんでいるときにそばに置いてくれるはずがない。

「おまえは優しい子だから、呂守王のことが心配なのだろうが……」

父は温かい薬茶を翠蝶に勧めた。

「根を詰めすぎて、体を壊したら大変だ。何よりもまず自分を大事にしなさい」

「そうよ。あなたはいずれ入宮するのだから、体を大切にして――」

「わたくしは入宮しません」

薬茶を一口飲んで、翠蝶はきっぱりと言い切った。

「お父さまとお母さまは誤解していらっしゃいます。紅葉《もみじ》狩りの夜、わたくしは主上のご下問を受けただけなのです。主上はわたくしに指一本触れていらっしゃいません」

「でも、噂《うわさ》では……」

「お父さまは娘の言葉よりも噂を信じるのですか？」

両親は困惑気味に顔を見合わせた。

「そうか……。だが、気落ちすることはない。また好機はやってくる」

「ええ、希望はあるわよ。あなたはまだ十八になったばかり。日に日に美しくなって……」

「わたくしは呂守王妃です。たとえ主上のお召しがあろうと、夫を裏切るようなまねはしません。そんなことをするくらいなら、貞節《ていせつ》を守るために自害いたします」

「なっ……なんてことを言うんだ。縁起《えんぎ》でもない」

「自害だなんて、冗談でも口にしてはいけないわよ」

「冗談ではありません。わたくしは本気でそう思っているのです」

翠蝶は居住まいを正して、両親を交互に見た。

「お父さま、お母さま。お話ししなければならないことがございます」

経文が織り上がったら、誰にも知らせずに皇宮を去らなければならない。大好きな両親の姿を記憶に焼きつけておきたかった。

「今まで大切に育ててくださったこと、心から感謝していますわ。お父さまとお母さまが愛情を注いでくださったおかげで、わたくしは幸福に暮らしてまいりました」

父と一緒に鞦韆《ぶらんこ》に乗って遊んだこと。母に新年用の襦裙《じゆくん》を仕立ててもらったこと。何気ない日常の記憶が波のように押し寄せてきて、涙がこみ上げてくる。

「子どもの頃から、お父さまとお母さまが自慢できるような立派な皇妃になろうと思っていました。お二人の願いなら何でもかなえて差し上げるつもりでした。精いっぱい親孝行をして、賜《たまわ》った御恩をお返しするつもりでしたの……。それなのに……ごめんなさい」

翠蝶は力なく面《おもて》を伏せた。涙がぽたぽたと机に落ちる。

「お父さまとお母さまの願いを……かなえて差し上げることができません」

膝の上で両手を握りしめる。休まず機《はた》を織り続けた指はかさついて血がにじんでいた。

「……わたくしは、呂守王殿下をお慕《した》いしているのです」

両親が息をのんだ。

「あの方が恋しくて、胸が痛くて……苦しくてたまらないのです。殿下以外の方に嫁《とつ》ぐなんて、考えられません。だって、わたくしが結ばれたい方は、殿下だけなのですもの」

皇宮を去る前に、会いたい。以前のように優しく見つめてもらえないとしても、嫌悪のにじんだ目で睨《にら》まれるとしても、顔を見たい。怒鳴られてもいいから、声を聞きたい。できれば、ほんの一瞬でもいいから、彼の手に触れたい。翠蝶の願いは氷希に関することばかり。

「親不孝な娘だとお怒りでしょう。申し訳ないと思っています。でも、どうしても、お二人のご期待にはこたえられないのです。どうか……どうか、お許しくださいませ」

翠蝶は両親の足元に跪《ひざまず》いて頭《こうべ》を垂れる。許しを請うことしかできなかった。

思いもよらない告白に当惑した両親が「とにかく無理をしないように」と言いつけて出ていった後、翠蝶は織室《しょくしつ》に戻って作業に没頭した。

手を休めると氷希のことを考えてしまうから、可能な限り手を休めないようにした。

どれくらい日にちが経ったのだろう。時間の感覚が完全になくなって、幾度目か分からない夜が来たときのことだ。ようやく二枚分の経文《きょうもん》が織り上がった。

「……殿下をお助けくださいませ」

織り上がった経文を机に広げ、翠蝶は手を合わせて読み上げた。

丁寧《ていねい》に折りたたんで薄絹で二つの包みを作る。片方は氷希のもとへ、片方は皇宮内の道観へ。

別れの挨拶《あいさつ》をしにいこうかと思ったが、自分が行くと彼の機嫌が悪くなって容体にも影響するだろうから、会いたい気持ちを抑えこんで、侍女に経文をたくすことにした。

「変ね。さっきまで近くにいたのに」

侍女を呼ぶが、返事がない。夕餉でも取りに行ったのだろうか。探しにいこうとして、二つの包みを抱えたときだ。織室の扉が外側から開いた。


「だいぶ血色がよくなりましたわね」

氷希が半身を起こすと、林太医が牀榻《しんだい》の端に腰をおろした。

「毒抜きは済んでいますから、傷口が完全にふさがるまで安静にしていてください」

左腕の包帯を取りかえてもらったので牀榻からおりようとすると、林太医に止められた。

「安静にしていてくださいと申したばかりですのに」

「翠蝶に会いにいくんだよ。左腕を振り回すつもりはないから、いいだろ」

「熱がぶり返すかもしれないのです。本当は休んでいていただきたいのですけれど」

林太医は溜息をもらした。ついで困ったように笑う。

「御髪《おぐし》を結い上げてからいらっしゃるべきでは？　呂守王妃に嫌われてしまいますわよ」

髪をおろしていると、翠蝶になぜか猥褻《わいせつ》呼ばわりされてしまうのだ。髪を結い上げてから織室に向かった。すっかり日が落ちている。織室の窓から明かりがもれていた。

まだ織っているのだろうか。だが、機織《はたお》りの音は聞こえてこない。眠っているのかもしれないと思い、音を立てないように扉を開ける。

室内には織機《おりき》がずらりと並んでいた。燭台《しょくだい》に火が灯っているが、人影はない。

窓際の机に布が一枚、広げられていた。経文を織った布だ。月季紅の地色に織り出された金色の文字。さながら金色の墨で書いたかのような流麗《りゅうれい》な手跡が織地に表されていた。

「……嘘だろう……」

血の気が引いていくのを感じた。毒に見舞われたときよりも強く両手が震える。経文の末尾に逆さまの白蓮《びゃくれん》が刺繡《ししゅう》されていた。いや、逆さまの白蓮の刺繡が貼繡《ちょうしゅう》されているのだ。

（経文に、逆さ白蓮……）

聖楽帝《せいらくてい》の二代あとの皇帝の後宮に、不貞《ふてい》を疑われた妃嬪《ひひん》がいた。彼女は潔白を訴えたが、皇帝は信じなかった。絶望した妃嬪は経文を書いて、末尾に自分の名を示す白蓮の絵を描き添え、それを遺書として望楼《ぼうろう》から飛び降りた。失意に駆られた皇帝が愛妃の遺書を読み返したとき、末尾の白蓮は逆さになっていた。ちょうど頭から落下した悲運の美姫のように。

白蓮妃《びゃくれんひ》の故事ゆえに、逆さ白蓮を添えた経文は遺書を意味する。逆さ白蓮そのものは確かに翠蝶の刺繍だ。しかし、逆さ白蓮の輪郭を縁取る刺繍《ししゅう》は……。

（……これは纏繍《まつりぬい》だな）

貼繍とは、別の布の刺繍を切り取って縫《ぬ》いつける刺繍法だ。縫いつけ方にはさまざまな方法があるが、逆さ白蓮は纏繍で縫いつけられている。刺し目と刺し目を斜めに少しずつ重ねながら縫っていく纏繍は、貼繍に用いる技法としては珍しいものではない。

『わたくしは貼繍をするとき、鎖繍を使いますの』

糸が鎖のように連なっていく鎖繍。翠蝶はその古風な技法を使うと言っていた。

つまり、逆さ白蓮を経文に貼繍したのは、彼女ではない。

（何者かが、翠蝶の遺書を偽造した）

犯人の目的は明らかだ。戦慄に心臓を握りつぶされ、氷希は織室を飛び出した。

――妻の声が聞けなくなってから後悔しても遅いんだぞ。

最愛の妻を亡くした友人の言葉が警鐘のように鳴り響いていた。

「こんなところに神廟《しんびょう》があるのですか？」

翠蝶は輿《こし》から降りて辺りを見回した。一面、墨をぶちまけたような暗がりだ。さわさわと木々がざわめく音がする。手にした提灯《ちょうちん》が秋風にあおられて頼りなげに揺れた。

後宮の奥まった場所にご利益のある神廟があると聞いて、経文をおさめるために彼女と後宮に入ってここまでついて来たが、にわかに不安が頭をもたげた。

（例の絹団扇《きぬうちわ》に刺繍された片翼の綬帯鳥《じゅたいちょう》は、蘇婉容さまの女官が刺したものだった）

織室を訪ねてきた人物が、蘇婉容の女官が刺したという綬帯鳥の手巾を持っていた。

それは片翼の綬帯鳥の羽根を表していた鱗繍《りんしゅう》とそっくり同じ癖《くせ》のついた技法で縫い取られていた。だから確信したのだ。栄皇貴妃の絹団扇に細工し、露露を傷つけ、氷希の衣に毒針を仕込んだのは、蘇婉容だと。

しかし、本当にその結論でよかったのだろうか……？

「ねえ見て、呂守王妃。この池」

向麗妃が赤々と光る提灯で真っ暗な池を照らした。

「ここでは何人もの妃嬪たちが溺《おぼ》れ死んだんですって。彼女たちの死霊は水草になっているそうよ。夜になると、水草に憑《と》りついた死霊たちが朽ち果てた亡骸《なきがら》に戻るらしいの。だからほら、池の水が真っ黒でしょう？　まるで女たちの黒髪がたゆたっているかのように」

「……は、早く神廟に連れていってくださいませ。経文をおそなえして、祈禱しないと……」

向麗妃が翠蝶の髻から月季花《ばら》の金歩揺《きんほよう》を引き抜いた。そして、池に投げ捨てる。

「なっ、何をなさるのです⁉　殿下からいただいた、わたくしの……」

「あなたはここで自害するのよ、呂守王妃」

向麗妃が翠蝶を見た。憎悪にぎらつく瞳で射貫《いぬ》かれ、背筋が凍りつく。

「池に飛び降りて、死霊になった不幸な女たちの仲間入りをするの」

「じ、自害⁉　そ、そんなつもりは……」

「逆さ白蓮を添えた経文があなたの自害を証明してくれるわ」

「経文って……わたくしが織ったものですか？　あ、あれは殿下に届けるって……」

つい先頃、織室に向麗妃がやってきた。経文を氷希に届けたいが、侍女《じじょ》がいないので探しに行かなければと言うと、向麗妃は自分の女官に命じて経文を届けさせると言ってくれた。

ご利益のある神廟を知っているからと、向麗妃は翠蝶を後宮に連れて行った。一連の事件の犯人は蘇婉容だと確信したからこそ、彼女を信用したのだ。……だが、それは過《あやま》ちだった。

「……あなた、でしたの……？」

翠蝶が織った披帛《ひはく》を引き裂き、栄皇貴妃の絹団扇に呪詛《じゅそ》文様を刺し、露露を無残に壊して、氷希の衣装に毒針を仕込んだのは――。

「でも……片翼の綬帯鳥は、蘇婉容の女官が刺繡したものでは……」

「嘘をついたのよ。あなたを信用させるために。本当は私が女官に刺繍させたものなの」

向麗妃は綬帯鳥の手巾を放り捨てた。

「なぜ……ですか？　どうしてそこまでわたくしを憎んでいらっしゃるのです？　わたくしが主上のご寵愛《ちょうあい》を狙っているという、噂《うわさ》のせいですか……？」

「全然違うわ。主上は関係ない。あなたが呂守王の妃だからよ」

どういう意味なのか尋ねようとした瞬間、向麗妃に髪を鷲摑《わしづか》みにされた。おぞましい力で引っ張られ、腕ずくで池のほとりへ連れていかれる。翠蝶は逃げようともがいたが、経文を織るために幾日も酷使《こくし》し続けてきた四肢《しし》は萎《な》えていて、ろくに動きはしない。

「紅葉狩りの日に話したでしょう。毒のような恋だって。毒は毒でも猛毒よ。あなたが呂守王に嫁ぐと聞いたとき、私は身籠《みごも》っていた。愛していない男の子どもを……。片やあなたは呂守王に嫁いだ。私が子どもの頃から恋い慕ってきたあの方の、妻になった」

提灯も経文も落としてしまった。露露と将風が入った絹袋も地面に落ちる。

「毎晩あなたを殺す夢を見たわ。あの方を見つめられないように目をえぐり出して、あの方と話せないように熱した鉄を喉《のど》に流しこんで、あの方に微笑《ほほえ》むことができないように顔を石で叩き潰して、あの方に触れられないように両手を削《そ》ぎ落としてやった」

向麗妃は軽やかに笑った。楽しくてたまらないと言いたげに。

「一番爽快《そうかい》だったのは、汚らしい野犬たちとまぐわせたことね。盛りのついた獣どもが思い思いにあなたを辱《はずかし》めるの。あなたの体が血まみれになっていくのを見るのは愉快だったわ」

調子はずれの笑い声がこだまし、唐突《とうとつ》に止まる。

「でも所詮《しょせん》、夢は夢。現実のあなたは呂守王の隣で幸せそうに微笑んでいる」

いっそう強く髪を引っ張られ、翠蝶は悲鳴を上げた。

「現実のあなたを始末すると決めたのは、観月《かんげつ》の夜よ。あなたは酔っぱらって、呂守王の腕に抱かれて宴席を辞した。呂守王はあなたを四阿《あずまや》に連れていった。年に一度の名月が夜空で輝いていたのに、呂守王が宝物を見るような瞳で眺めていたのは、あなただった」

……向麗妃が婚期を逃すほどに恋い慕っていたのは、皇帝ではなく——。

「どうして!?　なぜあなたなの!?　なんで私じゃないのよ!?」

向麗妃は提灯を投げ捨てた。翠蝶の首をつかんで、柔肌《やわはだ》に鋭い爪を食いこませる。

「十二のとき、宮中の宴で舞う呂守王を——氷希皇子を見たわ。氷希皇子は十五になったばかり。成人して呂守国を賜《たまわ》り、王におなりになった。その祝いの席で『紅獅西征』を披露なさったのよ。深緋《こきひ》の長袍をまとった呂守王は、この世のものとは思えないほど美しかった……」

心奪われた光景を思い出しているのか、向麗妃の瞳が恍惚《こうこつ》とした色を帯びた。

「私は決めたわ。あの方に嫁《とつ》ぐと。呂守王に身も心も捧げると。年頃になると縁談がいくつも舞いこんできたけど、どれも断った。私は呂守王にしか嫁がない。父にそう言ったの」

彼女の父は激昂《げっこう》した。

「皇位から遠く、仁啓帝《じんけいてい》の寵愛もない呂守王に嫁いでも、一族の繁栄《はんえい》にはつながらないって反対されたわ。父は私を皇太子さまに嫁がせることを考えていたの。いずれ後宮に入って、皇子を産んで、皇后になるように……。入宮したときのためにと、孕《はら》みやすくなる薬まで飲ませていたのよ。私に無断で、毒のような薬を、毎日の食事に混ぜて……」

向麗妃は新帝に嫁いだ。

「その薬のせいでどうなったと思う？　かえって孕みにくくなったのよ。以前からおかしいと思っていたけど、入宮してから月のものがひどく乱れるから太医に診《み》せたの。太医は青い顔をして言ったわ。血の巡りが悪いから、七晩連続で夜伽《よとぎ》をしなければ孕まないって」

健康でなければ入宮できない。向麗妃の父は娘の不調を隠して入宮させたのだ。

「七夜も続けて天寵を受けられるのは、栄皇貴妃だけよ。他の妃嬪は規則通りに一晩おそばに侍《はべ》るのが精いっぱい。それなのに、自分が元凶のくせに、父は私を急《せ》かすのよ。早く身籠れと、主上を七晩続けて迎えられるように努力をしろと、そのために育ててやったんだと」

猛々しい夜風が彼女の髪に挿された簪《かんざし》の垂れ飾りをうるさく騒がせた。

「努力をしたわ！　身籠ったわ！　父の望み通り！　だけど、生まれたのは公主だった……！　役立たずの娘だと父は激怒したわ！　公主など産んでも何の意味もないって！　ええ、その通りよ！　私は公主を産み、栄皇貴妃は皇子を産んだ！　主上はますます栄皇貴妃を寵愛なさる！　じゃあ私は⁉　好きでもない男の子どもを苦労して産んだ私は……っ⁉」

見開かれた向麗妃の眦《まなじり》から、一筋の涙が流れ落ちた。

「いいえ、そんなことはどうでもいいの。愛していない殿方《とのがた》に愛されないからって、泣く女はいないわ。私が泣くのはいつだって、呂守王を想うとき。愛《いと》しいあの方が私を見てくださらないから、私の気持ちに気づいてくださらないから、だから……涙が止まらなくなるのよ」

ぎりぎりと首を絞《し》め上げられ、翠蝶は息苦しさにあえいだ。

「許せないのはあなたよ、呂守王妃。あなたが手にしている幸せは、私が手にするはずだったもの。人の幸せを奪っておきながら、よくものうのうと生きていられるわね」

「……向麗妃、さま……わたくしは……」

「だけど、あなたの幸運もここまでよ。人の幸せを奪った女は死霊の池に抱かれて死ぬの」

喉笛《のどぶえ》の拘束《こうそく》が緩《ゆる》み、大きく息を吸ったとき、翠蝶は向麗妃に突き飛ばされた。

束の間の浮遊感の後、けたたましく水飛沫《みずしぶき》が上がる。呼吸しようと開いた口に冷たい水が入ってきた。咳《せ》きこんでもがいているうちに、衣服が水を吸って重量を増す。

「苦しみ抜いて、絶望を味わってから死になさい。それでも私が味わってきた辛苦《しんく》にははるかに及ばないのよ。あなたは知らないでしょう？　恋しくてたまらない方が他の女を愛おしんでいる。それを虚《むな》しく見ているのが、どれほどみじめで、どれほど恨めしいことか……」

向麗妃の声がだんだん遠ざかっていった。いや、翠蝶が彼女から遠ざかっているのだ。

水草が足にからみつき、体がどんどん重くなっていく。岸辺へ行こうとして手を伸ばすけれど、必死で伸ばした両手は水面を叩くだけ。悲鳴を上げて助けを呼ぼうにも、恐怖と寒さで喉が凍りついて声が出ない。水は全身の骨がかたかた震えるほどに冷たかった。

喉から、袖から、襟元《えりもと》から、裾《すそ》から、氷のような水が入りこんできて体温を奪う。しだいに四肢がしびれ、体のあちこちが引きつって、呼吸が途切れ途切れになった。

（……殿下……）

死ぬ前に一目、会いたかった。睨《にら》まれても、罵倒《ばとう》されてもいい。ほんの一瞬でもいいから。

切なる願いはもはやかなわない。騒がしく波打つ水面は徐々に遠のいていく。

（どうか、殿下が左腕を失わずに済みますように）

氷希が何も失わずに済むよう、薄らぎ始めた意識の中で祈る。経文《きょうもん》は捧げられなかったけれど、慈悲《じひ》深い神仙が祈りを聞き届けてくれるだろうから、何度も何度も唱える。

水底の亡霊たちに足をつかまれて引きずりこまれるかのようだ。

こぽりと唇からあふれた吐息が翠蝶の代わりに上へ上へとのぼっていった。


翠蝶が向麗妃に連れられて後宮に入ったと聞いたので、氷希は兄帝に許可をもらって彼女たちを追いかけた。二人を乗せた輿《こし》は目立たないようにしていたらしいが、後宮内にはいくつもの門や通路があり、要所要所に見張りの宦官《かんがん》が控えていて、通行する者があればその者と随行《ずいこう》者《しゃ》の名前、および日時をつぶさに記録する。聖楽時代から行われている妃嬪の不貞《ふてい》を防ぐための措置《そち》だが、今回はそれが氷希を翠蝶のもとに案内してくれた。

向麗妃と翠蝶が向かったのは、今や誰も立ち入らない廃園だった。池がある方角からわずかな水音が聞こえた。氷希が駆けつけたとき、池のほとりには向麗妃が立っていた。

「呂守王！　大変ですわ、呂守王妃が……池に身を投じられて……」

向麗妃は蒼白な面《おもて》を涙で濡らしていた。彼女の足元には、提灯と経文の布と翠蝶の絹袋が散らばっている。氷希は息をのんだ。池の水面に翠蝶の披帛《ひはく》がふわふわと浮いていた。

「必死でお止めしたのです。ですが、私の手を振り切って……」

最後まで聞かず、氷希は池に飛びこんだ。披帛の下にもぐって翠蝶を探す。

水は墨のように黒い。ほのかな月明かりすらない視界は暗く、絶望の色に染まっている。氷希は声にならない声で幾度も愛しい女を呼んだ。凍えるほどの水温など気にならない。左腕の痛みを感じる暇もない。正気を失ったように脈打つ心臓が激烈な自責の念を呼び覚ます。

――いつ別れが来るか分からないのだから、時を無駄にするな。

父に助言されたとき、なぜ即座に織室《しょくしつ》へ向かわなかったのだろう。毒でうずく体を引きずってでも、会いに行くべきだった。謝らなければならないことがたくさんあったのに、礼を言わなければならないことが山ほどあったのに、どうして、そうしなかったのか。

すぐにまた会えると、何の根拠もなく思いこんでいたのだ。浪山侯だって、父だって、最愛の人と最後に会ったときはそう思っていただろう。別れ際に何か言いかけたことがあっても、次の機会にしようと軽い気持ちで言葉をしまいこんだだろう。

しかし、次の機会はなかった。一瞬でも離れればおしまいだ。何事もなく再会できる保証などないのだ。与えられた時間がいつどこで尽きてしまうのか、誰も知らないのだから。

（……翠蝶⁉）

黒い水に鮮血のような色彩がたゆたっていた。怪我《けが》をしたのかと全身の血が逆流する思いでそちらへ向かう。流血のように見えたのは翠蝶の裙《くん》だった。氷希は彼女を抱き寄せ、水面の外へ飛び出した。岸辺まで泳ぎ、石のように重くなった翠蝶を地面に引き上げる。

翠蝶に水を吐かせていると、向麗妃が駆け寄ってきた。

「よかったわ！　呂守王妃、無事だったのね！　あなたのことが心配で……」

氷希が睨むと、向麗妃ははっとしたふうに黙った。なぜこんなことをしたのかと、翠蝶に何の恨みがあるのかと、問い詰めようとしてやめる。翠蝶を助けるほうが先だ。氷希は地面に彼女の絹袋と経文の布が落ちているのに気づいた。それらを拾い、翠蝶を抱き上げる。

「向麗妃を碧果殿《へきかでん》にお連れしろ」

連れてきた後宮警吏《けいり》たちに命じて、軒車《くるま》に乗る。走り出した軒車の中で、冷え切った翠蝶の体を抱きしめた。少しでも自分の体温を分けてやれるように。

「目を開けてくれ、翠蝶……」

蠟《ろう》でできたような頬《ほお》をそっと撫《な》でる。

「……頼むから、返事をしてくれ」

呼びかけても呼びかけても、返事はない。沈黙をまとったままの翠蝶を抱き、氷希は天に祈り続けた。彼女の命を奪うくらいなら、自分を殺してくれと。


呂守王妃を殺し損《そこ》ねてからというもの、向氏の体に巣食った悪鬼は毒を吐き続けていた。

「うるさいわね！　また泣かせているの⁉」

せり上がってきた苛立《いらだ》ちに任せ、向氏は女官を怒鳴りつけた。

夜伽のために化粧《けしょう》をしているのに、奥の部屋から公主の泣き声が響いてくる。この頃しょっちゅうだ。何の役にも立たない生きもののくせに、四六時中、泣いて向氏を煩《わずら》わせる。

「さっさとあれで黙らせてちょうだい。うるさくて眉《まゆ》も描けないわ」

「……ですが、公主さまはあの薬をいやがっておられて……」

「いやがったら喉に流しこめばいいのよ。あれを飲ませれば静かになるんだから」

公主が泣き出したときは、眠り薬を飲ませて寝かせることにしている。夜泣きにまいっていると愚痴《ぐち》をこぼしたら、父が送ってくれた薬だ。あんな父親でもたまには役に立つ。

（あと少しだったのに）

入念に準備した計画だった。紅葉狩りの夜に尹氏が皇帝の寵愛《ちょうあい》を受けたという噂《うわさ》を流し、呂守王を激怒させ、尹氏が仕立てた衣に毒針を仕込む。妻の不貞に憤《いきどお》っている呂守王は尹氏を疑って遠ざけるだろうから、その隙《すき》に尹氏を誘い出し、自害に見せかけて殺す。罪は安敬妃にかぶせる予定だった。不審な行動の多い安敬妃は、疑惑を晴らせないはずだから。

（まさか、呂守王がいらっしゃるなんて……）

例の事件で向氏は罰せられていない。後宮警吏には「自害しようとした呂守王妃を必死で止めた」と涙ながらに訴えた。たとえ意識を取り戻した呂守王妃が向氏に殺されそうになったと言っても、知らぬ存ぜぬで押し通せばいい。どうせ目撃者はいないし、現場は亡霊がさまよう池だ。いざとなったら、死霊のせいにしてしまえばいい。

呂守王は腹を立てるだろうが、公主を産んだ向氏を皇帝は厳しく罰しないだろう。なぜなら公主は皇帝に懐いていて、皇帝は皇子と同じように公主を可愛《かわい》がっているからだ。

眉を描き、紅をさして、髪を整える。

室内はしんと静まり返っていた。公主は薬を飲んで眠ったのだろう。

そろそろ皇帝がやってくる時刻だ。向氏は長い裙の裾を引きずりながら私室を出た。

公主の部屋を通り過ぎようとした際、きゃっきゃとはしゃぐ赤子の声が聞こえてきた。公主の声に混じって男の声もする。後宮で聞く男の声は一種類しかない。

「主上、お見えになっていたとは存じませんでしたわ。お出迎えもせずに……」

「余《よ》が先触れを出さなかったのだ。公主に会いたい気持ちが急《せ》いてな」

部屋に入ると、皇帝が慣れた手つきで公主を抱いていた。先程まで獣じみた泣き声を張り上げていたのが嘘のように、公主はくるくるした瞳を輝かせている。むっちりとした餅《もち》のような手を伸ばし、皇帝がかぶっている冕冠《べんかん》の玉飾りをむんずとつかんだ。

「ああ、引っ張ってはだめだぞ。今月に入って二回も冕冠を壊しているんだ。また壊すと余が叱《しか》られてしまう。そっと放してくれ、そう……そうだ。上手だな、公主。いい子だ」

公主が玉飾りから手を放しただけなのに、皇帝は大げさなほど褒《ほ》めて笑っている。

父と娘の微笑《ほほえ》ましい一幕を、向氏は冷めた目で見ていた。愛していない男が愛していない子を慈《いつく》しんでいる。その光景にいったいどんな感慨《かんがい》を抱けばいいというのか。

やがて公主は眠り薬も飲んでいないのにすやすや寝息を立て始めた。皇帝は公主を女官に抱かせ、部屋を出る。臥室《しんしつ》に向かうのかと思えば、内院《なかにわ》を散策しようと言い出した。

「呂守王妃は快方に向かっているそうだ」

「安心しましたわ。一時はどうなることかと、気をもんでいましたから」

――池に突き落とす前に縊《くび》り殺しておけばよかった。

「氷希は朝な夕な呂守王妃のそばを離れなかったらしいから、これで一安心だろう」

――縊り殺すだけでは足りない。目をえぐって鼻を削いで顔を叩きつぶすべきだった。

「向麗妃、余に話しておきたいことはないか？」

黄色い夾竹桃《きょうちくとう》のそばで皇帝が立ち止まった。

「夫婦の間に隠し事は不要だ。話しそびれていることがあれば、今ここで聞かせてくれ」

「話しそびれていることなら山ほどありますわ。そうだわ。琵琶《びわ》を披露させていただけないでしょうか。新しい曲を作りましたの。主上を想って――」

「正直に話してほしかったが、おまえはあくまでも偽りを吐くのだな」

皇帝は心苦しそうに溜息をついた。

「向麗妃、今日おまえを夜伽《よとぎ》の名簿から外した」

絶句して、向氏は皇帝を見上げた。秀麗《しゅうれい》な横顔が物憂《ものう》げな月光に濡れている。

「今後は碧果殿を出てはいけない。朝礼はもちろん、太皇太后や呉太后への挨拶《あいさつ》にも出なくていい。他の妃嬪《ひひん》とは一切かかわるな。実家と連絡を取ることも禁じる。降格はしないが、俸禄《ほうろく》は減らす。これから三年間は粗布で仕立てた衣をまとい、身を飾らず、心静かに自戒《じかい》せよ」

「そ、そんな……！　私が何をしたというのです？　呂守王妃のことなら……」

「呂守王妃のことでおまえを咎《とが》めているのではない」

皇帝がこちらを向いた。底冷えのする非情さを忍ばせた君王の目で向氏をとらえる。

「密通の件で咎めているのだ」

心臓が止まった。一瞬にして体中の血が鉛《なまり》になる。

「おまえが宦官に変装した男を寝所に引き入れていたことは調べがついている。その結果、生まれたのが公主であることも。──やめよ、口を開くな。言い訳は聞かない」

間男《まおとこ》は毒で始末したはず。今更、証拠なんて……。

「公主の父親は生きているぞ。おまえに毒を盛られて半死半生になっているが、何もかも自供した。おまえを懐妊《かいにん》させるために後宮に出入りしたと言っている」

間男は向家の使用人の中から若くて見目のよい者を選んだ。好みがどうこうというより、単に醜《みにく》い男では醜い子ができるからだ。七晩連続で夜伽をしなければ懐妊できない。最初の晩だけは皇帝の夜伽をして、翌日から六日間はその青年を閨《ねや》に迎えることにした。

『私を呂守王だとお思いになってください』

青年はそう言ったが、呂守王と青年の姿を重ねようとしてもうまくいかなかった。幼い頃から向家に仕えている彼とは顔なじみなので、別人の印象を重ねるのは難しかったのだ。

『余計なことはしなくていいわ。気持ち悪いから、早く済ませてちょうだい』

向氏が嫌悪とともに吐き捨てると、青年は切なげに眉を引き絞《しぼ》った。

（あの男、しぶとく生き残っていたのね）

最終日の夜、向氏は青年に口止め料の金子《きんす》と手ずから作った菓子を持たせた。むろん、菓子は毒入りだ。青年は袋いっぱいの金子より、毒入りの菓子のほうを喜んでいた。

『お嬢さまに福が授かりますよう、心から祈っています』

授かったのは無価値な公主だ。福ではなかった。

「腹を痛めて産んだ子だというのに、おまえは公主をひどく嫌っているようだ。ここに置いていると互いのためにならないから、公主は母上に養育してもらうことにした」

公主を抱いて洞門《どうもん》をくぐる女官の後ろ姿が視界に入った。我が子を取り上げられても、まったく心が痛まない。愛していない男の子どもなのだから、当然といえば当然だ。

「嘘をつくべきではなかったんだ、向麗妃。父親に飲まされた薬が原因で懐妊しにくくなっていると、正直に余《よ》に打ち明けるべきだった。包み隠さず事情を話してくれれば、おまえに七晩続けて夜伽をさせただろう」

向氏は目を見開き、口を開きかけて、脱力した。今までの辛労《しんろう》はいったい何だったのか。

「嘘で嘘を塗り固めて、自分自身さえも偽ってきた。それがおまえの罪だ」

皇帝は上衣の袖《そで》を翻《ひるがえ》して背を向けた。

「己の罪と向き合い、悔い改めよ。十分に反省すれば、実家に帰してやってもよい」

「……実家に帰ってどうしろと？　不義を働いた娘を、父が温かく迎えてくれるとでも？」

「後宮の規則では、密通は処刑だ。余が恩情をかけているのが分からぬか」

恩情、と向氏はつぶやいた。笑えてくる。何が恩情だ。ばかばかしい。

「いっそ処刑されたほうがましですわ。豪奢《ごうしゃ》な牢獄《ろうごく》で屍《しかばね》のように生きるよりは」

「豪奢な牢獄か。その通りだな」

皇帝が面白がるように肩を揺らし、月を振り仰《あお》いだ。

「後宮は黄金の獄《ひとや》だ。おまえも、余も、ここに囚われている」

「主上は囚人ではないでしょう。あなたは何でもお持ちですわ。どんな権限でも……」

「余にもないものはある」

それは何なのかと尋ねると、皇帝はまぶしそうに目を細めた。

「後宮を持たないという選択肢《し》だ」


「翠蝶や、本当にもう具合はいいのかね？」

父がもっさりした眉をひそめて手を握ってくる。翠蝶は微笑みを返した。

「はい、元気になりましたわ。ご心配をおかけしました」

「ちょっとでも調子が悪いなら、休んでいたほうがいいわよ」

母は愛おしそうに肩を撫でてくれる。

「大丈夫ですわ。久しぶりに外を歩きたいので、散歩をしてまいります」

「内院《なかにわ》では、寒木瓜《かんぼけ》が綺麗《きれい》に咲いていたぞ。美しい花は心の栄養になる。さあ、行こう」

「あなた」

母が父の耳に何やらこそこそと囁《ささや》いた。

「……あっ、そうだった。えーと、私は近頃、膝が悪いので散歩を控えねばならぬのだ」

「まあ、それではお座りになってくださいませ。おみ足をさすって差し上げますわ」

「いやいや、病み上がりのおまえにそんなことはさせられない」

「お父さまの膝が悪いのは太りすぎが原因なのよ。この太鼓腹《たいこばら》をどうにかしないとね」

母は父のぽっこりした腹をぽんぽん叩いた。父はなぜか嬉しそうである。

「散歩はあなた一人でいってらっしゃい。私たちは客間で休んでいるから」

翠蝶の頬に触れて、母は穏やかに目元を和《なご》ませる。

「今まで私たちが期待しすぎて、あなたを悩ませたこともあったわね。良かれと思ってしていたことだけど……いつの間にかあなたの気持ちを置いてけぼりにしていたわ」

十八年間、慣れ親しんだぬくもりに目頭《めがしら》が熱くなった。

「だからね、お父さまと話し合ってこれからは期待しないことにしたわ。ああ、勘違いしないで。突き放しているわけじゃないのよ。期待をせずに、応援をするわ」

応援。温かい響きの言葉が体に染みこんでいく。

「おまえが臥《ふ》せっているとき、呂守王はおまえを案じて枕辺《まくらべ》から離れられずにいらっしゃった」

父は翠蝶の手を大事そうにさすった。

「長らく誤解していたが、あの方になら私たちの可愛《かわい》い娘をたくせると思ったよ」

分かってくれたのだ。翠蝶が心惹《ひ》かれた人のことを理解してくれた。唇を開いたけれど、何も言えなかった。代わりに目尻から滴《しずく》がこぼれる。

「翠蝶や、おまえは孝行娘だよ。こんなに美しく、心優しい娘に成長してくれた」

「お父さまとお母さまは鼻高々よ」

父は包子《まんじゅう》のようなふくふくとした顔で笑い、母は若々しい細面《ほそおもて》に笑みを咲かせた。

「あとはおまえが自分の幸せをつかむだけだぞ。私たちはおまえを応援する」

「何も心配はいらないわ。胸を張ってお行きなさい」

「お父さま……お母さま……」

両親の笑顔が涙に覆《おお》われて見えなくなった。目元を手巾《しゅきん》で拭《ぬぐ》って、唇をほころばせる。

「わたくし、もう、十分幸せですわ」

熱い感情が次から次にあふれてくる。自分はこの世で一番幸運な娘だという気がした。

翠蝶は霞《かすみ》のような珊瑚《さんご》色の薄絹をかぶって外に出た。父が言っていた通り、内院では寒木瓜が艶麗《えんれい》な花を咲かせている。

冬の到来を匂《にお》わせる凛《りん》とした風が琵琶《びわ》の音色を運んできた。とたん、翠蝶は駆け出した。聴き慣れた琵琶の歌声に誘われるまま、はやる気持ちを抑えて緋紅《ひこう》に染まる小道を進む。

結い髪に挿した月季花《ばら》の金歩揺《きんほよう》がしゃらしゃらと鳴った。向麗妃に奪われて池に捨てられたことを病床で話したら、氷希が拾ってきてくれたのだ。

池にかかる太鼓橋《たいこばし》のそばで氷希を見つけた。彼は庭石に腰かけ、琵琶を奏でている。『心緒《しんしょ》』に隠されていた琴譜《きんぷ》の曲だ。胸を締めつける物悲しい調べを巧みな指先がつむいでいく。

「……翠蝶」

氷希がこちらに気づいて演奏をやめた。熱にうなされているとき、彼がそばにいてくれた。手を握って励《はげ》ましてくれた。昨日も医者の診察を受ける際は彼が付き添ってくれていた。けれど、十年ぶりに再会したみたいに、薄絹越しに彼の姿を見るだけで胸がいっぱいになった。

「もう起きていていいのか？」

「はい。長い間、寝ていたので体を動かそうと思って出てきました」

「義父上《ちちうえ》と義母上《ははうえ》は？　親子水入らずで、くつろいでいていいんだぞ」

翠蝶はふいに泣きたくなった。両親が来ていたから、氷希は席を外していたのだ。温かい気遣いが嬉しくて顔をほころばせた瞬間、彼の左腕に包帯が巻かれているのを見て青ざめた。

「左腕はまた痛みますか？」

「しびれが少し残っているが、だいぶよくなったよ。おまえの経文のおかげだな」

「……ごめんなさい」

翠蝶は氷希の左腕にそっと触れた。

「わたくしを助けるために池に飛びこんだせいで、治りが遅くなってしまって……」

氷希に助けられたときのことは、翠蝶はうっすらと記憶している。

彼は何度も呼びかけてくれ、守るように抱きしめてくれた。幻に違いないと思った。死ぬ前に見る走馬灯《そうまとう》のようなものだろうと。枕辺で語りかけてくれ、薬を飲ませて、粥《かゆ》を食べさせて、気が紛《まぎ》れるようにと花を手折《たお》ってきてくれるのも、全部夢だと。今でも夢を見ているような心地でいる。こうして翠蝶が腕に触れていても、振り払われないことが信じられない。

「謝りたいのは俺のほうだよ」

左腕に触れる手に、温かい掌《てのひら》が重ねられる。

「毒針の件で、疑ってすまなかった。おまえがそんなことをするはずがないことくらい、分かっていたのに……」

氷希は右目が痛むかのように、苦しげに顔をしかめた。

「主上におまえを奪われたことに苛立《いらだ》っていたんだ。剣舞の途中で毒針に気づいてかっとなってしまった。嫉妬《しっと》のあまり、八つ当たりをした……。すまない」

切なげな表情で見つめられると、胸の奥がきゅっとなる。

「廃園の池でおまえを見つけたとき、自分を呪ったよ。俺のせいでおまえがこんな目に遭《あ》ったんだと。俺が剣舞の後であんなことを言わなければ、おまえを遠ざけなければ、もっと早く謝っていれば……後悔は尽きなかった」

どこかためらいがちに、翠蝶の手をそっと握る。

「おまえが生きのびてくれさえすれば、元気になってくれれば、他には何も望まないと思った。

それなのに、元気になったおまえを見ていると、別の望みを抱いてしまう」

氷希は袖口《そでぐち》から絹団扇《きぬうちわ》を取り出した。七夕節《たなばたせつ》の夜、翠蝶が氷希に渡した月季花の絹団扇。艶《つや》やかな花びらを刺繍《ししゅう》した扇面《せんめん》には、翠蝶の墨跡がくっきりと残っている。

──主上のご寵愛《ちょうあい》を得られなければ、わたくしは喜んであなたの妻を名乗りますわ。

氷希と賭《か》けをした証《あかし》だ。

「今年中に主上の寵愛を受けたら、おまえを手放すと言った。あの約束を反故《ほご》にしたい」

翠蝶は瞬きすることも忘れて氷希を見上げた。

「入宮しないでほしい」

とくんと鼓動が跳ねる。

「俺の妻になってくれ」

薄絹が風を孕《はら》んでふわりと膨らんだ。耳飾りが揺れ、高鳴る心音をあおる。

「おまえが愛《いと》しくてたまらないんだ。とても手放せない。たとえ主上に命じられても、おまえを後宮へは行かせられない」

「……殿下」

「一晩中、抱いていたい。後宮へ入りたいなどと言わないように、主上のことを考える暇さえ与えずに……すべての逃げ道をふさいで、閉じこめておきたい」

くるおしいほどの熱情をあらわにした眼差《まなざ》しが翠蝶を追いつめようとする。

「俺の妻になると言ってくれ、翠蝶。入宮はしないと。主上の代わりにはなれないが、おまえだけを愛すよ。今生《こんじょう》でも来世でも、おまえだけを」

視線が震えた。いや、体が震えているのだろうか。高鳴りすぎた鼓動に耐えられなくて、膝が萎《な》えそうになる。

「……大丈夫か？　具合が悪いなら、部屋まで連れていこうか」

ふらついた翠蝶を氷希が抱き寄せてくれた。逞《たくま》しい腕に抱かれていると、自分が自分でなくなってしまいそうな心地がして、少しだけ怖い。そのくせ、ずっとここにいたいと強く思うのだ。彼の腕の中で眠り、彼の腕の中で目覚めて、囚われる喜びに浸っていたいと。

「……わたくしも殿下にお返ししたいものがございます」

翠蝶は帯からさげていた絹袋から扇子《せんす》を出した。墨彩で月と秋雁が描かれた扇面には、流麗《りゅうれい》な文字で「おまえが寵愛を賜《たまわ》ったなら、織女《しょくじょ》と牽牛《けんぎゅう》の恋の橋渡しをするという鵲《かささぎ》のように、主上との仲を取り持ってやろう」と記されている。

「鵲の橋を渡るまでもなく、恋しい方にお会いできました」

すがるように氷希を——愛しくてたまらない男を見上げる。

「ですから、この扇子は燃やしてください」

氷希は貪るように翠蝶を見つめている。

「お慕《した》いしています、殿下。あなた以外の殿方《とのがた》に嫁《とつ》ぐことなんて、望みません」

ずっと伝えたかった言葉を口にすると、焼けるように胸が熱くなった。

「本当はもっと早くわたくしの気持ちをお伝えしたかったのですが……両親が入宮を望んでいたので……。辛かったですわ。あなたのことが恋しいと言えなくて……。でも、両親も分かってくれましたの。あなたのことを誤解していましたが、先程は」

「顔を見せてくれないか」

もどかしげな吐息が薄絹をかすかに揺らした。

「……お見せしてもよいのですか？　殿下が顔を見たくないとおっしゃったので……」

「あのときはそうだったんだ。おまえの顔を見ると、歯止めがきかなくなりそうで」

氷希は薄絹越しに翠蝶の頰《ほお》に触れた。

「力ずくでおまえを俺のものにしてしまいそうだったよ」

「……今は、歯止めがきくと？」

「きかないだろうな。だが、おまえが俺を受け入れてくれるなら、力ずくである必要はない」

「もちろん、受け入れますわ。わたくし、あなたの……殿下？」

前に垂れた薄絹を持ち上げようとした際、その手をつかまれた。

「俺が外したい。婚礼の夜にはできなかったから」

婚礼の夜、綾絹をかぶって顔を隠した花嫁は、花婿にかぶりものを外してもらう。華燭《かしょく》が照らし出す紅閨《こうけい》でそうするように、氷希が薄絹を取ってくれた。霧が晴れたような視界に慕わしい端整な面差《おもざ》しが映る。優しく唇が重ねられると、何もかもが淡く蕩《とろ》けた。

「思った以上に甘いな」

「……何のことです？」

ぼんやりして尋ねた唇を再び奪われる。

「丹桂《きんもくせい》の香りのする枸杞《くこ》が欲しいと言ったことがあっただろう？」

どうして突然そんな話題になるのか分からずに目を瞬かせる間にも、口づけが降ってきた。

「欲しくてたまらなかった枸杞をやっと味わうことができた」

「……ひどい方」

力が入らない拳で、心まで包んでくれる広い胸を叩いた。

「わたくしに……口づけなさっているときに、枸杞のことを考えていらっしゃるなんて」

翠蝶は彼のぬくもりや彼への恋情で思考が麻痺《まひ》しているというのに。

「仕方ないだろう。おまえの顔を飾る枸杞に夢中なんだ」

「わたくしの顔のどこに枸杞の実がついているとおっしゃるの？」

ここに来る前に枸杞を食べた覚えはないから、ついているはずはないのだが。翠蝶が自分の頬や口元に触っていると、氷希が愛おしさをあふれさせるように微笑《ほほえ》んだ。

「ほら、今おまえが触ってるだろ。それだよ。俺が焦がれていたのは」

指先で唇に触れていた翠蝶は、みるみるうちに赤くなった。

「もっと味わわせてくれ」

「……で、でも、こ、こんな明るいところで……」

今更ながら、ここが内院《なかにわ》であることを思い出した。しかも晴天の下だ。月季花《ばら》の色に染まった面《おもて》を見られるのが恥ずかしい。せめて、窓に薄絹をかけた部屋の中だったら……。

「もう遅い」

後ずさりかけた体をぐっと抱き寄せられた。

「逃がしはしないぞ、翠蝶」

弱々しい呼気が口づけのあわいで溶けていく。

「おまえの唇は俺のものだ」

逃げ道を断たれ、恥じらいながら身を任せる。

手にしていた墨彩の扇子が胡蝶《こちょう》模様の裙を滑り降りて足元に落ちた。


衣替えの季節である。

後宮でも冬に備えて繻子《しゅす》や毛織の衣服が仕立てられた。

「お似合いですわ、安敬妃さま」

翠蝶は姿見の前に立つ安敬妃に笑顔を向けた。こっくりとした深緑の外套《がいとう》に身を包んだ安敬妃は、長い睫毛《まつげ》に縁取られた瞳をぱちくりさせている。

以前、安敬妃に贈った暗花緞《あんかどん》で仕立てた外套だ。

上品な光沢がある厚手の生地には黄赤の忘憂草《わすれぐさ》が優美に微笑み、縁飾りとしてあしらった白《しろ》貂《てん》の毛皮はふんわりとしていて可愛《かわい》らしい。

襟元《えりもと》で結ぶ共布《ともぬの》の細帯には鵲《かささぎ》を刺繍《ししゅう》した。鵲は喜びを知らせる鳥だといわれている。安敬妃が早く子を授かるように願いをこめて、一針一針、丁寧《ていねい》に刺した。

「ありがとうございます、呂守王妃。大切にします」

安敬妃は常になくはしゃいで、姿見の前でくるりと回ってみせた。

毒針の件で、安敬妃は後宮警吏《けいり》の厳しい取り調べを受けたと聞いた。図らずも事件に巻きこんでしまったことが申し訳なくて、詫《わ》びの印に外套を仕立てた。

「無雪帝が似合うとおっしゃってくださっています」

安敬妃は姿見の右隣の何もない空間を見て、気恥ずかしそうに笑った。

史書によれば、無雪帝はいずれ劣らぬ美女ぞろいの妃嬪《ひひん》たちが卒倒してしまうほどの美丈夫《びじょうふ》だったそうだ。銀蘭《ぎんらん》のような淑《しと》やかな美しさを持つ安敬妃と並べば、さぞや絵になるだろう。

「あ、私からも贈り物があるんです」

安敬妃は棚《たな》の抽斗《ひきだし》から螺鈿《らでん》の小箱を取り出した。

「子宝祈願のお守りです。牀榻《しんだい》の帳《とばり》に飾ってください」

翡翠の瓢箪《ひょうたん》と蝙蝠《こうもり》に吉祥結びがつけられた吊るし飾り。

瓢箪《ひょうたん》は子孫繁栄《はんえい》を、蝙蝠は多福を表す。瓢箪と蝙蝠を組み合わせると、「多子多福《たしたふく》、子孫万代《しそんまんだい》」の意味になる縁起物《えんぎもの》だ。

「呂守王妃への贈り物はどんなものがいいでしょうかと無雪帝に相談したら、子宝祈願の縁起物がいいだろうとおっしゃったので、こちらにしました」

そう言うなり、安敬妃は翠蝶の両肩をがっとつかんだ。

やけに真剣な面持《おもも》ちだ。

「最初は『絶対無理。死ぬ』って思いますけど、安心してくださいね。それくらいのことでは死にませんから。女の体って意外と丈夫にできてます」

急な話題の変化についていけず、翠蝶はきょとんとした。

「頑張ってください。健闘を祈っています」

よく分からないが、励《はげ》ましてくれているようだ。

「激励《げきれい》していただいてありがとうございます、安敬妃さま。ええと、頑張りますわ」

何を頑張ればいいのだろうと小首をひねりつつ、翠蝶は綾風閣《りょうふうかく》をあとにした。

後宮と外朝をつなぐ銀凰門《ぎんおうもん》を出たところで、氷希が駆け寄ってきた。

「遅いじゃないか。どこに寄り道していたんだ」

「寄り道なんてしていませんわ。まっすぐ帰って……」

勝気に言い返そうとした唇をふさがれると、言葉がうやむやになってしまう。

「一瞬でもおまえと離れると、千日会わなかったような心地がするんだ」

物欲しげに見つめられ、翠蝶はどぎまぎした。

「政《まつりごと》のお話はつつがなくお済みになりましたか」

氷希は向家が関与したと見られる不正について、皇帝に上奏をしにいっていた。

「その件は早々に済んだが、主上がまた栄皇貴妃と喧嘩《けんか》をしたそうで愚痴《ぐち》を聞かされていた」

「まあ、お二人が仲違《なかたが》いを？」

「仲違いとは言わないだろう、あれは」

氷希は呆《あき》れ顔で溜息をついた。

「栄皇貴妃が主上から贈られた手製の龍のぬいぐるみを毎晩抱いて寝ているので、主上はご立腹らしい。自分がそばにいないときも、ぬいぐるみの龍が栄皇貴妃に寄り添っているのだと思うと腹が立つから、栄皇貴妃にぬいぐるみと寝ないでほしいと頼んだとか」

「栄皇貴妃はお怒りになったのでしょうか？」

「ぬいぐるみに嫉妬《しっと》するなと叱《しか》られたと、主上がぼやいていらっしゃった」

至高の人たる皇帝ですら心休まる暇がないのだから、この世に悩みが尽きないはずである。

「俺はつくづく自分の愚かしさがいやになったよ」

氷希は思いっきり顔をしかめた。

「栄皇貴妃のことしか考えていらっしゃらないあの主上が、紅葉《もみじ》狩りの夜におまえを寝所に召したなどと……どうしてあんなばかばかしい噂《うわさ》を信じたんだろうな」

想いを語り合った後、翠蝶は紅葉狩りの夜のことを包み隠さず話した。皇帝が龍のぬいぐるみを栄皇貴妃に贈ったという話を聞いたからだ。箝口令《かんこうれい》はもはや無効だと判断した。

「用事は済んだ。帰ろうか、翠蝶」

氷希が手を握ってくるので、翠蝶はうなずいてついていった。

寒気を含んだ風が外套の裾《すそ》を翻《ひるがえ》す。

今年の冬は、昨年より暖かくなる予感がしていた。

終章　洞房華燭《どうぼうかしょく》

翠蝶《すいちょう》が牀榻《しんだい》の帳《とばり》に瓢箪《ひょうたん》と蝙蝠《こうもり》の吊るし飾りをつけたとき、氷希《ひょうき》が臥室《しんしつ》に入ってきた。

雲龍文《うんりゅうもん》を織り出した夜着に、織金絨《しょくきんじゅう》（金地天鵞絨《びろうど》）の外衣《うわぎ》。どちらも夫の冬支度《ふゆじたく》のために翠蝶が作ったものだ。自分が仕立てた衣服を着ている氷希を見ると思わず笑みがこぼれる。

昼間、日が暮れたら彼を迎えると約束していた。

今夜は――本来の意味での婚礼の夜だ。

「ここに来るまでに、侍女《じじょ》たちにさんざん笑われたぞ」

氷希はむすっとして、錦繍《きんしゅう》の褥《しとね》が敷かれた牀榻に腰を下ろした。

「まあ、なぜかしら」

「なぜかしらじゃない。おまえがこれをつけて来いと言ったからだよ」

氷希が右目の眼帯を指さす。翠蝶が内院《なかにわ》の太鼓橋《たいこばし》で彼に贈った熊猫《パンダ》模様の眼帯だ。

「殿下を笑うなんて無礼だわ。明日、侍女たちを叱っておきますわね」

翠蝶は棚から別の眼帯を取ってきて、自信たっぷりに氷希に見せた。

「ご覧になってくださいませ。可愛《かわい》らしいでしょう？」

「……熊猫眼帯をもう一つ作ったのか」

「はい。こちらはわたくし用です」

翠蝶は氷希の隣に座った。にわかに羞恥《しゅうち》がこみ上げてきて、夜着の裾を整えるふりをする。

「あ、明日になれば、必要になりますから……」

契《ちぎ》りを結べば、氷希と同じ傷が翠蝶の右目にもできる。まったく怖くないといえば嘘になるけれど、恐怖よりも期待のほうが大きい。これで彼の痛みを理解できるのだ。

「せっかく作ったのに悪いが、必要にはならないぞ」

氷希が眼帯を持つ翠蝶の手を愛《いと》しげに掌《てのひら》で包んだ。

「枕を交わしても、傷痕はうつらない」

「え？　でも、殿下がそのようにおっしゃって……」

「おまえを脅かすために嘘をついたんだよ。もっと早く言っておけばよかったな」

翠蝶は目をぱちくりさせ、しょんぼりと下を向いた。

「残念ですわ……。結ばれれば、殿下と苦痛を分かち合えると思ったのですが」

氷希が慰めるように手をさすってくれる。

「分かち合うのは、苦痛とは反対のものにしよう」

やんわりと頤《おとがい》を持ち上げられて、口づけされた。まどろむように瞼《まぶた》が重くなる。

「……殿下は、閨《ねや》でも御髪《おぐし》をおろさないのですか」

氷希は髪を頭頂で一つにくくっている。

「髪をおろすとおまえが騒ぐだろ」

「……こ、今夜からは、騒ぎませんわ。が、頑張って、持ちこたえます」

妻たる者、夫の猥褻《わいせつ》な姿にも耐えねばならない。

「何を持ちこたえるんだか知らないが、おろしたほうがよければ、紐をほどいてくれ」

氷希が笑いまじりに言う。翠蝶は覚悟を決めて身を乗り出した。夜着の袖を押さえて、彼の髪を束ねている紐をしゅるりとほどく。濡れたような黒髪が広い肩に流れ落ちた。

婚礼の夜のように、紅閨《こうけい》は無数の華燭で彩色されている。妖艶《ようえん》な灯火を受けて、氷希の黒髪は惚《ほ》れ惚《ぼ》れするほど美しく輝いていた。

「……やっぱり、持ちこたえられませんわ。あなたのせいで、わたくし、胸が……」

「胸がどうした？　痛むのか？」

氷希が頬《ほお》に触れてくるから、いよいよ限界が近くなる。翠蝶は胸を押さえた。

「……ど、どきどき、しすぎて、壊れそうなのです」

髪をおろした氷希は魅力的すぎるのだ。おかげで鼓動がどんどん速くなってしまう。

「今までおまえが大騒ぎしていた理由はそれか」

氷希が軽く噴き出して、楽しげに肩を揺らした。

「まったく、そんな有様では朝まで身がもたないぞ」

「へ、平気ですわ。女の体は、意外に丈夫だと安敬妃《あんけいひ》さまもおっしゃっていましたもの」

「は？　いったい何の話をしてきたんだよ」

翠蝶は安敬妃が言っていたことをそのまま話して聞かせた。氷希はまたしても笑う。

「それくらいのことでは死なない、か。確かにな」

「どういう意味なのか、お分かりになります？　わたくしは何を頑張ればよいのでしょう」

「頑張らなくていい。素直でいればいいんだ。ありのままのおまえが欲しいんだから」

口づけされると、体が溶けるみたいだ。手足が萎《な》えて、力が入らなくなる。

「……ちょっと待て。俺は今、熊猫模様の眼帯をつけているんだよな」

「ええ、お似合いですわ」

翠蝶はうっとりと夫に見惚れた。言葉では言い表せないほど幸せだ。

「少し待っていてくれ。部屋に戻って、眼帯をつけかえてくる」

「なぜですか？　そのままで十分、素敵ですのに……」

「おまえに女心があるように、俺にだって男心というものがあるんだよ」

氷希が牀榻《しんだい》を離れようとするので、翠蝶はとっさに外衣の袖《そで》をつかんで引きとめた。ほんのわずかな時間だとしても、彼と離れたくない。

「その眼帯が男心の妨げになるのでしたら、外してしまわれたらいかがです」

「……いいのか？　傷痕を見ることになるぞ」

「知りたいのです。殿下のことなら何でも」

氷希は迷いをにじませた手つきで眼帯の紐をほどいた。隠されていた右目が華燭に照らし出される。そこは無残に焼けただれたような傷痕で覆《おお》われていた。

「触れると痛むのでしょうか」

彼が首を横に振るので、翠蝶はそろそろと手を伸ばした。痛ましく引きつった皮膚《ひふ》に触れると、先刻とは違った意味で胸が苦しくなってしまう。

「わたくしの宝物は露露《ろろ》と将風《しょうふう》でしたが、もう一つ増えましたわ」

翠蝶は腰を浮かせて、氷希の右目にそっと口づけした。

「あなたの傷痕がとても愛おしいのです」

互いの心の緒が結ばれていくのを感じながら、甘い暗がりに抱《いだ》かれる。

紅を基調とした錦繍《きんしゅう》の褥《しとね》に、艶《つや》やかな黒髪の花が咲いた。


光順帝《こうじゅんてい》の異母弟、呂守王《ろしゅおう》・高《こう》氷希に嫁《とつ》いだ尹《いん》翠蝶は三男一女を産む。幼き頃に下された「五《ご》爪《そう》の龍の父を産む」という予言は、尹翠蝶の孫が皇位についたことで現実のものとなった。

あとがき

　こんにちは。はるおかりのです。またまた大好きな後宮ものを書かせていただいて、とても嬉しく思っています。「書」「料理」ときて、今回は「織物と刺繡」がテーマです。

　前作のあとがきで不憫と書いていました仁啓帝の三男がヒーロー役です。彼と翠蝶の出会いは『後宮饗華伝』の直後。それから十年は会っていないので、なかなか気の長い恋でしたが、形になってよかったなと思います。ところで、氷希は絶対一度は間違えて熊猫眼帯をつけて皇宮に出かけると確信しています。兄帝に思いっきりからかわれるに違いありません。髪や衣装の描写が細やかで大好きです。今回も華やかで素敵なカバーをありがとうございました。

　由利子先生の美麗すぎるイラストには毎回うっとりしてしまいます。好きなことをいっぱい詰めこんだ作品なので、少しでも楽しんでいただければ幸いです。

　担当様には大変お世話になりました。ご迷惑をおかけしてしまい、すみません……。

　最後になりましたが、読者の皆様に深く感謝いたします。

　　　　　　　　　　はるおかりの

※この作品はフィクションです。実在の人物・団体・事件などにはいっさい関係ありません。

はるおか・りの

7月2日生まれ。熊本県出身。蟹座。AB型。『三千寵愛在一身』で、2010年度ロマン大賞受賞。コバルト文庫に『三千寵愛在一身』シリーズ、『A collection of love stories』シリーズ、禁断の花嫁三部作がある。趣味は懸賞に応募すること、チラシ集め、祖母と電話で話すこと。わけもなくよく転ぶので、階段が怖い。

後宮錦華伝

予言された花嫁は極彩色の謎をほどく

COBALT-SERIES

2016年7月10日　第1刷発行
2016年10月31日　第2刷発行

★定価はカバーに表示してあります

著　者　はるおかりの
発行者　北畠輝幸
発行所　株式会社　集英社
〒101－8050
東京都千代田区一ツ橋2―5―10
電話　【編集部】03-3230-6268
【読者係】03-3230-6080
【販売部】03-3230-6393（書店専用）

印刷所　株式会社美松堂
中央精版印刷株式会社

ISBN978-4-08-608007-1 C0193

コバルト文庫
好評発売中
重版続々!!
同じ世界観でおくる、中華後宮ミステリー!
後宮詞華伝
笑わぬ花嫁の筆は謎を語りき
書の才能を継母に奪われてしまった、淑葉《しゅくよう》。皇兄の夕遼《せきりょう》に嫁ぐことになり…？
はるおかりの
イラスト／由利子
【電子書籍版も配信中 詳しくはこちら
→http://ebooks.shueisha.co.jp/cobalt/】
後宮饗華伝
包丁愛づる花嫁の謎多き食譜《レシピ》
料理人の鈴霞《りんか》は、身代わりとして皇太子・圭鷹《けいよう》の正妃になって…？